DER FLÜSTERMANN

CATHERINE SHEPHERD

1. Auflage 2018
Copyright © 2018 Kafel Verlag, Inh. Catherine Shepherd

Alle Rechte vorbehalten.
Das Werk darf – auch teilweise – nur mit Genehmigung der Autorin
wiedergegeben werden.

Lektorat: Gisa Marehn
Korrektorat: SW Korrekturen e.U. /
Mirjam Samira Volgmann

Covergestaltung: Alex Saskalidis
Covermotiv: iStock.com / Pasha18

www.catherine-shepherd.com
kontakt@catherine-shepherd.com

ISBN: 978-3-944676-20-3

TITEL VON CATHERINE SHEPHERD

ZONS-THRILLER:

1. DER PUZZLEMÖRDER VON ZONS (KAFEL VERLAG APRIL 2012)
2. ERNTEZEIT (FRÜHER: DER SICHELMÖRDER VON ZONS; KAFEL VERLAG MÄRZ 2013)
3. KALTER ZWILLING (KAFEL VERLAG DEZEMBER 2013)
4. AUF DEN FLÜGELN DER ANGST (KAFEL VERLAG AUGUST 2014)
5. TIEFSCHWARZE MELODIE (KAFEL VERLAG MAI 2015)
6. SEELENBLIND (KAFEL VERLAG APRIL 2016)
7. TRÄNENTOD (KAFEL VERLAG APRIL 2017)
8. KNOCHENSCHREI (KAFEL VERLAG APRIL 2018)

LAURA KERN-THRILLER:

1. KRÄHENMUTTER (PIPER VERLAG OKTOBER 2016)
2. ENGELSSCHLAF (KAFEL VERLAG JULI 2017)
3. DER FLÜSTERMANN (KAFEL VERLAG JULI 2018)

JULIA SCHWARZ-THRILLER:

1. MOORESSCHWÄRZE (KAFEL VERLAG OKTOBER 2016)

2. NACHTSPIEL (KAFEL VERLAG NOVEMBER 2017)

ÜBERSETZUNGEN:

1. FATAL PUZZLE - ZONS CRIME (TITEL DER
   DEUTSCHEN ORIGINALAUSGABE: DER
   PUZZLEMÖRDER VON ZONS, AMAZONCROSSING
   JANUAR 2015)
2. THE REAPER OF ZONS - ZONS CRIME (TITEL DER
   DEUTSCHEN ORIGINALAUSGABE: ERNTEZEIT,
   AMAZONCROSSING FEBRUAR 2016)

Aus den Träumen von gestern
werden manchmal die Alpträume von morgen.

Friedrich Nowottny

PROLOG

Ich habe mich schon immer gefragt, wie der Tod sich wohl anfühlt. Ob es sehr wehtut oder eher wie das Verlöschen einer Kerze ist. Ein einziger kurzer Windstoß genügt, und das Leben ist vorbei, ehe ich es überhaupt registriere. Früher plagten mich keine morbiden Gedanken. Doch das änderte sich mit jenem Tag vor ein paar Jahren, an dem ich mit bloßen Händen und einer Decke Feuer löschte, um den Tod zu besiegen. Wie oft habe ich seither mit dem Feuer gespielt? Ein Blatt Papier in die Flamme gehalten und zugesehen, wie es sich erst zusammenrollt, als würde es sich aufbäumen, und dann trotzdem zu Asche zerfällt. Ebenso verhält es sich mit der menschlichen Haut. Auch sie versucht, die Hitze loszuwerden, indem sich die obere Schicht abhebt. Brandblasen überziehen unseren Körper. An manchen Stellen platzt die Haut. An den Rändern rollt sie sich wie Papier auf und verkohlt bis zur Unkenntlichkeit. Je nach Schwere der Verbrennung spüren wir keinen Schmerz, denn sobald die Zerstörung sich bis ins tiefere Gewebe fortsetzt, werden auch die sensiblen Fasern, die der Schmerzleitung dienen, geschädigt. Es gibt also keine klare Antwort auf meine Frage. Weder Ja noch Nein. Es hängt schlicht von der Art unseres Sterbens ab, ob wir dabei Schmerzen empfinden oder nicht. Könnte ich mir eine Todesart aussuchen, würde ich das Feuer wählen. Nicht, weil dieser Tod besonders schmerzfrei ist oder schnell vonstattengeht. Nein. Ich habe einfach nur Angst vor dem, was dieser Fremde mit mir vorhat. Es könnte tausendmal schlimmer sein. Deshalb favorisiere ich das, was ich kenne. Einen Tod, den ich bereits mit angesehen habe und bei dem ich weiß, wie er abläuft. Jede Phase geht mit einer neuen Grausamkeit einher. Es ist nicht nur die Hitze, die das verletzliche menschliche Gewebe zerstört. Es ist auch der Rauch, der schwarz und beißend den Weg in die Lungen findet und sich in ihnen ausbreitet, bis aller Sauerstoff verdrängt ist. Ich ahne, wie es sich anfühlt, wenn der Tod über meine Atemwege eindringt und mich von innen auffrisst. Aber bei dieser ungefähren Vorstellung wird es bleiben, denn ein Tod durch das Feuer steht mir nicht bevor. Es wird etwas anderes sein, das mein Leben auslöscht.

Ich betrachte den großen Trichter in den Händen des Mannes, den ich nicht erkennen kann. Eine Skimaske bedeckt sein Gesicht. Nur die abgrundtief schwarzen Augen blicken mich durch zwei enge Schlitze an. Was will er von mir? Der Fremde spricht nicht. Entweder ist er stumm oder er kann mein hilfloses Gebrabbel durch den Knebel in meinem Mund nicht verstehen. Mein Herz donnert in der Brust, pumpt frisches Blut durch meine Adern und Adrenalin, das mir beinahe übermenschliche Kräfte verleiht. Doch ich bin an Hüfte, Armen und Beinen mit Paketband fixiert. Die Fesseln dehnen sich zwar ein wenig, sind jedoch weit davon entfernt, zu reißen. Stattdessen richtet sich die Energie, mit der ich mich zu befreien versuche, gegen mich selbst. Denn das feste Klebeband schneidet mir mit jedem Ruckeln tiefer ins Fleisch. Der Schmerz erschöpft mich. Jedes Mal, wenn ich mich erneut aufbäume, bin ich um einiges schwächer als zuvor. Der Mann scheint zu merken, dass ich schon bald keine Kraft mehr habe. In seinem Blick liegt eine Ruhe, die meine Angst in Panik umschlagen lässt. Was hat er bloß vor? Er hält immer noch diesen Trichter in der Hand. Als er sich nähert, drehe ich instinktiv den Kopf zur Seite. Ich höre, wie er den Trichter weglegt. Anschließend krallen sich kräftige Finger in meine Wangen und zerren mein Gesicht herum. Er flüstert etwas in mein Ohr, aber ich verstehe kein Wort. Das Rauschen meines Blutes übertönt seine Flüsterstimme. Ich starre in schwarze, höllengleiche Augen und spüre zugleich kaltes Metall an den Schläfen, das plötzlich meinen Kopf fixiert. Er zieht den Knebel aus meinem Mund, und ich beginne sofort zu schreien. Zuerst brüchig und rau, dann laut und kreischend. Der Mann legt langsam den Zeigefinger auf seine Lippen, die sich als Wülste unter der Skimaske abzeichnen. Er schüttelt den Kopf, und ganz unerwartet gehorche ich und schließe den Mund. Ich suche in seinen Augen nach Mitgefühl oder Gnade. Beides kann ich nicht entdecken.

»Bitte. Tun Sie mir nichts!«, flehe ich und lege all meine Angst in diese Worte in der Hoffnung, sein Herz zu erreichen. Aber er scheint keins zu haben. Er mustert mich nicht wie eine hilflose Frau, sondern eher wie ein Objekt oder ein Versuchskaninchen, das abnormal reagiert. Wieder schüttelt er mahnend den Kopf, als wäre ich ein trotziges Kleinkind, das sich gegen das Unvermeidliche sperrt. Ich erkenne die Aussichtslosigkeit meiner

Lage und öffne den Mund zu einem erneuten Schrei. Doch das ist ein Fehler. Plötzlich schiebt sich der Trichter zwischen meine Lippen. Der glatte Schaft quetscht meine Zunge, schabt schmerzhaft über den Gaumen und senkt sich so tief in meinen Schlund, dass ich würgen muss. Der Trichter wackelt. Etwas rieselt auf mein Gesicht. Feine spitze Nadeln stechen mir in die Augen. Ich blinzle verzweifelt. Schon denke ich, dass er Säure in meine Eingeweide pumpen will, damit ich mich von innen auflöse. Doch dann schießt eine Erinnerung durch meinen Geist. Ich sehe mich selbst. Am Strand. Das Meer rauscht und eine kühle Brise weht durch mein offenes, langes Haar. Ich lächle, weil ich die Natur genieße und glücklich bin. Meine Hand fährt durch den warmen, weißen Sand. Eine Windböe greift ebenfalls danach und wirbelt eine feine Wolke auf, schleudert sie gegen meine Oberschenkel wie tausend Nadelspitzen. Es ist keine Säure in dem Trichter, sondern Sand. Entsetzt schlucke ich. Meine Kehle ist vollgestopft mit winzigen Körnchen, die in jede Ritze sinken. Ich huste. Röchle. Atme flach und hektisch. Noch ist ein wenig Luft vorhanden. Aber meine Lungen brennen wie Feuer. Es tut weh. Ich will, dass es aufhört. Doch der Sand sticht und reibt auf meinen Schleimhäuten. Krämpfe schütteln mich und die Atemnot presst mir beinahe die Augäpfel aus den Höhlen. Es gibt keine Flammen, die meine Nervenzellen rasch verbrennen und somit mein Schmerzempfinden ausschalten. Es gibt auch keinen giftigen Rauch, der mir eine schnelle Ohnmacht schenkt. Nein, mein Tod ist kein kurzer Windstoß, der in einem einzigen Zug meine Seele aufsaugt. Er ist ein Ungeheuer, das genüsslich zusieht, wie meine Lebenskraft langsam versiegt. Selbst als meine Lungen kollabieren und mein ganzer Körper krampft, sieht er mich mit glänzenden schwarzen Augen an und genießt jede Zuckung, die ich unverhofft noch zustande bringe. Das Letzte, was ich in seinen Pupillen aufglimmen sehe, ist die Enttäuschung über das nahende Ende dieses Schauspiels. Er nimmt sogar den Trichter aus meinem Mund und wartet, bis mein Brustkorb einen allerletzten schwachen Atemzug macht. Schmerzvoll wie eine tiefe Schnittwunde. Ich schließe die Augen und weiß, dass mein Herz gleich aufhört zu schlagen.

1

Lauras Handy klingelte aufdringlich. Am liebsten hätte sie einfach weitergeschlafen. Sie steckte mitten in einem wunderschönen Traum, den sie gerne länger ausgekostet hätte. Doch die sanften Wellen des Ozeans verblassten allmählich. Das Kreischen der Möwen ebbte ab. Der Leuchtturm, den sie eben noch betrachtet hatte, löste sich in Luft auf. Müde öffnete sie die Augen und warf einen Blick auf das hell erleuchtete Display ihres Handys. Taylor. Ihr Herz machte einen freudigen Sprung.

»Laura Kern«, hauchte sie verschlafen.

»Ich liebe es, wenn du dich mit vollem Namen meldest«, schmeichelte Taylor mit amerikanischem Akzent.

Laura lächelte. »Hast du Sehnsucht nach mir?«

»Das weißt du doch.« Taylors Stimme klang rau.

Laura spürte sofort ein warmes Pulsieren unter ihrer Bauchdecke. Aber eine Schwingung in Taylors Tonlage sorgte dafür, dass sie gleich wieder abkühlte.

»Es gibt da etwas, was du dir ansehen solltest«, fuhr

Taylor fort. »Ein Video, das heute Nacht auf YouTube aufgetaucht ist. Ich möchte gerne wissen, was du davon hältst.«

Laura setzte sich auf. »Worum geht es?«

»Sieh es dir am besten selbst an. Ich habe dir den Link geschickt.«

Laura stieg aus dem Bett und ging ins Wohnzimmer, wo ihr Laptop lag. Taylor hatte das Video bereits auf einen internen Server der Polizei geladen. Laura tippte routiniert ihr Passwort ein und starrte gespannt auf den Bildschirm, der zunächst einige Sekunden lang schwarz blieb. Dann sah sie mehrere Personen, die in einer belebten Einkaufsstraße Berlins schlenderten. Das Video war offenbar mit einer hochwertigen Kamera entstanden. Die Aufnahme wirkte sehr scharf. Laura runzelte die Stirn, denn sie konnte mit dem Film nichts anfangen. Menschen in luftiger Kleidung, meist in T-Shirt und kurzer Hose, spazierten den Bürgersteig entlang. Manchmal zoomte die Kamera heran, schwenkte dann jedoch zügig wieder zu einem neuen Ausschnitt. Nach einer Weile wackelte das Bild kurz, eine Hand drängte sich in den Vordergrund, offensichtlich die des Filmers. Sie umklammerte einen Pappbecher. Wieder zitterte die Aufnahme. Das Bild drehte sich. Laura bemerkte Stoff. Eine Tasche. Es sah so aus, als ob die Kamera darin versteckt wäre. Jetzt war das Bild wieder ruhig. Eine junge Frau lief verträumt vorbei.

»Eine kleine Spende«, bat der Mann, der die Szene filmte. Die Passantin drehte den Kopf in Richtung Kamera, anscheinend ohne sie zu bemerken. Die Frau ging einfach weiter. Die Kamera verfolgte sie noch einen Moment, bis der Film abrupt endete. Laura fragte sich, ob Taylor ihr vielleicht den falschen Link geschickt hatte. Doch schon begann das nächste Video. Diesmal erkannte sie den Alexanderplatz im Hintergrund. Die Szene ähnelte dem ersten Clip. Lauras Augen erfassten die Menschen und die Gebäude, ohne etwas Auffallendes festzustellen. Plötzlich trat die junge Frau aus dem vorherigen Video ins Bild. Sie trug ein anderes T-Shirt und einen kurzen Rock. Erneut bat der Filmer um eine Spende, jetzt wesentlich intensiver als beim ersten Versuch. Er betonte, dass er seit über einem Tag nichts mehr gegessen habe. Aber die Frau ignorierte ihn wie beim letzten Mal. Sie sah ihn nur flüchtig an und bahnte sich anschließend ihren Weg durch die vielen Menschen, die zu dieser Zeit auf dem Alexanderplatz bummelten. Ohne sich noch einmal umzusehen, spazierte sie aus dem Sichtfeld der Kamera und der Film stoppte. Abermals erschien ein schwarzer Bildschirm, doch Laura konnte am unteren Rand der Aufnahme erkennen, dass das Video noch drei Minuten laufen würde. Geduldig wartete sie auf den nächsten Teil. Dieses Mal beschleunigte sich ihr Puls bereits beim ersten Bild. Schmutzige Edelstahlwände, getaucht in grelles, flackerndes Licht, ließen ihre Nackenhärchen zu Berge stehen. Die Kamera schwenkte, und Laura erkannte, dass es sich um einen Fahrstuhl handelte. Die Tür war offen. Vor dem Lift stand dieselbe junge Frau. Ihr kurzes, schweißnasses Haar hing zerzaust herab, klebte an Stirn und Wangen. Zwei große, aufgerissene Augen starrten Laura an. Die Kamera zoomte näher und fing die Angst darin ein. Die Frau blickte auf irgendetwas. Panisch schrie sie auf, ein kehliger Laut hallte aus den Lautsprechern. Ihre Lippen zitterten, der Unterkiefer bewegte sich zuckend, aber ein Knebel in ihrem Mund hinderte sie daran, auch nur ein verständliches Wort zu formulieren. Breites Paketband über Armen, Beinen und der Körpermitte fixierte die Frau auf einem Brett oder einer aufrecht stehenden Liege. Laura konnte es nicht genau erkennen. Das Opfer begann hilflos zu zappeln und schüttelte heftig den Kopf, der als einziger Körperteil nicht festgebunden war.

Das Bild wackelte auf einmal. Als es wieder stillstand, trat ein Mann ins Bild. Eine Skimaske verhüllte sein Gesicht. Wahrscheinlich war die Kamera auf einem Stativ befestigt. Der Maskierte bewegte sich wie ein Panther, kraftvoll und geschmeidig. Er blieb vor seinem Opfer stehen. Laura konnte die Frau nicht mehr sehen, denn der breite Rücken des Mannes verdeckte ihren zierlichen Körper. Sie hörte lediglich ein panisches Gurgeln. Offensichtlich flehte die Frau um ihr Leben. Der Unbekannte schien wenig beeindruckt. Er beugte sich zu seinem Opfer hinunter. Laura kniff die Augen zusammen, um besser sehen zu können. Was tat der Mann? Flüsterte er ihr etwas ins Ohr? Er richtete sich wieder auf und stellte sich in aller Ruhe hinter sein schluchzendes Opfer. Erst als er die Frau in Bewegung setzte, erkannte Laura die Sackkarre, auf der sie fixiert war. Er zog sie ohne Anstrengung in den Fahrstuhl. Die Kamera schwenkte nicht mit. Laura schloss daraus, dass der Mann allein arbeitete.

Die Frau jammerte verzweifelt. In ihren Augen konnte Laura erkennen, dass sie jede Hoffnung aufgegeben hatte. Sie starrte ihren Peiniger an, der die Kamera jetzt offenbar in die Hand genommen hatte und deshalb nicht mehr zu sehen war. Dann ging alles sehr schnell. Eine Stichflamme wie aus einem Gasbrenner fuhr in den Fahrstuhl und traf auf ein Gefäß am Boden der Kabine, das Laura bis dahin gar nicht aufgefallen war. Explosionsartig breitete sich das Feuer aus und verschluckte die Frau wie ein riesiges, glühend rotes Monster. Ihre gellenden Schreie schmerzten in Lauras Ohren. Bereits nach wenigen Sekunden verstummten sie abrupt. Die Fahrstuhltüren schlossen sich. Durch die Ritzen loderten die Flammen weiter. Der Bildschirm wurde noch einmal schwarz. Das Video war zu Ende.

Entsetzt stieß Laura Luft aus. Sie fixierte regungslos den Laptop, völlig unfähig, sich zu rühren. Der Schock saß tief. Nie zuvor hatte sie einen Menschen bei lebendigem Leib verbrennen sehen. Noch immer hörte sie das durchdringende Schreien des Opfers. Vor Lauras Pupillen flackerte es, als würde das Feuer weiterhin lodern. Trotzdem fragte sie sich, ob das Video tatsächlich echt war. Auf YouTube landete viel Material, das real wirkte, jedoch letztendlich nur mit künstlichen Effekten produziert worden war. Ihr Handy klingelte.

»Hast du es angesehen?«, fragte Taylor.

»Ja. Glaubst du, es ist echt?«

»YouTube hält es für authentisch. Sie haben es direkt von ihrer Plattform gelöscht und uns informiert. Das Video wurde im Berliner Raum hochgeladen. Ich denke aber, dass es eher ein Fall für das Landeskriminalamt als für die Kripo ist. Ihr habt die besseren Internetexperten für so was. Hast du die merkwürdigen Geräusche am Schluss gehört?«

Laura krauste die Stirn und spulte die Aufnahme zurück. Das war ihr bisher nicht aufgefallen. Sie drehte die Lautstärke hoch.

»Er sagt etwas«, stieß sie hervor und presste das Ohr an den Lautsprecher ihres Computers. Sie hatte am Anfang schon an einer Stelle vermutet, dass der Täter dem Opfer etwas ins Ohr geflüstert hatte. Ganz leise vernahm sie eine heisere Stimme. Doch sie verstand kein Wort.

»Irgendetwas sagt er«, murmelte sie und fummelte an den Audio-Einstellungen des Wiedergabeprogramms herum. Dann startete sie die Sequenz von vorn und hielt den Atem an. Der gruselige Flüsterton drang diesmal viel klarer an ihr Ohr.

»Jeder verdient eine zweite Chance, aber die meisten ändern sich nicht ...«

Laura schnappte nach Luft. »Hast du das gehört, Taylor? Die arme Frau wurde doch nicht etwa getötet, weil sie dem Bettler nicht geholfen hat?«

Fieberhaft überlegte sie, wie oft sie in letzter Zeit bettelnde Menschen ignoriert hatte. In Berlin gab es ziemlich viele. Einige waren in mafiösen Strukturen organisiert und schickten sogar Kinder und Behinderte vor, die am Ende des Tages abkassiert wurden. Sie lungerten an U-Bahnhöfen genauso wie in Einkaufsstraßen oder vor Tiefgaragen. Laura stand im stetigen Konflikt mit ihrem Gewissen, da sie nie genau wusste, ob sie dem Menschen oder einer illegalen Organisation half. Sie rief sich die Stelle des Videos ins Gedächtnis zurück, an der der Täter zum zweiten Mal um eine Spende gebettelt hatte. Hätte sie ihm geholfen? Vielleicht etwas zu essen gekauft?

»Ich hab es gehört«, unterbrach Taylor ihre Gedanken. »Wenn der Kerl es auf jeden abgesehen hat, der ignorant an einem Bettler vorbeiläuft, müssten wir uns allerdings bald alle Sorgen machen. Ich kann mich nicht einmal daran erinnern, wann ich das letzte Mal Geld gegeben habe. Tatsächlich spende ich lieber direkt an Kinderheime oder seriöse Hilfsorganisationen.«

Laura schüttelte sich. Die Schreie der Frau hallten noch immer in ihrem Kopf. »Das sehe ich ganz genauso. Aus diesem Grund kann man unmöglich jemanden umbringen. Das will mir nicht einleuchten. Möglicherweise ist der Film doch ein Fake. Besser, ich leite das sofort an Abteilung sieben weiter. Die werden das hoffentlich schnell herausfinden.«

Abteilung sieben des Landeskriminalamtes umfasste ungefähr zweihundert hervorragend ausgebildete Mitarbeiter, die sich auf die Unterstützung sämtlicher Ermittlungen des LKA spezialisiert hatten. Egal, ob es um die Analyse digitaler Spuren, Kommunikationsüberwachung, Ortung oder Datenauswertung ging, die Abteilung gehörte zu den wichtigsten Pfeilern für alle Ermittlungseinheiten des LKA. Laura selbst zählte inzwischen seit gut vier Jahren zu den Spezialermittlern von Dezernat elf, das für Entführungen, erpresserischen Menschenraub und Tötungsdelikte zuständig war.

»Es ist mitten in der Nacht. Vor morgen früh wird sich das bestimmt niemand ansehen.« Taylor stieß einen Seufzer aus. »Schade, dass es auf dem Video keinen Anhaltspunkt gibt, wo sich dieser Fahrstuhl befinden könnte.«

»Der Feuerwehr wurde der Brand jedenfalls nicht gemeldet. Die hätten uns sofort informiert. Es wird schwierig werden, den Fahrstuhl zu lokalisieren. Es gibt verdammt viele davon in Berlin.« Laura schüttelte missmutig ihren blonden Lockenschopf. Ihr brannte es unter den Nägeln. Sie wollte so schnell wie möglich etwas unternehmen.

»Ja, echt blöd«, bestätigte Taylor. »Wenigstens habe ich deine Stimme vor dem Schlafengehen gehört.«

Laura konnte sein Grinsen regelrecht vor sich sehen. Sie fühlte sich geschmeichelt. »Wir sollten mal wieder essen gehen«, schlug sie vor.

»Okay. Wie wäre es mit morgen Abend? Ich koche für uns. Einverstanden?«

Laura zögerte. In ihren Adern pulsierte immer noch der Schock. »Und was ist mit der Frau?«, wollte sie wissen.

»Wir können sie nicht mehr retten. Wenn das Video

echt ist, ist sie verbrannt. Alles, was wir tun können, ist, diesen Mistkerl zu finden. Aber dazu brauchen wir Spezialisten, die uns helfen, diesen Fahrstuhl ausfindig zu machen.«

Obwohl Taylor recht hatte, zuckte es in Lauras Fingerspitzen. Sie konnte unmöglich einfach auflegen und sich dann wieder ins Bett legen. Nicht nach diesem grausamen Video. Ihr Blick wanderte zur Uhr. Kurz nach zwei. Sie seufzte.

»Ich sehe jetzt die Vermisstenanzeigen durch. Vielleicht kann ich sie wenigstens identifizieren.«

Taylor lachte. »So etwas hatte ich schon erwartet. Ich stehe übrigens mit meinem Wagen vor deiner Tür. Komm runter, steig ein und wir fahren in dein Büro.«

2

»Wir suchen nach einer blonden Frau, kurze Haare, blaue Augen, schlank und schätzungsweise eins siebzig groß, Alter vielleicht achtundzwanzig«, murmelte Laura und tippte ein paar dieser Merkmale in die Suchmaske der Vermisstendatenbank ein. Den Zeitraum begrenzte sie auf die letzten drei Wochen. Auf ihrem Bildschirm erschien eine lange Liste.

»Besser, du grenzt auf Berlin und Brandenburg ein«, schlug Taylor vor, der hinter Laura stand und dessen Anwesenheit sie so nervös machte, als wäre sie eine pubertierende Fünfzehnjährige. Dieser Mann tat ihr definitiv nicht gut. Er brachte sie aus ihrer Routine und um die Konzentration, die sie brauchte, um ihren Job gut zu machen. Laura wusste, dass sie in Taylor verliebt war, aber sie mochte den Kontrollverlust über ihr Gefühlsleben nicht. Wäre da nicht dieses schreckliche Erlebnis in ihrer Kindheit gewesen, hätte sie das vermutlich anders empfunden. Wäre dieses Monster nicht über sie hergefallen, das sie tagelang in einem Pumpwerk gefangen gehalten hatte. Sie war damals erst elf, und er hatte sie töten wollen. Wie eh und je überkam sie eine Gänsehaut, sobald sie an ihren Entführer dachte, der wahrscheinlich seit bald zwanzig Jahren immer noch irgendwo da draußen frei herumlief. Dieser Mann hatte ihr die Kontrolle genommen, hatte sie gezwungen, Dinge zu tun, bei denen sich ihr Magen in einen Eisklumpen verwandelte, wenn sie sich bloß daran erinnerte. Und genau aus diesem Grund wich sie Taylor permanent aus. Nicht, weil ihr Job sie so sehr forderte, sondern wegen der Unsicherheit, die Laura in Taylors Nähe befiel. Unmerklich fuhr sie sich mit den Fingern über das Schlüsselbein. Die Narben fühlten sich uneben und taub an. Bisher hatte Taylor diesen Makel an ihr einfach ignoriert. Vielleicht lag das daran, dass fast sein ganzer Rücken ebenfalls vernarbt war. Laura kannte den Grund dafür genauso wenig, wie Taylor nichts von ihrer Entführung wusste. Er ahnte nicht, dass sie eine Überlebende war. Die Einzige, die es damals geschafft hatte, zu entkommen. Die anderen Mädchen hatten nicht so viel Glück gehabt. Sie waren missbraucht und getötet worden. Laura hingegen war die Flucht aus ihrem Gefängnis gelungen, indem sie sich durch ein schmales Rohr gequetscht hatte. Ein Rohr, durch das eigentlich kein Mensch passte, nicht einmal ein Kind. Doch sie war schon immer sehr schlank und beweglich gewesen.

»Hörst du mir gar nicht zu?«

Taylors Frage riss Laura aus den Gedanken. Sie bemerkte, dass sie immer noch auf die elendig lange Liste der Vermissten blickte.

»Doch, doch. Ich bin nur ziemlich müde.« Sie öffnete einen Filter, um die Suche regional einzugrenzen. Die Liste verkürzte sich augenblicklich.

»Jetzt sind es nur noch zehn Frauen im passenden

Alter«, stellte sie fest und rief den ersten Namen auf. Das hübsche Gesicht einer Brünetten erschien. Laura suchte weiter. Die nächste Frau war zwar blond, aber langhaarig. Sie musterte das feine Gesicht, konnte jedoch keine Ähnlichkeiten mit der Frau in dem Video feststellen. Zügig klickte Laura sich durch die nächsten Profile. Als sie beim letzten angelangt war, hielt sie inne.

»Sie ist nicht dabei«, murmelte sie enttäuscht.

»Lass uns die Liste noch einmal durchgehen. Möglicherweise haben wir sie nur übersehen.«

Laura glaubte zwar nicht daran, tat aber dennoch, was Taylor vorschlug. Abermals durchforstete sie die Vermisstendatei und vergrößerte jedes Foto, das darin abgespeichert war. Manchmal, wenn die Familie über kein aktuelles Bild verfügte, war es durchaus möglich, dass sich Frisur oder Haarfarbe geändert hatten. Dann konnte man in der Tat schnell eine Person übersehen. Laura zwang sich dazu, aufmerksam zu bleiben. Ihre Augen brannten vor Anstrengung. Als sie wieder ans Ende der Liste gelangte, seufzte sie tief.

»Nein. Vielleicht sollte ich die Suche doch nicht so stark eingrenzen.« Sie nahm die Altersangabe heraus. Falls der aufnehmende Beamte vergessen hatte, ein Alter in das entsprechende Feld einzutragen, fiel die betreffende Person fälschlicherweise aus der Suchanfrage heraus. Es gab immer noch etliche Kollegen, die ihre Daten in das Feld für Bemerkungen und Notizen eintrugen. Dieses Feld konnte vom Programm nicht automatisch ausgelesen werden. Laura drückte die Entertaste. Tatsächlich erweiterte sich die Liste um fünf Einträge.

»Das muss sie sein.« Laura brauchte das Foto nicht zu vergrößern. Sie erkannte die Frau auf Anhieb. Dennoch öffnete sie die Videosequenz in einem anderen Fenster und stoppte die Aufnahme, als das Gesicht des Opfers herangezoomt wurde.

»Treffer«, sagte Taylor und kroch dabei fast in den Bildschirm. Er war Laura so nahe, dass seine Wange sie flüchtig streifte. Sie zuckte zusammen. Seine Berührung glich einem warmen Stromschlag. Sie wollte mehr. Er schien es zu merken, denn plötzlich sah er sie an. Ihre Augen waren höchstens zehn Zentimeter voneinander entfernt. Sein dunkler Blick sagte mehr als tausend Worte. Er wollte sie. Sie wollte ihn.

»Himmel«, stieß Laura aus und rückte ein wenig ab. »Jetzt, wo wir wissen, dass Sandra Kästner vermisst wird, müssen wir davon ausgehen, dass sie tot ist.«

»Hm«, entfuhr es Taylor, der ganz offensichtlich völlig andere Gedanken hegte. In seinen Augen funkelte es. Laura spürte die Anziehungskraft, die jeden Moment ihren Verstand auszuschalten drohte. Taylor kam wieder näher.

Doch bevor er sie küssen konnte, redete Laura einfach weiter. »Wir haben es höchstwahrscheinlich mit einem Mordfall zu tun und sollten keine Zeit verlieren.«

Taylors Augenbrauen schossen in die Höhe. Ein schelmisches Grinsen erschien auf seinem Gesicht. Er antwortete nicht. Stattdessen zog er Laura an sich.

»Du weichst mir aus«, flüsterte er. »Damit ist jetzt Schluss.« Er gab ihr einen leichten Kuss auf die Lippen und grinste dann wieder. »Aber ich kann warten, bis du so weit bist.« Völlig unerwartet ließ er sie los und Laura empfand in diesem Augenblick beinahe körperliche Schmerzen. Trotzdem schlugen zwei Herzen in ihr. Sie hatten endlich einen Namen. Sie mussten Sandra Kästner finden. In Lauras Nase hatte sich der Geruch nach verbranntem Fleisch eingenistet. Der schrille Schrei des

Opfers klang noch immer in ihr nach. Sie konnte sich jetzt nicht auf Taylor einlassen. Auch wenn ein Teil von ihr sich danach sehnte.

»Okay«, sagte sie so neutral wie möglich und starrte dabei den Bildschirm an, nur um Taylors Blick zu entgehen. »Ich sollte mir Sandra Kästners Wohnung ansehen. Vielleicht befindet sich dieser Fahrstuhl ja in der Nähe.«

Taylor nickte. Sein Blick ging zur Uhr. »Da kommen wir aber jetzt nicht rein. Wir sollten vernünftig sein und ein wenig schlafen. Es ist zwar schon bald drei, aber ein paar Stunden bleiben uns noch. Außerdem nützt es niemandem, wenn wir nicht fit sind.« Er erhob sich. »Na los. Ich fahre dich nach Hause.«

Zwanzig Minuten später stand Laura wieder auf dem Bürgersteig. Sie konnte nicht schlafen. Der Fahrstuhl mit der brennenden Sandra Kästner ging ihr nicht aus dem Kopf. Mit diesen Bildern bekam sie einfach kein Auge zu. Die einzige Therapie dagegen war Laufen. Laura hatte gewartet, bis Taylor davonfuhr, und war anschließend in ihre Sportsachen geschlüpft. Joggen ordnete ihre Gedanken und entspannte sie. Also lief sie los und rannte, bis ihre Lungen brannten. Erst nachdem sie ihre obligatorischen fünf Kilometer absolviert hatte, fühlte sie sich ein wenig besser. Sie schrieb Max eine kurze Nachricht, dass sie sich gleich am Morgen zur Durchsuchung von Sandra Kästners Wohnung treffen sollten. Dann, irgendwann gegen halb fünf, fiel sie traumlos in den Schlaf.

* * *

An der Haustür läutete es. Mindestens zum zweiten Mal. Laura seufzte müde und zog die Bettdecke über den Kopf. Es half nichts, denn jetzt begann auch noch ihr Handy zu klingeln, so laut, dass es sich nicht ignorieren ließ. Sie streckte einen Arm unter der Bettdecke hervor und tastete den Nachttisch ab.

»Laura Kern«, murmelte sie in der Erwartung, es sei Taylor.

»Hey. Ich stehe mit Kaffee vor deiner Tür und du machst nicht auf. Wo steckst du?«

»Max?« Laura war plötzlich hellwach. Verstört sah sie zur Uhr. Es war gerade einmal halb acht. Sie hatte kaum geschlafen. Max riss sie aus dem Tiefschlaf. Sie fühlte sich völlig verkatert, obwohl sie nicht einen einzigen Tropfen Alkohol im Blut hatte. Schlagartig fiel ihr ein, dass sie Max selbst einbestellt hatte.

»Warte«, erwiderte sie, sprang schwerfällig auf und stolperte zur Tür.

Routinemäßig blickte sie durch den Spion und prüfte die Umgebung. Als sie ihren Partner allein im Hausflur sah, schob sie den schweren Riegel beiseite. Laura wohnte in der obersten Etage eines Berliner Altbaus. Sie liebte diese Penthouse-Wohnung, denn sie bot von der großzügigen Dachterrasse aus einen atemberaubenden Blick über Berlin. Zudem wahrte das große Haus ihr Bedürfnis nach Anonymität. Die Nachbarn kannten sich untereinander nicht sonderlich gut und jeder ging seine eigenen Wege. Das entsprach haargenau Lauras Vorstellungen. Sie konnte kommen und gehen, wann sie wollte, und wurde nicht von neugierigen Blicken verfolgt. Auch nicht, wenn sie sich mitten in der Nacht zum Joggen aufmachte.

»Du hast Kaffee dabei?«, fragte sie und griff dankbar nach dem Becher, den Max ihr entgegenhielt.

»Ich kenne dich doch. Ich habe deine Nachricht bekommen und mir das Video bereits angeschaut. Du wolltest mit mir gleich zur Wohnung des Opfers.« Max musterte sie verwundert. »Du hast geschrieben, es wäre eilig.« Sein Blick wanderte an ihr hinab. Trotz der sommerlichen Temperaturen steckte sie in einem langen Schlafanzug. Obwohl sie fast immer allein schlief, achtete Laura sogar nachts darauf, dass die Narben auf ihrer Haut unsichtbar blieben. Genau wie am Tag. Hochgeschlossene Blusen und lange Hosen gehörten zu Laura wie Wasser zum Meer. Auf ihrer Flucht aus dem Pumpwerk hatte ein scharfkantiges Eisengitter die Haut über ihrer Brust aufgerissen. Leider hatten sich die Wunden so heftig entzündet, dass eine Hauttransplantation vom Oberschenkel durchgeführt werden musste. Seitdem war Laura gezeichnet. Und auch wenn Max ihre Geschichte kannte, wollte sie diesen Makel trotzdem vor ihm verstecken.

»Stimmt. Komm rein. Ich ziehe mich gleich an.« Laura hielt ihm die Tür auf.

»Warst du heute Nacht mit Taylor unterwegs?«, fragte Max, der vor ihrem offenen Schlafzimmer stehen blieb und neugierig hineinsah.

Laura verdrehte die Augen, denn der eifersüchtige Unterton in der Stimme ihres Partners war nicht zu überhören. Max und Taylor mochten sich nicht sonderlich.

»Wie geht es deiner Frau?«, konterte Laura deshalb scharf und biss sich auf die Unterlippe, als sie Max' verletzten Blick bemerkte. Sie wusste, dass sie sich im Tonfall vergriffen hatte. Aber Max übertrieb es einfach. Sie hatte mit ihm vor einer halben Ewigkeit eine flüchtige Affäre gehabt, nachdem seine Frau Hannah ihn wegen eines anderen sitzen gelassen hatte. Doch schon nach kurzer Zeit war sie zu ihm zurückgekehrt. Max gab ihr eine neue Chance. Natürlich spielte es eine Rolle, dass die beiden damals bereits ein gemeinsames Kind hatten. Max gehörte zu den typischen Familienmenschen. Für eine heile Welt nahm er auch Hannahs Seitensprung in Kauf. Laura hatte sich zu diesem Zeitpunkt schon wieder von Max distanziert. Und obwohl die Verhältnisse zwischen ihnen geklärt waren, ging Max auf jedes männliche Wesen los, das sich in Lauras Nähe wagte.

»Tut mir leid«, schob sie schnell hinterher und verschloss die Schlafzimmertür unmittelbar vor Max' Nase. Auf keinen Fall wollte sie, dass er in ihrem Privatleben herumschnüffelte. Und die Diskussionen über Hannah wollte sie ebenfalls nicht aufleben lassen. Diese Frau war eine emotionslose Hülle, ein Parasit. Sie nutzte Max schamlos aus, und der ließ es sich gefallen, weil inzwischen zwei süße Kinder in seinem Haus auf ihn warteten. Sie musterte ihn. Er wirkte immer noch übermüdet, obwohl sein Sohn die Dreimonatskoliken endlich überstanden hatte. Doch an ausreichend Schlaf war anscheinend trotzdem nicht zu denken. Laura sah es an Max' tief liegenden Augen, unter denen permanent ein dunkler Schatten hing.

»Ich beeile mich, warte in der Küche«, sagte sie und öffnete die Schlafzimmertür nur einen Spaltbreit, um hineinzuschlüpfen.

»Hast du schon etwas aus Abteilung sieben gehört?«, rief sie laut, während sie eine Bluse überstreifte und in enge Jeans schlüpfte.

»Die haben gerade angefangen und versuchen herauszufinden, wo das Video hochgeladen wurde. Ben Schumacher übernimmt den kriminaltechnischen Part, sobald wir die Leiche gefunden haben.«

Auch das noch, dachte Laura und zog den Reißverschluss hoch. Mit Ben Schumacher war Hannah damals fremdgegangen. Max hasste Ben mindestens tausendmal mehr als Taylor. Kein Wunder also, dass er heute Morgen empfindlich reagierte.

»Ich bin so weit, komm«, rief Laura Richtung Küche.

»Das heißt, unsere Experten gehen davon aus, dass das Video echt ist?«

»Steht noch nicht fest. Simon Fischer kann es sich aber gut vorstellen.«

Laura griff nach ihrem Kaffeebecher, den sie im Flur abgestellt hatte, und nahm einen kräftigen Schluck. »Bist du extra in mein Lieblingscafé gefahren?«

Max grinste selbstzufrieden. »Ich kenne dich doch, und außerdem dachte ich mir, dass du viel Koffein brauchst, wenn du mir mitten in der Nacht eine Nachricht schickst.«

»Danke. Das ist echt lieb von dir.« Laura stand inzwischen schon im Treppenhaus. Einen Fahrstuhl gab es nicht. Aber das kam ihr entgegen. Das Treppensteigen eignete sich hervorragend als Mini-Work-out für zwischendurch. Sie wartete, bis Max ebenfalls draußen war, und verriegelte sorgfältig die Tür.

Zehn Minuten später erreichten sie Sandra Kästners Wohnhaus, das sich in der Nähe des Alexanderplatzes befand. Sie lebte in einem Zweizimmerappartement im Dachgeschoss eines frisch renovierten Altbaus.

»Die Miete wird es in sich haben«, mutmaßte Max und klingelte bei der Mutter des Opfers, die eine Etage tiefer wohnte und angeboten hatte, die Wohnung zu öffnen. Der Türöffner summte und Laura erklomm die fünf Treppen mühelos. Im Türrahmen erwartete sie eine blasse, dünne Frau, die mit Sandra Kästner nur wenige Ähnlichkeiten aufwies.

»Haben Sie meine Tochter gefunden?« Renate Kästners Stimme bebte kraftlos.

»Wir ermitteln auf Hochtouren. Ich verspreche Ihnen, Sie auf dem Laufenden zu halten«, sagte Laura in dem Versuch, die aufgelöste Frau zu trösten.

»Sie war noch nie so lange weg, ohne mir Bescheid zu geben. Nicht ein einziges Mal.« Renate Kästner nahm einen Schlüssel von der Kommode in ihrem Flur und blickte Laura prüfend an.

»Sie tragen gar keine Uniform. Sind Sie nicht von der Polizeiwache?

Laura schüttelte den Kopf. »Nein, vom LKA.«

»Vom Landeskriminalamt?«, stieß Renate Kästner erschrocken aus. Tränen schossen ihr in die Augen. »Meinem Mädchen ist doch hoffentlich nichts zugestoßen?«

Sofort leuchteten in Lauras Kopf die Bilder vom brennenden Fahrstuhl auf, die sie eilig beiseiteschob. »Wir wissen leider nicht, wo sich Ihre Tochter aufhält. Deshalb wollen wir uns ihre Wohnung ansehen. Vielleicht finden wir dort einen Hinweis auf ihren Verbleib«, erklärte sie, so ruhig es ging, obwohl es halb gelogen war. Natürlich wusste Laura ziemlich sicher, dass die Tochter dieser armen Frau nicht mehr lebte. Irgendwo in einem Fahrstuhl lag ein Haufen Asche. Mehr war von Sandra Kästner vermutlich nicht übrig geblieben. Allerdings konnte sie das ohne belastbare Beweise nicht preisgeben. Wenn sie falschlägen, würde sie Sandra Kästners Mutter nur unnötige Schmerzen bereiten.

»Aber warum schickt die Polizeiwache denn das LKA? Die kommen doch nur in schwierigen Fällen.« Die Frau schluchzte heftig und durchbohrte Laura regelrecht mit ihren Blicken. Als Laura beharrlich schwieg, wandte sie sich an Max. »Sie sind ein so sympathischer junger Mann.

Wollen Sie mir nicht sagen, was mit meiner Tochter passiert ist?«

Max zuckte hilflos mit den Achseln. »Tut mir leid. Wie meine Kollegin gerade erklärt hat, stehen wir erst am Anfang der Ermittlungen.« Max räusperte sich. »Könnten Sie uns jetzt bitte die Wohnung zeigen?«

Frau Kästner nickte niedergeschlagen. Laura bemerkte, wie ihre Hände zitterten.

»Wann haben Sie Sandra zuletzt gesehen?«, fragte Laura, während sie die Stufen zum Dachgeschoss hinaufstiegen.

»Vor drei Tagen. Ich koche abends ab und zu für uns. Sandra hat einen stressigen Beruf. Sie ist Vermögensberaterin und verwaltet irgend so einen Fonds. Sie gönnt sich nicht oft Ruhe, und da soll sie wenigstens ab und an eine richtige Mahlzeit zu sich nehmen.« Renate Kästner seufzte und knetete dabei ihre Hände. »Aber sie ist von der Arbeit nicht nach Hause gekommen.«

»Könnte sie bei Freunden oder anderen Verwandten untergekommen sein?«, wollte Max wissen. Sie hatten die Wohnungstür erreicht, und Renate Kästner zitterte so sehr, dass sie kaum den Schlüssel ins Schloss brachte.

»Es gibt keine weiteren Verwandten. Ihr Vater ist vor sechs Jahren an einem Herzinfarkt gestorben. Geschwister hat Sandra keine und Freunde im Grunde genommen auch nicht. Sie hat ja fast nur gearbeitet. Mit zwei, drei Kollegen ist sie ab und zu ausgegangen. Ich habe sie angerufen, aber sie wissen nicht, wo Sandra sein könnte. Sie war wie jeden Tag im Büro und ist gegen sieben Uhr abends aufgebrochen.« Renate Kästners Augen füllten sich mit Tränen. »Ich habe das alles schon auf der Polizeiwache erzählt. Ans Handy geht sie nicht und mittlerweile springt sofort die Mailbox an.« Sandras Mutter sprach nicht weiter. Das war auch nicht nötig. Sie ahnten, dass das Handy aus war – für immer.

»Könnten Sie mir die Kontaktdaten von Sandras engsten Kollegen geben?«, bat Laura und sah sich in der hochmodernen, stylishen Wohnung um. Sandra Kästner musste gut verdient haben. Die Einrichtung schien sehr hochwertig. Laura oder Max würden sich von ihrem Gehalt kaum die Hälfte davon leisten können.

Sie betraten das Wohnzimmer, das über eine weiße Ledercouch, dazu passende Sessel und einen riesigen Flatscreen-Fernseher verfügte. Max pfiff kaum hörbar durch die Zähne, als er den Panoramablick auf den Fernsehturm registrierte. Auf dem Couchtisch lagen ein paar Briefe. Laura warf sofort einen Blick darauf. Kontoauszüge, Werbung und ein Schreiben von Kästners Lebensversicherung. Laura öffnete den Brief, der Sandra Kästner über die aktuelle Höhe des Auszahlungsbetrages im Todesfall informierte.

»Wer ist denn der Begünstigte dieser Lebensversicherung?«, fragte sie Renate Kästner, die unmittelbar rot anlief.

»Ich. Wieso?«

»Bitte entschuldigen Sie. Reine Routinefrage«, sagte Laura und nahm sich den nächsten Brief vor.

»Hat Ihre Tochter Schulden?« Laura runzelte die Stirn und überflog den Kreditbetrag, der als offene Forderung auf dem Kontoauszug vermerkt war.

»Sie finanziert unsere beiden Wohnungen. Es ist steuerlich günstiger«, erklärte Renate Kästner schulterzuckend. »Ich habe ehrlich gesagt keine Ahnung von solchen Dingen. Aber Sandra wollte unbedingt einen Kredit aufnehmen.«

Laura nickte und warf Max einen Blick zu. Doch der

schien diesen Umstand nicht merkwürdig zu finden. Sie dachte über die Lebensversicherung nach. Im Todesfall stand Renate Kästner eine halbe Million Euro zu. Das war ein dicker Batzen Geld. Laura musterte Sandras Mutter unauffällig. Es gab genug Monster auf dieser Erde, die für einen weit geringeren Betrag morden würden. War Renate Kästner zu solch einer Tat fähig? Dem äußeren Anschein nach nicht, aber Laura wusste, dass sich die schlimmsten Ungeheuer häufig hinter einer freundlichen Maske versteckten, um ihre Umwelt zu täuschen. Sie kannte es aus eigener Erfahrung, sonst wäre sie damals nicht in die Hände ihres Entführers geraten. Noch heute sah sie seine gütigen blauen Augen vor sich, die sich urplötzlich in einen eiskalten schwarzen See verwandelt hatten.

»Sind Sie sicher, dass Ihre Tochter keinen Freund hat?«, rief Max, der in der Zwischenzeit das Schlafzimmer überprüft hatte. Er erschien im Türrahmen und hielt eine Packung Kondome in den Fingern, die nunmehr in einem Gummihandschuh steckte. »Die habe ich im Nachttisch gefunden.« Er zeigte Laura die Packung, die geöffnet war. »Es fehlen drei Stück.«

Sofort fixierte Laura Sandras Mutter, deren Miene abwechselnd Entsetzen und Angst spiegelte. Die Situation schien ihr unangenehm zu sein. Sie schluckte schwer und knetete erneut nervös die Hände.

»Nein. Das kann nicht sein«, antwortete sie. »Ich wüsste doch, wenn Sandra mit jemandem zusammen wäre.«

Laura zog ungläubig eine Augenbraue hoch. Renate Kästner blickte wirr zwischen ihr und Max hin und her.

»Hören Sie«, fuhr Frau Kästner fort. »Das Haus ist sehr hellhörig und außerdem knarren die Holzstufen im Treppenhaus bei jedem Schritt. Es ist ein altes Haus, auch wenn es renoviert ist.« Sie tippte sich ans Ohr. »Ich versichere Ihnen, dass mir fast nichts entgeht.«

»Und wozu braucht Ihre Tochter die Kondome?« Max ließ nicht locker. Seiner Miene sah Laura an, dass er Renate Kästner kein Wort glaubte.

»Das weiß ich nicht. Aber Sandra hatte seit Christian keinen Freund mehr. Das müssen Sie mir glauben.« Laura speicherte sich den Namen ab. »Wie lange ist das denn her?«

»Zwei Jahre. Ich dachte immer, die beiden würden einmal heiraten. Doch dann ging Christian wegen eines Jobangebotes nach München, und innerhalb weniger Wochen trennten sie sich. Sandra hat nie viel darüber gesprochen. Es hat ihr das Herz gebrochen.«

Laura bat um die Kontaktdaten von Sandra Kästners Ex-Freund, während Max die Kondompackung betrachtete.

»Die Präservative sind noch fast vier Jahre haltbar«, stellte Max fest. »Das bedeutet, dass sie erst vor Kurzem gekauft wurden.«

Laura sah Max überrascht an und fragte sich, ob alle Männer so genau über dieses Verhütungsmittel Bescheid wussten. Laura kannte sich bloß deshalb aus, weil sie keine Pille nahm. Sie verhütete stets mit Kondomen, was sicherlich auch daran lag, dass sie kurzen Beziehungen nicht abgeneigt war. Max jedoch war verheiratet und hatte außerdem zwei Kinder. Wozu brauchte er Kondome? Und warum wusste er, dass sie im Schnitt nur vier Jahre haltbar waren?

Renate Kästner schüttelte den Kopf. »Wer weiß, wo sie die herhat. Womöglich vom Wichteln oder Karneval.« Diesmal klang sie beinahe trotzig. Wahrscheinlich war es normal für eine Mutter, die Sexualität ihres Kindes zu ignorieren, dachte Laura und musterte die Frau nachdenklich.

»Ich würde gerne unser Team der Spurensicherung bei Ihnen vorbeischicken. Möglicherweise finden wir so heraus, wo Ihre Tochter sich aufhält.«

Renate Kästner nickte müde, und Laura griff zum Telefon, um Ben Schumacher zu informieren. Sie verließ das Wohnzimmer und sah sich in der Küche um. Ein paar benutzte Teller und Gläser standen auf der Spülmaschine. Laura öffnete den Kühlschrank, der prall gefüllt war. Alles wirkte so, als würde die Besitzerin der Wohnung jeden Moment zurückkehren. Nichts deutete darauf hin, dass sie vorgehabt hatte, zu verschwinden. Laura inspizierte das Schlafzimmer und betrachtete ein paar Fotos von Sandra Kästner. Sie war eine junge und sehr hübsche Frau. Neben dem Bett lag ein Laptop auf einem Sideboard. Laura streifte Gummihandschuhe über und öffnete ihn. Der Computer war nicht passwortgeschützt. Hastig überflog sie Sandras E-Mails, die jedoch im Wesentlichen aus Werbung bestanden. Die Arbeit hatte Sandra Kästner offenbar regelmäßig bis nach Hause verfolgt, denn die restlichen E-Mails bezogen sich auf berufliche Fragestellungen, die sie meist nachts mit Arbeitskollegen austauschte. Laura überprüfte die vergangenen zwei Wochen, ohne etwas Auffälliges zu finden. Dasselbe galt für den Browserverlauf. Sandra Kästner hatte hauptsächlich auf Finanzseiten gesurft und über diverse Fonds, Indizes und Aktien recherchiert. Scheinbar verfügte diese Frau beinahe über keinerlei Privatleben. Sie interessierte sich offenbar weder für Klamotten, Schmuck, Schminke, Sport, Bücher, Klatsch noch für andere Hobbys, die sie menschlich hätten erscheinen lassen. Stattdessen wirkte ihr Opfer beinahe wie ein Roboter, der nichts anderes tat, als seinen täglichen Arbeitsroutinen nachzugehen. Laura runzelte die Stirn, klappte den Laptop zu und ging zurück ins Wohnzimmer.

»Hilft Ihre Tochter eigentlich gerne anderen?«, fragte sie vorsichtig.

»Wie meinen Sie das?«

»Spendet sie zum Beispiel oder engagiert sich sozial?« Renate Kästner schüttelte den Kopf. »Das weiß ich nicht. Sie hat so viel zu tun. Ich denke eher nicht.«

»Fällt Ihnen irgendetwas ein, was uns helfen könnte, Ihre Tochter zu finden?«

Erneut schossen Tränen in Renate Kästners Augen. Sie schlug verzweifelt die Hände vors Gesicht. »Bitte bringen Sie mir mein Kind zurück«, flehte sie, und Laura kaufte ihr in diesem Moment jedes einzelne Wort ab. Noch bevor sie antworten konnte, klingelte ihr Handy.

»Laura Kern«, meldete sie sich und lauschte gespannt.

»Hier ist Simon Fischer aus Abteilung sieben. Ich habe das Video analysiert und herausgefunden, wo sich der Fahrstuhl befinden könnte.«

Sie legte auf und drückte Renate Kästner ihre Visitenkarte in die Hand.

»Wenn Ihnen doch noch etwas einfällt, rufen Sie mich an. Wir müssen jetzt los.«

3

Sechs Jahre zuvor

D ie Sonne strahlte herrlich und zum ersten Mal in seinem Leben fühlte er sich richtig frei. Keine Verpflichtungen, niemand in der Nähe, der ihn nerven konnte – einfach alles war perfekt. Natürlich lag das nicht nur am Urlaub, den er von seinem ersten Geld gebucht hatte. Sein Hochgefühl war hauptsächlich auf *sie* zurückzuführen. Nie zuvor hatte er solche Glücksmomente erlebt wie mit ihr. Sie saß neben ihm. Der knappe Bikini offenbarte mehr, als er verbarg. Hätte er ein Wort für die Beschreibung ihres Körpers finden müssen, wäre ihm nur eines eingefallen: *Göttin*. Ja, das war sie für ihn. Ihre makellose, leicht gebräunte Haut. Das glänzende Haar, das sanft im Wind wehte. Ihr Lächeln, das unbekannte Sehnsüchte in ihm auslöste.

»Hast du Lust auf Schwimmen?«, fragte sie und sprang übermütig in den Pool. Gleich darauf tauchte sie wieder vor ihm auf. Ihre Haut schimmerte verlockend wie die einer Meerjungfrau. Er hielt ihr die Hand hin und ließ sich ins Wasser ziehen. Ganz zart berührte er sie. Er wollte es nicht übertreiben. Seine Finger glitten unauffällig über ihren Rücken. Ihre Haut war so weich, dass es ihm den Atem raubte. Er war froh, im Wasser zu sein. Es kühlte ihn ein bisschen ab.

»Schwimm schneller«, neckte sie ihn und tauchte unter ihm hindurch. Ihre Berührung traf ihn wie ein elektrischer Schlag. Aufgeregt schnappte er nach Luft und schwamm hinterher. Das Chlorwasser brannte ihm in den Augen. Er vertrug es nicht gut. Doch in diesem Moment wollte er auf keinen Fall Schwäche zeigen. Sie wartete lächelnd auf dem Grund des Pools, aber als er sie fast erreicht hatte, stieß sie sich mit den Füßen ab und tauchte auf. Luftbläschen tanzten im Wasser und trübten seine Sicht. Er folgte ihr, ohne sie zu erreichen. Sie glitt wie ein Fisch durchs Nass und kletterte am anderen Ende behände aus dem Pool. Schnaufend folgte er ihr.

»Möchtest du etwas trinken?«, fragte er und griff nach dem Handtuch auf seiner Sonnenliege.

Sie nickte lächelnd und er lief ins Ferienhaus, in die Küche und öffnete den Kühlschrank. Ihr Anblick ging ihm dabei nicht aus dem Kopf. Er kannte sie aus der Universität. Schon lange. Sie studierte Volkswirtschaftslehre, weshalb sich ihre Wege auf dem Campus nicht oft kreuzten. Zugegeben, er hatte sich bisher auch nicht sonderlich für sie interessiert. Jedenfalls nicht in diesem Sinne. Befreundet waren sie allerdings bereits länger. Vielleicht lag sein plötzliches Interesse auch im heißen Sommerwetter begründet und in der Urlaubsstimmung, die sie alle mit sich riss. Er grinste. Im Bikini wirkte sie ganz anders als in ihren legeren Klamotten – meist armeegrüne, weite T-Shirts und Jogginghosen. Ihre schlanke Taille und die dafür recht große Oberweite, die er seit ihrer Ankunft in

Tunesien beinahe täglich zu Gesicht bekam, hätte er nie darunter vermutet. Seufzend holte er den Orangensaft aus dem Kühlschrank und schlug die Tür zu. Auf alle Fälle hatte er sich getäuscht. Ansonsten wäre er längst mit ihr ausgegangen.

Leider war auch den anderen Jungs ihre außergewöhnlich gute Figur nicht entgangen. Jetzt befand er sich in Konkurrenz, und sie schien es zu wissen. Bisher hatte sie sich auf keinen von ihnen festgelegt. Sie spielte mit ihnen. Doch er hatte nicht vor, dieses Spiel zu verlieren. Seine Lenden pulsierten. Er brauchte dringend Sex. Sie wäre perfekt. Fast landete die Rumflasche auf dem gefliesten Boden, als er sich vorstellte, wie weich, warm und eng es zwischen ihren Beinen sein musste. Fahrig goss er einen Schuss Rum in den Orangensaft. Lieber ein bisschen zu viel als zu wenig. Er grinste. Wenn er sie betrunken machte, könnte er sie womöglich in den nächsten zwei Stunden abschleppen. Er durfte nichts anbrennen lassen.

Aber als er wieder die Terrasse des Ferienhauses erreichte, hatte sich ein anderer zu ihr gesellt. Unschlüssig blieb er stehen, die Gläser in den Händen, und beobachtete sie. Ihr Lächeln wirkte ein wenig aufgesetzt, das Kinn hielt sie ein Stück zu hoch. Doch ihre Hand lag auf der Schulter seines Kumpels, der genüsslich an seinem Glas nippte. Mist. Er musste etwas unternehmen.

»Ein kühler Drink für die Lady«, sagte er mit Nachdruck und drängte sich zwischen die beiden. Schlange nannten sie ihn, den Jurastudenten, mit dem er sich hervorragend verstand und der – das musste er neidvoll anerkennen – ziemlich attraktiv war. Sie kannten sich alle seit Studienbeginn. Obwohl sie unterschiedliche Fachrichtungen gewählt hatten, verband sie eine langjährige Freundschaft. Auf einer Party hatten sie beschlossen, gemeinsam in den Urlaub zu fahren. Sie standen schließlich kurz vor dem Abschluss und wollten noch einmal so richtig feiern und etwas erleben, bevor sie ins Arbeitsleben starteten. Einer von ihnen tat daraufhin ein kleines Ferienhaus in Tunesien auf. Für ihn war die Reise ein riesengroßes Abenteuer. Natürlich war er auch vorher schon mit Freunden unterwegs gewesen, allerdings nie über Europas Grenzen hinaus. Finanziell musste er ganz schön wirtschaften. Seine Eltern waren bereits verstorben und hatten ihm nicht gerade viel hinterlassen.

Er reichte ein Glas weiter, nicht ohne dabei tief in die Augen seiner Auserwählten zu blicken, die genauso blau leuchteten wie die seiner Mutter. Plötzlich überwältigte ihn die Trauer. Es war noch nicht lange her, dass er sie verloren hatte. Krebs. Nie würde er den Tag vergessen, an dem sie die schreckliche Diagnose bekam. Danach ging es rapide abwärts. Schon ein Jahr später war sie tot, obwohl sie mit jeder Faser ihres Körpers leben wollte. Sie hatte so sehr gekämpft. Doch überall hatten sich Metastasen gebildet. Sie hatte keine Chance gehabt. Er schluckte und schob die Trauer beiseite. Seine Mutter hatte immer gewollt, dass er glücklich war. Er glaubte fest daran, dass sie jetzt bei seinem Vater war, der schon früh durch einen Verkehrsunfall ums Leben kam und an den er sich kaum noch erinnern konnte. Dieser Gedanke tröstete ihn. Er fragte sich unwillkürlich, ob die blonde Schönheit neben ihm es in Sachen innerer Stärke mit seiner Mutter aufnehmen konnte. Er betrachtete ihre Bewegungen, wie sie das Glas hielt und zu den Lippen führte. Den Kopf leicht nach hinten geneigt. Vielleicht, dachte er und nahm nur einen kleinen Schluck. Er würde es bald herausfinden.

»Hey, kommst du mit rein? Lust auf ein kühles Eis?«

Sein Konkurrent schien nicht aufgeben zu wollen. Sah

er denn nicht, dass sie zufrieden an ihrem Drink nippte? Er beobachtete ihre Reaktion. Immerhin war das Glas schon halb leer. Der Rum sollte langsam Wirkung zeigen. Sie lächelte ihn an und drückte ihm anschließend ihr Getränk in die Hand.

»Eis wäre jetzt genau das Richtige für mich.«

Schneller, als er gucken konnte, war sie aufgesprungen und tänzelte zum Haus. Verdammt. Er funkelte Schlange zornig an.

»Wie sieht es eigentlich mit unserem Ausflug aus? Hast du den Wagen wieder in Gang gebracht?«

»Das hat doch Zeit«, antwortete der Jurastudent und wandte sich ab. Sie war bereits im Inneren des Hauses verschwunden.

»Ich denke nicht, dass das noch länger verschoben werden kann. Wir wollen bald los, und dann muss alles einwandfrei funktionieren«, erwiderte er garstig und sprang auf. Er baute sich vor Schlange auf und verstellte ihm den Weg.

»Lass mich durch«, forderte Schlange und wollte sich vorbeischieben.

Doch er stieß seinen Arm beiseite, viel heftiger, als er es beabsichtigt hatte. Schlange geriet ins Wanken und taumelte ein paar Schritte rückwärts.

»Was ist denn in dich gefahren?« Schlange funkelte ihn wütend an, das Glas fiel ihm aus der Hand. Es zerschepperte auf dem Boden. Splitter flogen in alle Richtungen durch die Luft. Der Jurastudent baute sich vor ihm auf und stupste ihn gegen die Brust. Er wehrte ihn mit beiden Händen ab und gab ihm einen Schubs. Schlange rutschte aus und stürzte. Er landete mitten in den Scherben. Er kreischte mit merkwürdig hoher Stimme auf, verdrehte die Augen und presste eine Hand an seinen Hals.

Irgendwie schaffte er es, sich halbwegs aufzuraffen. Jedoch nur kurz. Er stolperte und verlor erneut das Gleichgewicht. Ohne sein Zutun plumpste Schlange in den Pool. Das Wasser verschlang ihn klatschend, während er starr vor Schreck am Beckenrand stand und tatenlos zusah, wie sich das schöne Hellblau über seinem Freund langsam rot färbte.

4

»Warte. Ich möchte noch etwas überprüfen.«
Laura machte kehrt, obwohl sie Renate
Kästner schon die Hand gereicht hatte. Max
sah ihr nur verwirrt hinterher. Laura rannte zurück durch
den Flur in Sandra Kästners Badezimmer und blickte sich
um. Sie entdeckte einen kleinen, aluminiumfarbigen
Mülleimer, öffnete ihn und lächelte in sich hinein.

»Von wegen Sandra Kästner hatte keinen Freund.«
Laura rümpfte die Nase. Ein süßlich scharfer Geruch stieg
ihr entgegen. Schnell schlug sie den Deckel des Eimers zu
und nahm ihn mit.

»Was willst du mit dem Ding?«, flüsterte Max, als Laura
zurückkam.

»Das erkläre ich dir gleich«, erwiderte sie und schlängelte sich an ihm vorbei ins Treppenhaus, wo Renate
Kästner geduldig wartete.

»Wir wären dann erst einmal fertig. Ich danke Ihnen
für Ihre Unterstützung. Wir werden alles tun, um Ihre
Tochter zu finden.« Laura verabschiedete sich zum zweiten
Mal von Sandras Mutter. Die Frau hatte entgegen ihrer

eigenen Aussage entweder wirklich keine Ahnung vom Leben ihrer Tochter oder sie hatte gelogen. Laura wusste im Moment nicht so richtig, in welche Kategorie sie Renate Kästner einordnen sollte.

»Ich will sofort wissen, was da drin ist«, forderte Max, als sie wieder im Auto saßen.

Laura hob die Augenbrauen. »Ich hatte den Eindruck, du kennst dich ziemlich gut mit Kondomen aus.« Sie grinste bedeutungsvoll. »Ich habe hier etwas fürs Labor: DNS. Vielleicht lösen wir diesen Fall schneller als gedacht.«

In Max' Kopf ratterte es. Laura sah es an der Falte auf seiner Stirn, die immer dann erschien, wenn er nachdachte. Es dauerte nur den Bruchteil einer Sekunde, bis er verstand.

»Da ist ein gebrauchtes Kondom drin?«

Laura nickte. »Von wegen, ihre Mutter hört jedes Geräusch im Treppenhaus. Wer immer es war, er ist ganz sicher nicht durch die Luft geflogen, um mit Sandra Kästner im Bett zu landen.«

»Wow.« Max sah sie bewundernd an. »Darauf wäre ich nicht gekommen.«

»Ich frage mich, ob Renate Kästner wirklich nichts davon wusste«, murmelte Laura nachdenklich.

»Also ich kaufe ihr die Verzweiflung ab. Warum sollte sie ihre Tochter als vermisst melden, wenn sie selbst etwas mit ihrem Verschwinden zu tun hat? Sie wirkt auf mich eher wie eine dieser Übermütter, die ständig im Leben ihrer Kinder herumschnüffeln. Vermutlich hat Sandra Kästner jedoch erfolgreich Strategien entwickelt, ihrer Kontrollsucht zu entgehen.«

Laura nickte. Max' Argumente leuchteten ihr grundsätzlich ein. Trotzdem blieb ein merkwürdiges Gefühl in ihrer Magengrube zurück. »Lass uns mit Simon Fischer aus Abteilung sieben sprechen. Vielleicht hat er tatsächlich den Fahrstuhl ermittelt, in dem Sandra Kästner verbrannt ist.«

* * *

Simon Fischer gehörte zu den spektakulärsten Neueinstellungen der Abteilung. Seine Karriere hatte als Hacker im Chaos Computer Club begonnen. Bereits mit fünfzehn schaffte er es, Trojaner in die Hochsicherheitsnetze diverser Bundesministerien einzuschleusen, allerdings ausschließlich, um auf die Missstände in den Systemen aufmerksam zu machen. Die Verantwortlichen des Landeskriminalamtes hatten bis zur letzten Sekunde gezittert, ob Simon Fischer – inzwischen dreiundzwanzig – bereit wäre, für ein bescheidenes Gehalt seine Freiheit als unabhängiger Hacker aufzugeben. Zum Erstaunen aller tat er es, und noch bevor Simon überhaupt den ersten Schritt ins Gebäude gesetzt hatte, verbreitete sich die Neuigkeit wie ein Lauffeuer.

Laura musterte ihn genau. Sein Aussehen bestätigte jedes Vorurteil. Der schmächtige Körper des Computerspezialisten erinnerte an einen sechzehnjährigen Teenager. Eine dicke Brille saß auf der schmalen Nase und die schwarzen Haare hingen spärlich und schlaff vom bleichen Schädel. Simons Finger flogen hoch konzentriert über die Tastatur. Trotzdem sah er auf, als sie sich seinem Schreibtisch näherten, und brachte sogar ein Lächeln zustande. Vielleicht war er doch nicht der typische Nerd.

»Sie müssen Laura Kern sein.« Simon hörte auf zu tippen und erhob sich, um ihr seine mageren Finger entgegenzustrecken. Seine blauen Augen taxierten sie unverhohlen. »Es ist mir ein Vergnügen, Sie zu unterstützen. Sie haben die beste Aufklärungsquote im LKA. Ich wollte Sie schon immer mal kennenlernen.« Er zuckte mit den Achseln und eine feine Röte schlich sich auf seine Wangen. Dann blinzelte er Laura durch seine Brillengläser an. »Ich habe Sie mir irgendwie anders vorgestellt.«

»Das kann ich nur zurückgeben«, erwiderte Laura verdutzt. »Sie reden wie ein Wasserfall. Ich dachte immer, Hacker würden den ganzen Tag Hotdogs oder ähnliches Fastfood in sich hineinstopfen und dabei nicht mehr als drei Worte verlieren.«

»Sie haben auch noch Humor«, stellte Simon fest. »Gefällt mir.«

Er wandte sich zu Max. »Sie sind Max Hartung, richtig? Mit Ihnen möchte ich mich ganz bestimmt nicht anlegen.« Er musterte Max' Oberarme und pfiff anerkennend durch die Lippen. Dann wurde sein Gesicht ernst. »Ich habe die Videoaufnahme analysiert und konnte den Hersteller des Aufzuges ermitteln. Dieser Fahrstuhltyp wurde nur zehnmal in Berlin und Umgebung verbaut. Der Hersteller ist seit ein paar Jahren insolvent. Ich hatte Glück und habe vom Insolvenzverwalter Akteneinsicht bekommen. In den Unterlagen bin ich auf eine Aufstellung sämtlicher Käufer gestoßen.« Simon öffnete ein Foto auf seinem Computer und zoomte einen Ausschnitt heran. »Dieses Bild habe ich aus dem Video isoliert. Es zeigt die linke Seite des Fahrstuhls und einen Teil der Mauer.« Wieder machte er einen Klick, und daraufhin konnte Laura deutlich den Namen des Herstellers lesen, der in die Stahlumrahmung eingraviert war.

»Ich musste also nur noch nach Gebäuden mit Gemäuer aus Ziegelsteinen suchen. Es blieben am Ende zwei mögliche Adressen übrig.« Er nahm ein Blatt von seinem Schreibtisch und tippte darauf. »Vielleicht versuchen Sie es zuerst hier. Das ist ein altes Industriegebiet in Pankow. Der Fahrstuhl könnte sich in einer ehemaligen Stahlfabrik befinden. Das Hauptgebäude ist recht groß und steht seit Jahren leer. Einen Brand im Inneren würde höchstwahrscheinlich niemand so schnell bemerken. Der zweite Fahrstuhl befindet sich am östlichen Stadtrand. Ebenfalls in einer stillgelegten Fabrikhalle. Es handelt sich um ein älteres Modell von Lastenaufzügen.«

»Danke«, sagte Laura beeindruckt.

Simon Fischer grinste. »Das Video wurde in einem Internetcafé in Wilmersdorf hochgeladen. Ich habe die nähere Umgebung auf Überwachungskameras überprüft. Fehlanzeige. Und das Café selbst verfügt leider nicht über eine Videoüberwachung.«

Laura runzelte die Stirn. »Das ist ja am anderen Ende der Stadt.«

»Möglicherweise wollte der Täter vorsichtig sein«, mutmaßte Simon.

»Steht denn inzwischen fest, ob das Video echt ist?«, fragte Max, der den Zettel mit den beiden Adressen an sich nahm.

Simon Fischer schüttelte den Kopf. »Das konnte ich leider nicht feststellen. Es handelt sich um eine nicht mehr editierbare Version. Sämtliche Entstehungsdaten wurden eliminiert. Ich kann nur sagen, dass dieses Video von einem Profi angefertigt und hochgeladen wurde. Es ließ sich lediglich der Ort des Uploads ermitteln.«

»Ich danke Ihnen«, sagte Laura. »Am besten, wir fordern Kollegen an, die wir zu einer der beiden Adressen schicken können.«

»Verstärkung? Sie haben noch nicht einmal einen

Fall!« Joachim Beckstein stand plötzlich hinter ihnen. In seiner Stimme lag Empörung. »Seit wann übernehmen Sie Aufträge von der Berliner Kriminalpolizei, ohne sich vorher mit mir abzustimmen?« Er tippte sich an die Stirn. »Sie haben mich verdammt noch mal um Erlaubnis zu bitten!« Joachim Beckstein, der das Dezernat für Entführungen, erpresserischen Menschenraub und Tötungsdelikte seit über fünfzehn Jahren leitete, hatte einen hochroten Kopf und starrte Laura und Max abwechselnd wütend an.

»Es tut mir leid, aber die Kripo ist für solche Fälle nicht ausgestattet, und ungeachtet dessen wissen wir im Augenblick nicht, ob sich alles, was man im Video sieht, auch so abgespielt hat.« Laura bemühte sich um eine neutrale Tonlage. Sie wusste, dass ihr Chef leicht überreagierte, und wollte die Bombe auf keinen Fall zum Platzen bringen.

»Sie sagen es ja selbst. Vielleicht kümmert sich die Kripo erst einmal darum, eine Leiche zu finden. Sie können doch nicht wegen eines Videos einen solchen Aufwand betreiben. Was, wenn es ein Fake ist? Außerdem brauche ich die Spurensicherung dringend in einem echten Mordfall. Die haben keine Zeit, die Wohnung einer Vermissten zu durchsuchen.«

»Sie haben mit Ben Schumacher gesprochen«, stellte Max ernüchtert fest. Er warf Laura einen Blick zu, der Bände sprach.

»Selbstverständlich habe ich mit ihm geredet. Verdammt noch einmal. Ich bin hier der Chef.« Becksteins Tonlage veränderte sich gefährlich. Laura beschloss, einzulenken.

»Tut uns leid. Wir hätten Sie natürlich sofort informieren müssen. Ich bin fälschlicherweise davon ausgegangen, dass es ausreicht, dafür die Nachmittagsbesprechung zu nutzen. Ich wollte Ihnen etwas mehr vorlegen als nur ein Video, von dem wir nicht wissen, ob es echt ist oder nicht. Aber Sie haben völlig recht. Es war falsch.« Sie senkte den Kopf und zählte im Stillen bis drei.

Beckstein schnaufte hörbar und schimpfte los: »Das ist typisch für Sie!« Trotzdem hörte Laura an seiner kontrollierten Stimme, dass er sich bereits wieder im Griff hatte. »Sie dürfen die beiden Adressen überprüfen. Ob jedoch ein Fall daraus wird und die Spurensicherung sowie weitere Ressourcen abgestellt werden, entscheide ich im Anschluss.« Beckstein machte auf dem Absatz kehrt und stürmte aus dem Großraumbüro.

»Puh«, zischte Simon Fischer, der in den letzten fünf Minuten durchgängig den Kopf eingezogen hatte und ihn jetzt wie eine Schildkröte wieder ausfuhr. »Zum Glück ist das nicht mein Chef.« Er warf Laura einen mitleidigen Blick zu. »Ich will gar nicht wissen, wie der drauf ist, wenn wir wirklich mal was verbocken.«

Laura grinste. »Er ist nicht so übel, wie es den Anschein hat«, erklärte sie. »Falls Ihnen zu dem Video noch etwas einfällt, rufen Sie mich an.«

Sie zog Max mit sich zur Tür hinaus. »Lass uns die beiden Adressen überprüfen. Ich besorge schnell noch einen Durchsuchungsbeschluss. Beckstein kriegt sich garantiert wieder ein, sobald wir stichhaltige Beweise liefern.«

* * *

Ein paar Stunden später bekamen sie grünes Licht für die Durchsuchung und machten sich sofort auf den Weg. Sie parkten vor der ersten verlassenen Industriehalle in

Pankow. Ein zwei Meter hoher Bauzaun schirmte das Gelände gegen neugierige Besucher ab. Laura verzichtete darauf, nach einem Eingang zu suchen. Wie eine Katze kletterte sie die Eisenstreben hinauf und schwang sich hinüber auf die andere Seite. Als Max es ihr nachtat, schwankte der Zaun verdächtig, hielt seinem Gewicht jedoch stand. Er sprang und landete schwerfällig auf den Füßen.

»Ich muss unbedingt wieder mehr trainieren«, jammerte er kopfschüttelnd und rieb sich dabei den rechten Knöchel. »Seitdem die Kinder da sind, geht es mit meiner Fitness stetig bergab.«

Laura hörte nur halbherzig zu. Ihre ganze Konzentration war auf das vor ihnen liegende rote Backsteingebäude gerichtet, das ungefähr fünfzehn Meter hoch und mindestens dreimal so lang sein musste. Obwohl die riesige Halle seit Jahren leer stand, sah sie von außen völlig intakt aus. Selbst die Fensterscheiben waren unbeschädigt und es fand sich kaum Graffiti an den Wänden. Laura krauste die Stirn.

»Hier kann es unmöglich sein«, sagte sie und wollte umdrehen.

»Spinnst du? Wir fahren doch nicht wieder ab, ohne wenigstens einen Blick hineingeworfen zu haben.«

»Aber diese Halle wird offenkundig regelmäßig überwacht und gewartet.« Laura deutete auf die Fassade. »Ein Brand im Inneren wäre aufgefallen. Die Feuerwehr hätte uns längst informiert. Ich wette, hier läuft alle paar Tage ein Wachmann vorbei und kontrolliert den Zustand des Gebäudes und sämtliche Zugänge.«

»Simon Fischer hat aber erzählt, die Stahlfabrik wäre pleite. Wer sollte denn da für die Überwachung bezahlen?«

»Nein. Der Lifthersteller ist insolvent. Über die Fabrik hat er nichts weiter berichtet.« Laura ließ den Blick über den riesigen Backsteinkomplex gleiten und zuckte dann mit den Achseln. »Also gut. Du hast ja recht. Wenn wir schon mal hier sind, gehen wir auch rein.« Sie stürmte auf die nächstgelegene Tür zu. »Mist. Die ist verschlossen.« Laura sah durch das Fenster daneben. Die Halle war komplett leer.

»Wo ist der Fahrstuhl?«, fragte Max, der sich ebenfalls die Nase an der Scheibe platt drückte.

»Ich glaube, dort hinten. Wir müssen zur Rückseite.« Laura marschierte los und blickte durch jedes Fenster, an dem sie vorbeikamen. Der Anblick änderte sich nicht. Die Fabrikhalle lag brach, nichts erinnerte daran, dass hier einmal Stahl gegossen wurde. Selbst die Öfen waren verschwunden. Laura begann zu schwitzen. Die Mittagssonne stand im Zenit und schien kräftig auf sie herab. Die Temperatur lag bei fünfundzwanzig Grad. Die enge Jeans klebte an ihren Oberschenkeln und der hohe Kragen der Bluse kratzte sie am Hals. Das war der Preis, den Laura dafür zahlte, ihre Vergangenheit zu verstecken. Entschlossen wischte sie sich eine Schweißperle von der Stirn und lief weiter.

»Da vorne muss der Fahrstuhl sein.« Die letzten Meter rannte sie und blieb vor einem Fenster stehen, um hindurchzuschauen.

»Sieht völlig in Ordnung aus«, bemerkte Max und sah sich nach einer Tür um. »Laura, komm. Hier ist offen.« Er winkte sie heran und verschwand in der Fabrikhalle.

Laura folgte ihm. Drinnen roch es trotz der sommerlichen Temperaturen nach kaltem Stahl. Der Gestank spülte unwillkürlich die Erinnerung an das Pumpwerk und das

Monster in Laura hoch. Sie schluckte und verscheuchte die schlechten Gedanken.

Max drückte den Fahrstuhlknopf, der sofort aufleuchtete. »Selbst der Strom funktioniert«, murmelte er. »Stimmt, wir müssen wahrscheinlich zur anderen Adresse fahren.«

»Warte mal«, sagte Laura und suchte nach dem eingravierten Firmennamen. »Ich kann die Gravur nicht sehen. Das scheint ein anderer Hersteller zu sein.«

»Vielleicht gibt es ja mehrere Fahrstühle«, erwiderte Max und blickte sich um. »Wir teilen uns auf. Du nimmst die rechte Seite und ich die linke.«

Laura nickte und lief los. Die Halle erschien endlos. Während die Decke im hinteren Bereich der Halle niedriger war, weil sich darüber offenbar weitere Räumlichkeiten befanden, reichte der vordere Bereich bis zum Dach. Unzählige Stahlträger stützten den Gebäudeteil. Sie kamen Laura vor wie Vorboten der Hölle. Grau und schmierig, überzogen mit Nieten, die sie wie böse Augen anstarrten. Sie orientierte sich in die Hallenmitte. Von dort aus entdeckte sie einen weiteren Fahrstuhl. Doch bevor sie ihn näher untersuchen konnte, hörte sie einen gellenden Schrei.

»Max?«, rief sie und sprintete durch die Halle. Plötzlich blendete sie die Sonne, die durch die Dachfenster schien und deren Strahlen durch die vielen Stützpfeiler in Licht und Schatten geschnitten wurden.

»Lass los, verdammt noch mal.« Das war Max.

Lauras Herz raste. Alarmiert tastete sie nach der Waffe an ihrem Gürtel.

»Max!« Laura sah ihn auf dem Boden liegen. Etwas hockte auf ihm. Im vollen Lauf setzte sie zum Sprung an, flog durch die Luft und trat zu. Es jaulte schrill auf. Doch sie hatte keine Augen für den schwarzen Koloss, der über Max hergefallen war, jetzt von ihm herunterkippte und schließlich auf dem Betonboden landete.

»Verdammt.« Max richtete sich mit schmerzverzerrtem Gesicht auf. »Der Köter hat mir in den Unterarm gebissen. Ich wollte nicht schießen, aber es wäre wohl besser gewesen.«

»Du blutest«, stellte Laura atemlos fest und betrachtete die tiefen Bissspuren, die wie schwarze Krater im Fleisch klafften. »Wir müssen sofort zum Arzt.«

»Desmo!« Eine strenge Männerstimme tönte durch die Halle.

Der massige Hund hob schwerfällig den Kopf und winselte.

»Was haben Sie mit meinem Hund gemacht?« Der uniformierte Wachmann stürzte sich auf das lädierte Tier und nahm den schweren Kopf in seine Arme.

»Ihr Hund hat meinen Partner angefallen«, schimpfte Laura. »Was, wenn das Tier ein Kind attackiert hätte? Haben Sie schon mal was von Leinenpflicht gehört?«

Der Mann sah auf. »Was haben Sie überhaupt hier zu suchen? Das ist Privateigentum.«

Laura zog ihren Dienstausweis aus der Tasche und hielt ihn dem Mann vor die Nase. »Ich hoffe, Ihr Hund ist gegen Tollwut geimpft«, zischte sie und funkelte ihn böse an.

Der Wachmann starrte auf den Ausweis und blinzelte. »Landeskriminalamt Berlin? Habe ich was verpasst?«

»Wir suchen einen bestimmten Fahrstuhltypen. Vielleicht können Sie uns ja weiterhelfen. Wie viele Aufzüge gibt es in dieser Halle?«

»Insgesamt zwei, jeweils einen am Anfang und am Ende«, antwortete der Mann und strich währenddessen weiter über den Kopf des Hundes, der sich gerade wieder aufrappelte. Endlich legte er ihm eine Leine an. »Tut mir leid. Aber Desmo ist darauf trainiert, Eindringlinge aufzuspüren und zu stellen. Hier war seit Jahren niemand mehr und er hat einfach überreagiert. Normalerweise soll er nur anschlagen und die Person am Weglaufen hindern.«

»Schon gut«, fuhr Max dazwischen. »Seien Sie froh, dass ich ihn nicht erschossen habe.«

Die Augen des Wachmannes weiteten sich und sein Blick ging automatisch zu Max' Hosenbund.

»Was für Schätze lagern denn in dieser Halle?«, fragte Max und hielt sich dabei den verletzten Arm. »Ich kann zwar nichts sehen, aber es muss ja ziemlich wertvoll sein, wenn sich der Besitzer eine Security-Firma samt Hundeführer leistet.«

Der große Mann mit dem vollen, schwarzen Haar verzog das Gesicht und hob die Schultern. »Keine Ahnung. Ich patrouilliere hier seit fünf Jahren. Die Halle ist leer. Es gibt immer wieder Gerüchte über einen anstehenden Verkauf. Vermutlich wird sie deshalb so in Schuss gehalten. Unsere Firma ist für den Schutz des gesamten Industriegebietes verantwortlich.«

»Ich schaue mir kurz den Aufzug am Anfang der Halle an. Kommst du klar?«, fragte Laura und sah Max besorgt an. Der nickte knapp und sie lief los.

Der Fahrstuhl funktionierte einwandfrei. Laura musterte die Wände, die aus glanzlosem, unversehrtem Stahlblech bestanden. An diesem Ort war Sandra Kästner definitiv nicht gestorben. Laura machte zur Sicherheit ein Foto, damit Simon Fischer es mit dem Video vergleichen konnte, und rannte dann zurück zu Max, dessen Gesichtsfarbe inzwischen einer Kalkwand glich.

»Wir müssen zum Arzt«, befand sie und unterbrach das Gespräch, das Max mit dem Wachmann führte.

»Der Hund ist geimpft«, beschwichtigte Max, doch Laura ignorierte ihn. Sie wusste, dass ein Hundebiss gefährlich werden konnte, wenn er nicht ordentlich behandelt wurde. Nur allzu oft infizierte sich eine nicht gereinigte Wunde, und die tiefen Bisse in Max' Arm jagten ihr einen Schauer über den Rücken. Der Rottweiler hatte ganze Arbeit geleistet. Sie überlegte, den Wachmann anzuzeigen, aber das besaß im Augenblick keine Priorität.

Also legte sie Max einen Arm um die Taille und schaffte ihn aus dieser verdammten Halle. Sie hätte auf ihr Bauchgefühl hören sollen. Dann wären sie gar nicht erst hineingegangen und ihr Partner wäre nicht verletzt. Während sie zum Krankenhaus fuhren, wanderte ihr Blick an jeder Ampel unauffällig zu Max' Arm. Die Wunde war tief. Max musste Schmerzen haben, auch wenn er keinen Laut von sich gab. Zum Glück lag die nächste Klinik nicht weit entfernt.

* * *

Laura wäre gerne geblieben, als sie Max zur Notaufnahme gebracht hatte. Auch wenn die Verletzung nicht lebensgefährlich war, wollte sie ihm beistehen. Doch der schickte sie hinaus.

»Ich kann schon selbst auf mich aufpassen«, sagte er, den starken Mann spielend. Laura seufzte und ließ ihn im Wartesaal zurück. Sie setzte sich ins Auto und verschnaufte kurz. Das Schicksal verlief manchmal eigenartig. Sie war nach rechts gegangen, Max nach links. Wäre sie jetzt an seiner Stelle, wenn er die andere Seite gewählt hätte? Wie konnte eine so unbedeutende Entscheidung zu einem solchen Ausgang führen?

Laura gab die zweite Adresse, die Simon Fischer ermittelt hatte, ins Navigationsgerät ein. Bevor sie losfuhr, warf sie einen flüchtigen Blick auf ihr Handy und stellte ein wenig enttäuscht fest, dass Taylor keine Nachricht hinterlassen hatte. Einerseits spürte sie Erleichterung, weil die Distanz ihr guttat, andererseits musste sie ständig an das Essen denken, zu dem er sie heute Abend eingeladen hatte. Und an das, was danach kommen könnte. Augenblicklich flatterten die Schmetterlinge in ihrem Bauch auf. Laura verscheuchte sie, so gut es ging, und startete den Motor. Sie mussten Sandra Kästner finden, und zwar schnell, und bevor ihr Chef den Fall zurück in die Verantwortlichkeit der Kripo legte und von Sandra Kästner nicht mehr blieb als ein Eintrag in der Vermisstendatei. Keine Leiche, kein Mord. Joachim Beckstein war für seine pragmatische Sicht auf die Dinge bekannt, insbesondere dann, wenn sie auch noch das Budget schonte. Doch Laura war sicher, dass sie Sandra Kästner suchen mussten. Höchstwahrscheinlich war sie tot. Grausam zugerichtet von einem Mörder, der Spaß daran hatte, sein Opfer zu filmen, mit ihm zu spielen und es anschließend zu bestrafen. Je mehr sie über den Täter nachdachte, desto größer erschien ihr die Gefahr, dass er Gefallen an seinem Handeln fand und erneut zuschlug. Sie brauchten ein Täterprofil. Sandras Ex-Freund kam ihr in den Sinn. Sobald sie die Tote gefunden hatten, würde sie ihn aus München holen und befragen.

Laura gab Gas. Sie fuhr an prächtigen alten Häusern vorbei, die, als sie den Osten der Stadt erreichte, von typischen Plattenbauten abgelöst wurden. Die meisten dieser renovierten Wohnblöcke strahlten freundlich in der

Sonne. Es war kaum noch vorstellbar, dass diese Gebäude vor dem Fall der Berliner Mauer allesamt eine Hülle aus uniformem Grau trugen. Ein großes Schild kündigte das Industriegebiet an, das sich gut erreichbar in der Nähe der Autobahn befand. Laura hielt nicht sofort, sondern drehte zuerst eine Runde um das letzte Gebäude und verschaffte sich einen Überblick. Kein Zaun schützte das verlassene Areal. Laura steuerte den Wagen direkt auf einen Halleneingang zu und stoppte. Unkraut überwucherte die Betonplatten der Zufahrt. Diese Anlage wurde anscheinend weder instand gehalten noch überwacht. Sie sah sich um. Das nächste Gebäude erhob sich in gut einhundert Metern Entfernung. Davor parkten Autos. Ansonsten lag die Halle völlig unbeachtet im Stillen. Laura rüttelte an dem Tor, das jedoch verschlossen war. Kurz überlegte sie, gewaltsam einzudringen, beschloss aber zunächst, nach einem anderen Eingang zu suchen. Die Halle besaß fast keine Fenster und wenn, dann waren die Scheiben so verdreckt, dass sie kaum hindurchblicken konnte. Das Innere blieb hinter einem Schleier aus Dreck und Ablagerungen verborgen. Sie erkannte nur schemenhaft Maschinen und Stahlträger. Von Simon Fischer wusste sie, dass es sich um eine stillgelegte Reifenfabrik handelte. Am hinteren Ende des Gebäudes erblickte sie eine schmale Tür, die durch einen ziemlich neuen Eisenriegel gesichert war. Es gab kein Schloss, sodass Laura den Riegel nur hochschieben musste. Sie sah sich um und bemerkte ein offenes Vorhängeschloss, das zwischen den grünen Stängeln des überall wuchernden Unkrautes lag. Instinktiv tastete sie nach ihrer Waffe. Das trotz der sommerlichen Temperaturen kühle Metall beruhigte sie. Langsam entriegelte Laura die Tür und öffnete sie.

Sofort stieg ihr der Gestank nach Verbranntem in die

Nase. Sie blinzelte, denn ihre Augen mussten sich erst an die schummrigen Lichtverhältnisse in der Halle gewöhnen. Der Gestank war entsetzlich. Unter dem aufdringlichen Geruch von kalter Asche nahm Laura Gummi wahr. Ein paar Meter hinter dem Eingang erhoben sich mehrere Stapel Autoreifen. Ringsherum lagen Reifen in unterschiedlicher Größe. Sie suchte nach einem Fahrstuhl, doch die mannshohen Stapel versperrten ihr die Sicht. Sie schlängelte sich bis zum anderen Ende der Halle und folgte dabei ihrer Nase. Der Brandgeruch zeigte ihr die Richtung. Genau in dem Moment, in dem Laura die Fahrstuhltüren erblickte, klingelte ihr Handy.

5

Sechs Jahre zuvor

Regungslos starrte er auf den Pool. Auf die roten Schlieren, die dort nicht hingehörten und mehr und mehr das hellblaue Wasser verdrängten. Etwas blockierte ihn. Es war das Blut, das ihn fest in seinen Bann zog. Zur völligen Bewegungslosigkeit verdammt, hilflos und mit merkwürdig leerem Kopf sah er zu, wie Schlange tiefer und tiefer sank und unter der roten Schicht seines eigenen Blutes verschwand. Er stand unter Schock.

Luftblasen stiegen auf. Sie glitzerten in der heißen tunesischen Sonne, perlten wie in Champagner und erreichten zügig die Wasseroberfläche, wo sie zerplatzten. Das gurgelnde Geräusch genügte, um seine Starre zu lösen. Endlich. Er machte einen Schritt vorwärts. Scherben bohrten sich durch die Hornhaut seiner Fußsohlen. Aber er kannte nur noch ein Ziel. Er sprang in den Pool, tauchte und zog den Verletzten an die Oberfläche.

»Atmen«, keuchte er und musterte Schlanges starke

Blutung am Hals, die glücklicherweise jedoch nicht aus der Schlagader drang. Trotzdem presste er eine Hand auf die Wunde und hievte den Jurastudenten aus dem Becken. Eine schreckliche Sekunde lang dachte er, es wäre zu spät. Doch dann hustete Schlange und begann wieder zu atmen.

»Verdammt, und das alles nur wegen dieses dummen Wagens. Tut mir echt leid, Alter.« Er sprach mehr zu sich selbst als zu seinem Freund, dessen Augen ihn verwirrt anblickten, und lockerte vorsichtig den Druck, um die Schnittwunde zu betrachten.

»Ich muss die Wunde an deinem Hals desinfizieren und einen Druckverband anlegen. Vielleicht müssen wir dich sogar zum Arzt bringen.« Er betrachtete kritisch die Verletzung.

»Was ist denn passiert?«, krächzte Schlange und betastete unsicher seinen Hals.

»Drück mit dem Handballen fest darauf und bleib einfach still liegen. Ich hole das Verbandszeug.« Er positionierte Schlanges Hand mittig auf dem Schnitt. »Eine Glasscherbe hat dir fast die Halsschlagader zerfetzt.«

Die Augen des Jurastudenten weiteten sich. Er richtete sich stöhnend auf. »Verflucht, und das alles nur, weil du scharf auf Sunny bist.«

»Du doch auch«, stellte er nüchtern fest und erhob sich. »Warte hier, nicht bewegen.«

Er humpelte auf Zehenspitzen ins Haus, weil er die Ferse nicht belasten konnte. Vielleicht war das der Schock. Er hatte jetzt keine Zeit, darüber nachzudenken. Sunny lag auf der Couch, tief in ein Buch versunken. Sie schien nicht das Geringste mitbekommen zu haben. Alle nannten die schlanke Blondine Sunny. Er wusste nicht so recht, ob ihm dieser Spitzname gefiel. Sie hatten sich für die Reise alle einen gegeben. Er war *Black* wegen seiner schwarzen Haare und außergewöhnlich dunklen Augen. Draußen am Pool blutete Schlange. Und dann gehörten noch Biene, Glatze, Eule und Locke dazu. Zugegeben, die Namen waren nicht besonders kreativ. Schlange beispielsweise wurde nur so genannt, weil ihnen für den potenziellen Anwalt nichts Besseres eingefallen war. Irgendjemand kam auf die Idee, dass Anwälte listig sein müssten. Schon war der Name Schlange geboren. Biene müsste eigentlich Streberin heißen. Sie war die Fleißigste unter ihnen und hatte selbst im Urlaub ihre Bücher dabei. Doch sie wollten nett sein, also verzichteten sie auf einen bösen Spitznamen. Glatze, der Maschinenbau studierte, hatte bereits mit zwanzig kein einziges Haar mehr auf dem Kopf. Locke hingegen hätte ihm etwas von seiner Haarpracht abgeben können. Das Mädchen mit der größten Hornbrille im ganzen Semester hatten sie Eule getauft. Sie war mit Abstand die Klügste von ihnen und schwärmte für Literatur.

»Du blutest ja!«, schrie Sunny plötzlich und sprang von der Couch. »Du meine Güte, was ist denn passiert?« Sie stürmte mit weit aufgerissenen Augen auf ihn zu. Die Sorge in ihrem Blick rührte ihn. Er lächelte und genoss ihre Aufmerksamkeit.

»Das ist nicht mein Blut. Schlange hat sein Glas fallen lassen und sich geschnitten.« Seine Worte bereute er augenblicklich. Sunny würdigte ihn keines weiteren Blickes mehr und rannte nach draußen.

»Black!«, rief sie panisch, und er beeilte sich, das Verbandszeug zusammenzusuchen. In der Hektik fand er das Desinfektionsmittel nicht.

»Er wird gleich ohnmächtig und er verblutet. Verflucht, jetzt tu doch was!«

Er hangelte sich am Geländer nach oben, zwei Stufen auf einmal nehmend, und durchwühlte seine Taschen. Nichts.

Wo war bloß das Desinfektionsmittel? Sunny rief schon wieder. Die Angst in ihrer Stimme trieb ihn zu noch größerer Eile an. Endlich entdeckte er das Mittel im Badezimmer, es steckte in seinem Waschbeutel. Nervös zerrte er es heraus und hastete die Treppenstufen wieder hinunter. Draußen am Pool saß Schlange. Blass, aber keinesfalls ohnmächtig. Sunny hatte maßlos übertrieben. Typisch. Schon lag ihm ein Spruch auf der Zunge, den er jedoch hinunterschluckte, als sie ihn mit eisigen Augen ansah.

»Was hast du nur so lange da drinnen gemacht?«

»Das wird schon wieder«, murmelte er zerknirscht und desinfizierte die Schnittwunde. Sie war nicht besonders tief. Geschickt legte er einen Druckverband an. Schlange sah aus wie neu. Sogar die Farbe kehrte allmählich in sein Gesicht zurück.

»Danke, Alter!«

Er nickte großmütig und untersuchte die Füße des Verletzten. Ein Glassplitter steckte tief in der Hornhaut des Ballens. Er entfernte ihn vorsichtig mit einer Pinzette und klebte ein Pflaster auf die Stelle. Erst da spürte er den pulsierenden Schmerz, dessen Zentrum in der Wölbung seines eigenen linken Fußes lag. Ihm fiel ein, dass er selbst auch in die Scherben getreten war. Er setzte sich auf den Boden und sah nach.

»Himmel«, fluchte er, als er die gezackte Glasscherbe sah, die sich in sein Fleisch gegraben und dort eine lange Furche hinterlassen hatte. Blut sickerte heraus und die Wundränder klafften nach außen. Es war ein Wunder, dass er den Schmerz vorher nicht bemerkt hatte.

»Du Armer!«

Wenigstens legte ihm Sunny mitfühlend den Arm um die Schulter.

»Ich muss die Scherbe rausholen.« Er schloss kurz die Augen und holte tief Luft. Dann nahm er die Pinzette und biss die Zähne zusammen. Als er an der Scherbe zog, wurde ihm beinahe schwarz vor Augen. Doch der Fremdkörper musste dringend entfernt werden. Er ließ nicht locker, bis er das vielleicht drei Zentimeter lange, schmale Glasstück herausgezogen hatte.

»Hammer!«, sagte Sunny und dieses Mal lag Bewunderung in ihrer Stimme. »Und damit bist du noch gelaufen?«

»Ich konnte Schlange schließlich nicht absaufen lassen«, erwiderte er lässig, obwohl ihm eigentlich eher nach Schreien zumute war. Sein Fuß pochte heiß. Ihm war übel vor Schmerz und Adrenalin, das durch sein Blut floss. Hoffentlich musste die Wunde nicht genäht werden. Er hatte keine Ahnung, wie das in Tunesien funktionieren sollte. Sie befanden sich irgendwo im Nirgendwo. Die nächste größere Stadt lag meilenweit entfernt. Ein tunesischer Landarzt war keine Option. Der bloße Gedanke an die hiesigen Hygienestandards trieb ihm den Angstschweiß auf die Stirn. Aber was sollte er tun? Sein Laptop kam ihm in den Sinn. Er würde sich im Internet informieren.

»Kann ich dir helfen?« Sunnys blaue Augen sahen ihn mitfühlend an.

Er nickte und fühlte sich einen Moment lang für seine Qualen entschädigt.

»Ich setze mich am besten auf die Couch. Wenn du mir kurz hilfst?«

Sofort war sie bei ihm und stützte ihn, während er ins Haus humpelte. Schlange folgte ihnen schweigend. Sunny brachte ihm den Laptop und säuberte dann seine Wunde.

Er biss die Zähne zusammen, tippte ein paar Suchbegriffe ein und las.

»Verdammt«, fluchte er wenig später und betrachtete entsetzt seine Fußsohle. Die Wundränder klafften weit auseinander. Er würde die Wunde nähen müssen. Mehrfach sah er sich ein Erste-Hilfe-Video auf YouTube an. Anschließend ließ er sich einen Holzlöffel aus der Küche holen, nahm ihn zwischen die Zähne und nähte zum Entsetzen von Sunny und Schlange mit wenigen kurzen Stichen und Zahnseide die Wunde zu.

6

»Laura Kern«, meldete sie sich, ohne den Blick von den Fahrstuhltüren zu nehmen. Unter dem stumpfen, düsteren Geruch nach Gummi und Verkohltem nahm sie eine süßliche Note wahr.

»Simon Fischer hier. Es ist gerade ein weiteres Video auf YouTube aufgetaucht. Wahrscheinlich ein neuer Mord. Sie müssen sich das sofort ansehen. Ich habe Ihnen einen Link geschickt«, sagte der Computerspezialist. Laura hörte, wie er am anderen Ende der Leitung nach Luft schnappte. »Ich ... ich habe noch nie etwas so Schreckliches gesehen.« Er räusperte sich. »Ich versuche gleich einmal herauszufinden, wo das Video hochgeladen wurde und ob ich den Tatort lokalisieren kann.«

»Danke. Ich melde mich«, erwiderte Laura knapp und legte auf. Sie steckte das Handy wieder ein, wobei ihr unablässig der Gestank nach Verbranntem in die Nase stieg. Sie war so darauf fixiert, dass sie keinen Gedanken an das neue Video verschwenden konnte. Eines nach dem anderen, sagte sie sich. Zuerst musste sie Sandra Kästner finden. Laura machte sich auf den kommenden Anblick gefasst. Der Lastenaufzug verfügte über die typischen mechanischen Türen, die sich von Hand öffnen ließen und dann mithilfe einer Feder oder eines Türschließers wieder zufielen. Auf dem Boden lagen zwei schwarze Keile, die anscheinend der Täter benutzt hatte, um das automatische Zufallen zu verhindern. An ihnen war Angelsehne befestigt. Sofort stieg die Erinnerung an die brennende Sandra Kästner in ihrem Kopf auf. Sie sah die schreiende Frau, die von einer Stichflamme verschlungen worden war. Der Täter hatte anschließend nur kurz an den Fäden ziehen müssen, damit sich die beiden Türhälften verschlossen. Laura verscheuchte die entsetzlichen Bilder und zog die Tür mit angehaltenem Atem auf. Ein Schwall aus Asche und Tod schlug ihr entgegen. Sie hustete und knipste die Taschenlampe an. Ungläubig starrte sie auf den schwarzen Haufen, der einmal eine Frau gewesen war. Nur wenig erinnerte mehr daran. Einzelne Knochen ragten verkrümmt aus der verkohlten Masse heraus. Sie wirkten wie Mahnmale, die letzten Hinweise auf die einst lebendige Sandra Kästner, die hier einen grausamen Tod gefunden hatte.

»Wir haben eine Leiche.« Eine tiefe Stimme ertönte hinter ihr. Laura fuhr herum.

»Was machst du denn hier? Willst du mich zu Tode erschrecken?«

Taylor hob abwehrend die Hände. »Sorry, ich dachte, du hättest mich längst bemerkt. Max hatte mich angerufen und mir die Adresse gegeben.«

Laura verzog das Gesicht. Sie brauchte keinen Babysitter und konnte selbst auf sich aufpassen.

»Er hat es nur gut gemeint«, beschwichtigte Taylor sie, der offenkundig ahnte, was ihr durch den Kopf fuhr.

»Außerdem ist Joachim Beckstein doch der Ansicht, dass das hier gar nicht euer Fall ist.«

»Jetzt schon«, erwiderte Laura und sah wieder zu dem verkohlten Haufen im Fahrstuhl. Unwillkürlich lief das Video vor ihren Augen ab. Sie hörte die Schreie des Opfers, die ihr immer noch durch Mark und Bein gingen. Hatte der Täter sie tatsächlich so hingerichtet, bloß weil sie den Bettler ignoriert hatte, oder war dies nur ein Vorwand?

Laura informierte Joachim Beckstein über den Leichenfund und ließ sich von ihm die Freigabe für den Einsatz der Spurensicherung geben. Das Team sollte sich sofort auf den Weg machen.

»Die DNS-Analyse wird ihre Identität mit größter Wahrscheinlichkeit bestätigen«, murmelte sie und sah sich um. »Woher wusste der Täter eigentlich, dass diese Halle leer steht?«, fragte sie Taylor, der mit seiner Taschenlampe den Boden rings um den Fahrstuhl ableuchtete.

»Der Täter hat Paketband verwendet«, stellte er fest, ohne auf ihre Frage einzugehen, und hob eine fast leere Rolle auf. »Vielleicht hat er ja keine Handschuhe getragen.« In seiner Stimme schwang Zweifel. Trotzdem steckte Taylor seinen Fund in eine Plastiktüte, dann sah er zu Laura auf und zuckte mit den Achseln.

»Vermutlich kennt er sich in dieser Gegend aus oder er hat recherchiert. Die meisten Makler schreiben ihre Objekte offen im Internet aus.«

Laura überprüfte einen Lichtschalter.

»Die Beleuchtung geht nicht. Ich denke, die Halle hat keinen Strom.« Sie runzelte die Stirn und rief sich das Video ins Gedächtnis. »Wie hat der Täter Licht gemacht? Oder hat er Sandra Kästner am helllichten Tag getötet?« Sie schüttelte den Kopf. »Er muss eine Lampe dabeigehabt haben. Der Fahrstuhl war beleuchtet gewesen.«

Der Mistkerl hatte anscheinend alles ganz genau geplant. Laura sah sich weiter in der Halle um. Die vielen Stapel Autoreifen schränkten die Sicht ein. Selbst wenn sich jemand in die Halle verirrte, hätte er den Tatort nicht sofort gesehen. Hatte der Täter auch das einkalkuliert? Laura war sich sicher, der Mann, den sie suchten, überließ nichts dem Zufall. Die wenigen Spuren, die er hinterlassen hatte, brachten sie keinen Schritt weiter. Weder die Türkeile noch die Reste des Paketbandes würden zu ihm führen. Laura ging durch die Gänge zwischen den Reifen und versuchte sich vorzustellen, wie der Täter sein Opfer auf der Sackkarre durch die große Halle, vorbei an den Stapeln von Gummireifen transportiert haben könnte. Das erforderte definitiv Kraft und auch einiges an Geschicklichkeit, denn der Weg bis zum Fahrstuhl verlief in mehreren Kurven. Unwillkürlich fragte sie sich, ob der Täter die Reifen so platziert hatte oder es sich um reinen Zufall handelte. Sie würde mit dem Eigentümer der Halle sprechen müssen.

»Wir dürfen nicht auf die Reifenspuren der Sackkarre treten«, sagte sie und zeigte Taylor die Spur auf dem dreckigen Boden. »Vielleicht findet die Spurensicherung Fußabdrücke. Ich frage mich, wann er sie gefesselt hat«, murmelte sie und ging zum Eingang.

»Wieso?«, fragte Taylor, der ihr gefolgt war und dessen Augen jeden Zentimeter des Gebäudes absuchten.

»Das Paketband lag gleich beim Fahrstuhl. Hat er sie erst zum Schluss gefesselt oder schon am Anfang, als er die Halle betrat? Wenn er sie mit der Sackkarre transportiert hat, müsste sie bereits fixiert gewesen sein. Aber dann hätte er am Fahrstuhl kein Klebeband mehr gebraucht.«

»Vielleicht hat er dort nur noch den Knebel befestigt.«

Laura dachte darüber nach und kam zu dem Schluss, dass dieses Detail letztlich nicht relevant war.

»Wie lange steht diese Halle denn schon leer?«, fragte Taylor und öffnete die Eingangstür.

»Seit ein paar Jahren.« Sie fasste sich an die Stirn. »Es gibt ein neues Video, das wir uns ansehen sollten.« Laura zog ihr Smartphone aus der Tasche.

Taylor sah sie erstaunt an. »Eine weitere Aufnahme vom selben Täter?«

»Es ist ein neuer Mord.«

»Ein neuer Mord? So schnell?«

Sie nickte und klickte auf den Link von Simon Fischer.

»Mist«, stieß sie aus. »Der Empfang ist nicht gut genug. Lass uns nach draußen gehen.«

Sie machte ein paar Schritte aus der Halle hinaus und stellte sich auf den überwucherten Parkplatz. Endlich zeigte ihr Handy eine Reaktion und lud das Video.

Der Film startete anders als erwartet, denn diesmal spielte die erste Szene nicht in einer Fußgängerzone, sondern an einer viel befahrenen Straße. Autos rasten vorbei. Eines nach dem anderen. Die Gesichter der Fahrerinnen und Fahrer waren starr geradeaus gerichtet. Manchmal hupte jemand, ansonsten passierte sekundenlang nichts. Dann wackelte das Bild kurz und die Kamera fokussierte einen Fußgängerüberweg. Es wirkte, als sei sie jetzt auf einem Stativ befestigt. Ein Mann erschien vor der Linse und ging zum Zebrastreifen. Davor blieb er stehen. Er stützte sich schwerfällig auf seinen Rollator und zog die Kapuze noch tiefer ins Gesicht. Der Rücken krümmte sich zu einer runden Kurve, die an einen Katzenbuckel erinnerte. Der Mann hatte sichtbar Mühe, sich aufrecht zu halten. Schon hielt das erste Fahrzeug am Zebrastreifen, doch der Alte trat einen Schritt zurück und fuchtelte wild mit einem Arm in der Luft. Offenbar wollte er, dass der Wagen weiterfuhr. Das Auto beschleunigte und verschwand aus dem Bild. Weitere Wagen fuhren vorbei. Der alte Mann wartete ein ganzes Stück entfernt am Straßenrand, wobei er unablässig in Richtung der sich nähernden Autos blickte. Als ein blauer Fiat heranraste, sprang er plötzlich mit erstaunlicher Wendigkeit auf die Fahrbahn und machte ein paar Schritte. Auf einmal wirkte er überhaupt nicht mehr wie ein alter Mann. Die Fahrerin des Wagens hupte erschrocken, wich mit einem Schlenker aus und fuhr weiter. Die Szene wiederholte sich an einem anderen Fußgängerüberweg. Leider war das Nummernschild des Wagens nicht erkennbar. Da wo die Ziffern stehen sollten, prangte ein schwarzer Balken. Das Video war offenbar nachbearbeitet worden. Der Mann schauspielerte genauso wie in der Sequenz davor. Die Fahrerin des Wagens stoppte nicht, obwohl der Fußgänger schon einen Fuß auf den Zebrastreifen gesetzt hatte. Der Bildschirm wurde schwarz, und Lauras Herzschlag beschleunigte sich, denn jetzt begann der entscheidende Teil des Videos. Ein hell ausgeleuchteter Raum erschien. Die grauen Wände und das flackernde Neonlicht wiesen auf einen Kellerraum hin. Viel war davon nicht zu sehen. Die Kamera zoomte auf ein Gesicht. Laura erkannte die Fahrerin des Fiats ohne Zweifel. Sie lag mit Paketband fixiert auf einem Tisch und bewegte hektisch den Kopf. Dann trat der Mann mit dem breiten Rücken und der Skimaske ins Bild, den Laura bereits von der ersten Aufnahme kannte. Er stellte sich vor die Frau und beugte sich zu ihr hinab. Wieder flüsterte er etwas ins Ohr der Frau und zog ihr danach den Knebel aus dem Mund.

»Bitte. Tun Sie mir nichts!«, schrie sie so laut, dass Laura sich erschrocken auf die Zunge biss. Er machte etwas mit seinem Opfer, das Laura aus der Perspektive der Kamera nicht sehen konnte. Die Frau jammerte leise. Der Mann trat zur Seite, der Blick auf das Opfer war wieder frei.

»Du lieber Himmel«, stieß Laura aus, als ihr klar wurde, dass der Schädel in einem Schraubstock festgeklemmt war und in ihrem Mund ein Trichter steckte. Der Mann entfernte sich kurz und schüttete dann etwas hinein, das wie Pulver aussah. Die Frau hustete und rang verzweifelt nach Luft. Doch der Mann hörte nicht auf, den Trichter zu füllen.

»Sie erstickt«, sagte Taylor leise.

In diesem Augenblick begann der Körper der Frau zu zucken. Laura wusste, dass das die letzten Krämpfe vor dem gleich einsetzenden Tod waren. Entsetzt blickte sie weg. Sie wollte der armen Frau nicht länger beim Sterben zusehen. Erst als es ganz still wurde und das fürchterliche Röcheln versiegt war, sah sie wieder auf das Display. Die Kamera filmte noch zwei, drei Sekunden das leblose Opfer. Schließlich wurde der Bildschirm schwarz und ein Rauschen setzte ein. Sofort stellte Laura die Lautstärke hoch und spulte zurück.

»Jeder verdient eine zweite Chance, aber die meisten ändern sich nicht ...« Die Flüsterstimme jagte ihr einen Schauer über den Rücken. Sie fragte sich, ob er auch seinem Opfer diesen Satz ins Ohr geflüstert hatte.

»Verdammt. So ein sadistischer Mistkerl.« Laura steckte das Handy wieder weg und schluckte. Ihre Kehle fühlte sich rau an. Sie brauchte unbedingt etwas zu trinken. Taylor starrte weiter auf die Stelle, an der eben noch das Handy in Lauras Hand gelegen hatte. Erst nach einer Weile rührte er sich.

»Wir haben es mit einem Psychopathen zu tun. Einem

Sadisten, der gerne Menschen quält und vor der Welt mit seinen Taten protzt. Ich werde das abscheuliche Gefühl nicht los, dass das nicht das letzte Video war, das wir zu sehen bekommen.«

Laura überlief eine Gänsehaut. Taylor lag mit seiner Einschätzung höchstwahrscheinlich richtig. Die letzte Tat lag erst sehr kurz zurück. Ein Indiz dafür, dass der Täter den Rausch vom ersten Mord so schnell wie möglich wiederholen wollte. Für manche Menschen wurde das Töten zu einer Sucht. Sie mussten den Höhepunkt wieder und wieder erleben, wobei die Phase der Befriedigung, die danach einsetzte, immer kürzer wurde. Die Zeitspanne zwischen den Taten sank rapide.

»Ich muss zurück ins LKA und ein Team zusammenstellen«, sagte Laura. »Bist du dabei?« Sie sah Taylor fragend an.

Der nickte. »Ich vertrete Max so lange, bis er wieder fit ist. Beckstein hat sicherlich nichts dagegen.«

* * *

Die heruntergefahrenen Rollläden des großen Besprechungsraums im Dezernat elf des Landeskriminalamtes sperrten die strahlende Morgensonne aus. Trotz der frühen Stunde war der Raum bis auf den letzten Platz gefüllt. Vor einem riesigen Whiteboard stand Joachim Beckstein, der mit ernster Miene in die Runde sah. Laura, gleich neben ihm, wippte auf den Zehenspitzen und betrachtete ebenfalls die Gesichter ihrer Kollegen. In jedem einzelnen las sie das Entsetzen, welches die beiden gerade gezeigten Videos auslösten.

»YouTube hat diese Aufnahmen sofort von der Plattform entfernt. Ein paar User meldeten das Video schon kurz nach dem Upload wegen der Gewaltszenen. Bisher konnten wir die Verbreitung im Netz erfolgreich verhindern. Nichts von dem, was Sie eben gesehen haben, darf an die Öffentlichkeit gelangen. Da der Täter sich anonym im Internet bewegt, brauchen wir jede verfügbare Information. Und zwar unverfälscht, damit unsere Ermittlungen so schnell wie möglich zum Erfolg führen. Wir haben es mit einem äußerst gewaltbereiten und gefährlichen Täter zu tun. Innensenatorin Marion Schnitzer ist bereits informiert. Ich erwarte von jedem hier im Raum vollen Einsatz. Laura Kern übernimmt die Leitung der Ermittlungen und macht Sie gleich mit den Details und den weiteren Schritten vertraut.«

Alle Augen richteten sich auf Laura, die in der Nacht kaum geschlafen hatte. Statt mit Taylor gemütlich essen zu gehen, hatten sie ein schlagkräftiges Team zusammengestellt. Max, der eigentlich krankgeschrieben war, saß blass vor ihr. Er wollte das Briefing auf keinen Fall verpassen.

»Bei dem ersten Opfer handelt es sich um Sandra Kästner, eine neunundzwanzig Jahre alte Vermögensberaterin, die von ihrer Mutter als vermisst gemeldet wurde. Die Rechtsmedizin hat ihre Identität bestätigt. Leider konnten am Tatort keine relevanten Spuren des Täters festgestellt werden. Wir haben in ihrer Wohnung frisches Sperma sichergestellt. Bedauerlicherweise ist die ermittelte DNS in keiner unserer Datenbanken registriert. Ich möchte, dass Team eins sich die Arbeitskollegen von Sandra Kästner sowie ihren Ex-Freund vornimmt. Bitte versuchen Sie, die männlichen Befragten zu einer freiwilligen Speichelprobe zu bewegen. Wir müssen herausfinden, mit wem Sandra kurz vor ihrem Tod sexuellen Kontakt hatte. Es könnte sich theoretisch um den Täter handeln, und wenn nicht, dann gehörte er zumindest mit großer Sicherheit zu den

Menschen, die sie zum letzten Mal lebend gesehen haben.« Laura machte eine kurze Pause und wartete, bis Simon Fischer ein Foto des zweiten Opfers auf das Whiteboard projizierte. Während die erste Frau kurze, blonde Haare hatte, sahen sie jetzt eine langhaarige Brünette mit strahlend blauen Augen.

»Wir wissen derzeit nicht, wer diese Frau ist. Ihr Profil stimmt mit keinem in unserer Vermisstendatei überein. Das Kennzeichen ihres Wagens hat der Täter unkenntlich gemacht. Eine Rekonstruktion ist nicht möglich. Sicher ist im Augenblick nur eines: Der Täter wählt seine Opfer offensichtlich nicht aufgrund ihres äußerlichen Erscheinungsbildes aus. Die einzige Übereinstimmung ist das Alter der Frauen, die Tötungsarten unterscheiden sich massiv. Auch hinsichtlich der Ausführung der Taten scheint es nur wenige, aber wichtige Gemeinsamkeiten zu geben. Der Täter benutzte in beiden Fällen Paketband zum Fixieren der Opfer, außerdem flüstert er am Ende der Videos beide Male dieselben Worte.« Laura hielt kurz inne, denn die Augen der Zuhörer waren wieder auf das Whiteboard gerichtet.

»Zunächst gibt der Täter seinem Opfer zweimal die Chance, jemandem zu helfen. Tut es das nicht, wird es bestraft und muss sterben. Wir wissen nicht, warum der Täter sich ausgerechnet diese beiden Frauen für seinen Test ausgesucht hat. Es könnte reiner Zufall sein, es wäre aber ebenso gut denkbar, dass Täter und Opfer sich kannten und dass es sich um eine Form von Rache handelt. Das wäre ein starkes Tatmotiv.« Laura blickte zur linken Seite des Raumes. »Team zwei wird ein Täterprofil erstellen und versuchen, eine Verbindung zwischen dem ersten Opfer und dem Täter zu finden. Ich möchte, dass das gesamte Umfeld unter die Lupe genommen wird.

Sobald die Identität des zweiten Opfers feststeht, führen Sie dieselben Analysen durch. Simon Fischer kümmert sich mit Team drei um die Täterspuren im Internet. Bisher konnten wir weder das zweite Opfer noch den Ort, an dem es getötet wurde, identifizieren. Wir wissen auch nicht, wo das Video hochgeladen wurde. Der Täter hat seine Spuren perfekt verwischt. Team vier übernimmt die Spurensicherung. Gibt es Fragen?« Laura schaute aufmunternd in die Runde.

Eine junge Kollegin von der Spurensicherung meldete sich. »Wer ist denn der alte Mann auf dem zweiten Video? Der Täter, der am Ende erscheint, wirkt wesentlich größer und jünger.«

Laura nickte anerkennend. »Sehr gut beobachtet. Simon Fischer hat das Video analysiert. Wir gehen davon aus, dass es sich um denselben Mann handelt. Der Rücken ist zwar gekrümmt, aber das ist vermutlich nur ein Schauspiel.«

»Können Sie sich wirklich vorstellen, dass der Täter seine Opfer kannte?«, fragte ein anderer Kollege. »Für mich sieht es eher so aus, als spiele er den Moralapostel. So nach dem Motto, wenn du anderen nicht hilfst, dann kommst du in die Hölle.«

Laura zuckte mit den Achseln. »Genau das müssen wir herausfinden. Wir wissen es derzeit einfach nicht. Team zwei wird jeden erdenklichen Ansatz verfolgen. Danke.« Sie lächelte und wartete noch ein paar Sekunden ab, bevor sie die Besprechung auflöste und die Teams zur Tür hinausdrängten, um mit ihrer Arbeit zu beginnen.

»Du siehst echt nicht gut aus«, sagte sie zu Max, der sich von seinem Stuhl hochhievte und sie schief angrinste.

»So ein Hundebiss haut mich nicht um«, flachste er, aber seine Miene wirkte angespannt. »Die Wunden wurden gereinigt und genäht. Kein Verdacht auf Tollwut, denn der Hund ist geimpft. Morgen bin ich wieder fit.«

Laura zweifelte daran. »Hast du Fieber?«, fragte sie und legte Max die Hand auf die Stirn. »Verdammt. Du glühst.« Sie blickte auf Max' Verband, der sauber und ordentlich auf seinem Unterarm saß. Doch sie ließ sich nicht täuschen. Aus eigener Erfahrung wusste sie, wie leicht sich Wunden infizieren konnten. Die erhöhte Temperatur war ein deutliches Anzeichen dafür. Ihre Verletzungen, die sie sich bei der Flucht aus dem Pumpwerk zugezogen hatte, hatten sich trotz Behandlung entzündet. Sie erinnerte sich, als wäre es erst vor Kurzem geschehen. Sie war an einem frühen Morgen im Krankenhaus aufgewacht und die Haut über ihrer Brust spannte und juckte unvorstellbar. Sie musste alle Kraft aufbringen, um nicht den Verband abzureißen und zu kratzen. Die rostigen Eisenstäbe eines Gitters hatten sich unterhalb des Schlüsselbeins tief in ihr Fleisch gegraben, als sie durch eine Röhre gekrochen war und sich an dem Gitter vorbeigezwängt hatte. Als das Fieber einsetzte und innerhalb weniger Stunden in die Höhe schoss, war es bereits zu spät. Antibiotika halfen nicht mehr. Sie musste operiert werden. Die Wunden hatten sich trotz aller medizinischen Maßnahmen infiziert. Schlussendlich konnte Laura nur noch eine Hauttransplantation helfen. Die Narben trug sie bis heute.

»Du gehst sofort zum Arzt. Er soll sich das noch mal ansehen. Wahrscheinlich brauchst du auf der Stelle ein Antibiotikum.« Laura konnte die Panik in ihrer Stimme nicht unterdrücken. Max blickte sie erstaunt an.

»Ist nur ein Kratzer«, widersprach er und schüttelte den Kopf. »Aber danke für deine Fürsorge.« Er machte keine Anstalten, zu gehen.

»Hör zu, Max. Das ist kein Vorschlag. Du gehst jetzt,

oder ich bitte Beckstein, dich offiziell von diesem Fall abzuziehen.« Als Max einfach nur dastand und grinste, wurde Laura wütend. »Verdammt. Hast du schon mal was von Sepsis gehört oder davon, dass jedes Jahr in Deutschland mehrere tausend Menschen daran sterben?« Sie tippte ihm mit dem Zeigefinger auf die Brust. »Du machst dich sofort auf den Weg. Taylor springt für dich ein. Keine Widerrede.«

Max grinste nicht mehr, aber in seinen Augen blitzte Widerstand auf.

»Wo ist Taylor überhaupt?«

»Er sieht sich den vorläufigen Obduktionsbericht an. Der ist kurz vor dem Meeting angekommen und wir wollten keine Zeit verlieren.«

Max stöhnte. »*Wir*? Ich bin immer noch dein Partner. Ich hoffe, es war kein Fehler von mir, Taylor dazuzurufen.«

»Komm schon, Max. Jetzt häng dich nicht an solchen Dingen auf. Sei doch froh, dass er uns hilft.«

Ein Kollege aus Team eins stand plötzlich im Türrahmen. »Der Ex-Freund von Sandra Kästner ist hier.«

Laura riss erstaunt die Augen auf. »Ich dachte, der lebt in München.«

»Er ist vor drei Monaten wieder zurückgekommen. Wir haben ihn angerufen und er erklärte sich sofort zu einem Gespräch bereit. Wir haben ihn in den Besprechungsraum auf der ersten Etage gebracht. Möchten Sie die Befragung übernehmen?«

»Unbedingt«, sagte Laura und stürmte hinaus.

7

E r lag in der Dunkelheit, begraben unter seiner eigenen Angst, die so schwer auf ihm lastete, als hätte ihm jemand Betonklötze auf die Brust gelegt. Dabei war es nur Klebeband, das ihn am Fortlaufen hinderte. Irgendwie hatte er sein Leben lang Furcht vor diesem Augenblick gehabt. Er wusste zwar nicht genau, was jetzt kam, doch er ahnte, wie es enden würde. Irgendwer schlich um ihn herum. Er fühlte den Luftzug, der die feinen Härchen auf seinen Armen und Beinen aufrichtete. Seine Haut zog sich zusammen. Ihn fröstelte. In seinem Kopf ratterte es. Kurz nach dem Jurastudium hatte er bei der Staatsanwaltschaft angefangen und zwischendrin auch ein Praktikum bei der Polizei eingeschoben. Zwar hatte er es nach gut einem Jahr hingeschmissen, aber er erinnerte sich detailliert an die Vorgehensweise, die bei Entführungen angebracht war. Oberste Priorität galt der Kontaktaufnahme zum Täter, denn der Aufbau einer persönlichen Verbindung verbesserte die Chancen des Opfers um ein Vielfaches.

Sollte er seinen Entführer ansprechen? Um sein Leben

flehen oder ihm etwas anbieten, dem er nicht widerstehen konnte? Oder war es besser, den Mund zu halten und auf eine günstige Gelegenheit zur Flucht zu warten? Immerhin, bis jetzt hatte der Täter ihn zwar gefesselt, ansonsten jedoch nicht angerührt. Doch wie lange noch? Wieder spürte er den verräterischen Luftzug. Der Fremde befand sich auf Brusthöhe. Er glaubte, seinen Atem zu spüren. Vielleicht hörte er aber auch nur das eigene Röcheln, das zitternd aus seinem Mund drang, vorbei an dem Knebel, der ihm das Atmen erschwerte.

»Was wollen Sie?«, nuschelte er schleppend und hing seinen Worten nach, die mit Sicherheit nicht verständlich gewesen waren.

Er wiederholte seine Frage, diesmal ruhiger und auch ein klein wenig deutlicher. Aber er bekam keine Antwort. Der Fremde rührte sich nicht, wenn es überhaupt ein Mann war. Möglicherweise war es auch eine Frau. Er wusste es nicht. Die Dunkelheit gab nichts als Schatten her. Die fremde Gestalt verharrte stumm und regungslos neben ihm. Abermals rasten Tausende Gedanken durch seinen Kopf. Ein Sturm aus Stimmen und Bildern, die sich jedoch zu keiner Lösung formieren wollten. Er fühlte sich immer noch benommen. Der Kerl hatte ihm auf den Kopf geschlagen und dann war er ohnmächtig geworden. Erst nach und nach war er wieder zu sich gekommen und hatte die Situation realisiert. Mit dem Knebel würde er nie einen vernünftigen Satz über die Lippen bringen. Wie sollte er da Kontakt zu seinem Entführer aufbauen? Die Statistiken, die er damals gelesen hatte, leuchteten vor ihm auf. Seine Überlebenschancen sanken beinahe sekündlich. Die Angst schnürte ihm die Kehle zu. Wieder brabbelte er durch den Knebel, erntete jedoch nichts als Schweigen. Er zerrte an dem Klebeband, das ihn auf die harte Unterlage fixierte. Es half nichts. Erneut streifte ein kühler Luftzug über seine Haut. Diesmal heftiger als zuvor. Entsetzt stellte er fest, dass er bewegt wurde. Die Liege rollte knirschend über den Untergrund. Schon erblickte er den schwarzen Himmel, dessen dunkle Wolken das Sternenlicht verschluckten. Die Wolkendecke riss auf, sodass er ein wenig von der Umgebung sah. Ein Gitter. Bäume. Felsen. Eine ganz und gar eigenartige Landschaft. Gab es in Berlin Felsen? Seine Augen rollten in alle Richtungen, versuchten, so viel wie möglich wahrzunehmen, als die Fahrt plötzlich stoppte. Instinktiv zerrte er wieder an den Fesseln.

»Was wollen Sie von mir?«, nuschelte er abermals.

Keine Antwort.

Nichts.

Die Gestalt war verschwunden.

Was hatte das zu bedeuten? War er frei? Hatte ihm jemand nur einen ordentlichen Schrecken einjagen wollen? Vielleicht einer seiner osteuropäischen Mandanten, für die er das ein oder andere Mal Rechtsstreitigkeiten verloren hatte? Oder womöglich ein Vertreter der Gegenseite, der Rache nehmen wollte, weil er gegen ihn gewonnen hatte? Er war ein exzellenter Anwalt. Spezialist auf seinem Gebiet. Es ging um viel Geld. Er beriet Immobilieninvestments. Doch das alles war im Augenblick egal. Er blickte sich ängstlich um und hatte nicht die geringste Ahnung, wo er sich befand. Plötzlich spürte er eine Berührung, kaum merklich und eher wie ein Windhauch. War der Entführer zurück? Panik wallte in ihm auf. Hektisch suchte er die Dunkelheit ab.

Nichts.

Trotzdem, etwas bewegte sich an seinem Bein. Es strich über seine nackte Haut. Sanft. Instinktiv zuckte er zurück, soweit seine Fesseln es zuließen. Die Berührungen verstärkten sich. Mit einem Mal krabbelte es überall auf seiner Haut. Er dachte an Spinnen, an fette, haarige Beine, die auf ihm herumliefen und jeden Winkel seines Körpers erkundeten. Aber dafür waren die Bewegungen zu träge. Doch es gab auch große Spinnen. Vogelspinnen. Etwas krabbelte über seinen Bauch und näherte sich seiner Brust. Ihm stockte der Atem. Er starrte das große, schwarze und grässliche Ding an, das er schemenhaft erkennen konnte. Es war keine Spinne.

Rechts und links tauchten weitere Exemplare auf. Eine ganze Armee hatte sich auf ihm breitgemacht. Er erstarrte und hörte auf zu atmen, damit sie ihn für tot hielten. Für ein lebloses Stückchen Erde, einen Ast oder sonst etwas. Doch es war zu spät. Der Stachel eines Skorpions schwang blitzschnell durch das Halbdunkel und landete tief in seinem Fleisch. Der Einstich brannte höllisch. Er schnappte nach Luft und riss panisch an dem Klebeband. Die Erschütterungen schreckten die anderen Skorpione auf. Mehrere Stacheln erhoben sich zum Angriff und spritzten beinahe gleichzeitig ihr tödliches Gift in seine Haut. Er fühlte sich wie ein explodierender Feuerball. Seine Nervenzellen konnten die einzelnen Stiche nicht voneinander abgrenzen. Der Schmerz loderte überall, er schien nur noch aus Feuer zu bestehen. Sein Herz stolperte. Die Muskeln krampften. Übelkeit überwältigte ihn. Seine Augen versagten den Dienst, ebenso sein Hirn. Der Schmerz blieb. Selbst als sein Geist sich aus dem Gefängnis seiner fleischlichen Hülle löste, schwebte er mit ihm, hinein in die dunkle Ewigkeit der Nacht.

8

Christian Böhnke gehörte zu den Männern, die stets alles im Griff hatten und denen die Welt zu Füßen lag. Zumindest glaubten sie das selbst von sich. Laura sah diese Einstellung in seinen Augen, an seinem Aufzug und in seiner Miene, für die auch das Wort arrogant nicht annähernd ausreichte. Selbstgefällig saß er auf dem Stuhl, als befände er sich in einem Café, in dem gerade die Bedienung seinen Tisch herrichtete. Er lächelte kalt und taxierte Laura herablassend, als sie die Tür öffnete. An seinem Schlüsselbund befand sich ein Anhänger vom SOS-Kinderdorf, der Laura für einen Moment zweifeln ließ, denn sie hielt nicht viel von Vorurteilen. Doch als er sie weiter musterte, merkte sie, dass sie sich nicht irrte. Dieser Mann entsprach in jedem Detail dem Klischee eines reichen, hochmütigen Vermögensberaters, der glaubte, dass die ganze Welt käuflich wäre. Laura hasste ihn von der ersten Sekunde an.

»Wow. Die Einführung der Frauenquote hat wirklich etwas gebracht. Mit so einer attraktiven Beamtin hätte ich im Leben nicht gerechnet.« Er erhob sich grinsend von seinem Stuhl und trat auf Laura zu. Sein herbes Parfum umfing sie besitzergreifend. Laura wich keinen Schritt zurück. Sie würde ihm schon zeigen, wie der Hase lief. Sie musste an Sandra Kästner denken und fragte sich, wie diese Frau es mit Christian Böhnke hatte aushalten können. Sie ergriff seine ausgestreckte Hand. Er drückte sie fest und wollte sie mit der anderen Hand umschließen, aber Laura reagierte blitzschnell und zog den Arm zurück.

»Mein Name ist Laura Kern. Ich leite die Ermittlungen und möchte Ihnen ein paar Fragen zu Ihrer Ex-Freundin Sandra Kästner stellen. Sie war doch Ihre Ex-Freundin?« Sie bedeutete ihm, sich wieder zu setzen, und nahm am Tisch gegenüber Platz.

Christian Böhnke gehorchte, grinste aber immer noch.

»Ja, sie war meine Ex.« Er beugte sich vor und zwinkerte. »Es gibt so viele schöne Frauen, da kann man sich unmöglich so schnell festlegen.«

Laura ging mit keiner Regung darauf ein, obwohl sie diesem Kerl am liebsten eine Ohrfeige verpasst hätte. Ihre Finger krallten sich an der Tischkante fest.

»Wie lange waren Sie ein Paar?«

Böhnke rollte mit den Augen. »Vier Jahre, on-off. Wir brauchten beide häufiger Abwechslung. Vor zwei Jahren bekam ich ein Mega-Angebot in München und bin gegangen. Eine Fernbeziehung bringt schließlich nichts.«

Laura verschlug es kurz die Sprache. Welche Frau ließ sich bloß mit so einem Arschloch ein?

»Warum sind Sie zurückgekommen? War der Job am Ende doch nicht so toll oder hat man Sie hinausbefördert?« Zufrieden nahm Laura das Zucken in seinem rechten Mundwinkel wahr. Treffer. Er war also gefeuert worden.

»In meiner Branche hält es die Leute nicht ewig in

einer Firma. Ich bekam ein attraktives Angebot, zufällig wieder hier in Berlin.« In seiner Stimme lag ein aggressiver Unterton. Mister Unschlagbar fühlte sich angegriffen. Seine Kieferknochen mahlten.

»Seit wann?«, fragte Laura kühl.

»Ich bin vor drei Monaten umgezogen.«

»Gab es nach der Trennung weiter Kontakt zu Sandra Kästner?«

Er schüttelte den Kopf. »Sie war stinksauer auf mich. Seit ich weggegangen bin, hat sie kein Wort mehr mit mir gewechselt.«

»Berührt Sie ihr Tod denn gar nicht? Sie waren immerhin längere Zeit mit ihr liiert.«

Böhnke verzog das Gesicht. »Wir alle sterben irgendwann. Der eine früher, der andere später. Das gehört zum Leben dazu und niemand sollte daraus eine Tragödie machen.«

Laura sah Böhnke prüfend an. Konnte ein Mensch tatsächlich derartig kalt sein?

»Ich weiß, was Sie von mir denken. Sie halten mich für ein emotionsloses Arschloch. Aber dem ist nicht so. Nur für meine Ex gab es schlicht keine Gefühle mehr. Ich habe die Beziehung zu Sandra beendet. Ihr Leben hat mich seitdem kein Stück interessiert, warum sollte es jetzt ihr Tod tun? Wäre doch unlogisch.«

»Sie starb nicht freiwillig, sondern gewaltsam. Sie hat gelitten.« Laura hatte Mühe, ihre Stimme ruhig zu halten.

»Okay. Was wollen Sie von mir? Soll ich jetzt weinen? Ich sage Ihnen mal was. Das bringt Sandra erstens nicht zurück und zweitens blicke ich im Leben immer nach vorne.« Er machte eine passende Handbewegung dazu. »Ich sehe nie zurück. Warum auch? Vorbei ist vorbei. Außerdem wundert es mich bei Sandra nicht. Sie hatte schon immer einen Hang zum Risiko. Wer sich in Gefahr begibt, kommt darin um.«

Laura horchte auf. »Was meinen Sie mit Hang zum Risiko?«

»Zu riskante Wertpapiere, zu viel Alkohol, Tabletten, Bars, abgewrackte Kerle für eine Nacht. Soll ich weitermachen?«

Laura stutzte. Sandra Kästners Mutter hatte ein völlig anderes Bild ihrer Tochter gezeichnet.

»Erzählen Sie mir mehr von den abgewrackten Kerlen«, forderte sie Böhnke auf.

Er grinste. »Dachte ich mir, dass Sie darauf abfahren. Ist Ihnen ein Kerl im Bett eigentlich genug?« Sein Blick scannte sie von oben bis unten. »Sandra jedenfalls reichte einer nicht. Wir sind manchmal losgezogen, haben getrunken und uns einen Gefährten ins Bett geholt.« Er beugte sich erneut über den Tisch und flüsterte: »Warum ist Ihre Bluse so zugeknöpft? Sind Sie verklemmt?«

Laura reichte es. Sie schlug mit der Hand auf den Tisch und funkelte ihr Gegenüber wütend an.

»Dies hier ist kein privates Gespräch zwischen uns beiden. Kapiert? Es geht um Ihre ermordete Ex-Freundin. Wenn Sie sich nicht ab sofort kooperativ zeigen, dann drehe ich Ihnen einen Strick aus dieser Nummer. Schon mal was von Beamtenbeleidigung gehört? Da fahre ich zum Beispiel überhaupt nicht drauf ab!«

Die Tür flog auf und Max stürmte herein. »Okay, Kumpel. Deine Schonzeit ist um. Ich übernehme jetzt.«

Laura wollte protestieren, doch sie sah Taylor im Flur stehen, der langsam den Kopf schüttelte und auffällig mit den Augen rollte. Was verdammt sollte das? Zornig ging sie zu ihm und knallte die Tür hinter sich zu.

»Die Innensenatorin sitzt im Nebenraum«, zischte Taylor.

»Was?«

»Marion Schnitzer. Sie hatte einen Termin mit Beckstein. Doch der wollte unbedingt das Gespräch mitverfolgen und hat sie mit angeschleppt. Ich hätte nie gedacht, dass sie sich wirklich da reinsetzt, aber sie hat jedes Wort mitverfolgt.«

Laura schluckte. »Na und? Soll sie doch.«

Taylor rollte erneut mit den Augen. »Böhnke hat dich die ganze Zeit angebaggert. Er wollte deine Autorität untergraben. Du wärst dem Mann jeden Augenblick an die Gurgel gesprungen. Zu Recht, aber das hätte Schnitzer wahrscheinlich anders gesehen. Welchen Eindruck soll die Innensenatorin von dir bekommen?«

»Ich hatte alles im Griff!« Laura wusste selbst, dass sie klang wie ein trotziges Kind. »Ich leite die verdammten Ermittlungen. Ihr könnt mich doch nicht einfach aus einer Vernehmung holen.«

»Egal, wie es für Böhnke ausgesehen hat, du hattest einen perfekten Abgang«, sagte Taylor eindringlich, und Laura wusste, dass er recht hatte. Sie hatte alles richtig gemacht, jedoch trotzdem kurz vor der Explosion gestanden. Mehr Informationen hätte sie aus dem Zeugen nicht herausgeholt. Max war ihr genau im richtigen Augenblick zu Hilfe gekommen. Laura musste das nicht persönlich nehmen. Es war nicht ihre Schwäche, sondern Böhnkes. Er definierte sich darüber, von wie vielen Frauen er täglich angehimmelt wurde.

»Ich spreche mit Schnitzer«, sagte sie und öffnete die Tür des Nebenraumes, bevor Taylor sie davon abhalten konnte.

»Kern! Ich grüße Sie.« Die Innensenatorin erhob sich

prompt, als sie Laura erblickte. Ihre Miene wirkte so ernst, dass Laura schon mit einem Donnerwetter rechnete. Joachim Beckstein stand mit bleichem Gesicht im Hintergrund. Er sah ihr nicht in die Augen. Die Frau mit den grauen, hochgesteckten Haaren und den strengen Gesichtszügen reichte Laura die Hand. »Das haben Sie wirklich gut gemacht. So viel Unverfrorenheit ist mir ewig nicht mehr untergekommen, und ich habe in der Politik mit vielen Menschen zu tun, die alles andere als sympathisch sind.« Schnitzer lächelte. »Machen Sie weiter so, Kern. Setzen Sie sich. Mal sehen, was Ihr Kollege noch rausholen kann. Glauben Sie, er ist der Täter?«

Laura zuckte mit den Achseln und nahm gleich hinter der Spiegelwand Platz. »Für diese Vermutung ist es zu früh, und Böhnke scheint kein richtiges Motiv zu haben. Er hat Sandra Kästner schon vor längerer Zeit verlassen und lebte in München. Außerdem, schätze ich, würde Böhnke sich nicht selbst die Finger schmutzig machen. Sein Verhalten ist auffällig aggressiv. Wäre er der Täter, würde er wahrscheinlich eher den Trauernden mimen, damit wir ihn von der Liste der Verdächtigen streichen. Andererseits hatte er früher eine emotionale Bindung zum Opfer. Wie gesagt, wir müssen noch weiter ermitteln, bis wir eine bessere Einschätzung abgeben können.«

Laura sah durch den Spiegel und verfolgte die Befragung. So erfuhren sie, dass Sandra Kästner angeblich häufig Partydrogen konsumiert habe. Leider war ihre Leiche so verkohlt gewesen, dass ein Drogentest nicht möglich war. Aber immerhin schaffte Max es, Böhnke am Ende des Gespräches zu einer DNS-Probe zu überreden. Sofort betrat ein Kollege den Vernehmungsraum und überreichte ihm ein Wattestäbchen, das er sich mit deutlichem Widerwillen in den Mund schob.

»Ich bin gespannt, ob er in letzter Zeit noch einmal Sex mit Sandra Kästner hatte.«

Die Innensenatorin hob fragend die Augenbrauen.

»Wir haben frisches Sperma in der Wohnung des Opfers gefunden. Und wenn Böhnkes Schilderungen stimmen, hat Kästner ihre Sexualpartner ziemlich häufig gewechselt. Warum sollte sie nicht mit ihm geschlafen haben, als er wieder in der Stadt war?«

»Dann käme er als Verdächtiger in Betracht«, schlussfolgerte die Innensenatorin.

Laura nickte. »Ja, in diesem Fall hätte er doch Kontakt zu Sandra Kästner gehabt und uns angelogen. Wir geben die Speichelprobe sofort ins Labor. Morgen werden wir Gewissheit haben.«

* * *

»Verdammt«, sagte Laura und trommelte frustriert mit den Fingerspitzen auf die Schreibtischplatte.

»Das Video wurde nicht in dem Internetcafé in Wilmersdorf hochgeladen. Wir haben sämtliche Uploads von dort überprüft. Ehrlich gesagt wissen wir nicht, von welchem Computer aus es ins Netz gestellt wurde. Der Täter hat seine digitalen Spuren diesmal vollständig verwischt. Ich habe das Video bestimmt hundertmal angesehen.« Simon Fischer verzog das Gesicht. »Leider kann ich auch nicht sagen, wo sich das zweite Opfer befindet. Es könnte ein Keller überall in Deutschland sein oder auch im Ausland. Wir haben jeden Gegenstand und jedes Geräusch analysiert. Es gibt nichts, was uns Rückschlüsse auf den Tatort erlaubt.«

»Ob der Täter das beabsichtigt hat?«, fragte Max, dessen Wangen tiefrot glühten, während der Rest seines Gesichts aschfahl aussah. »Vielleicht hat es ihm nicht gefallen, dass wir Sandra Kästners Leiche so schnell gefunden haben. Dieses Mal hat er jedenfalls akribisch darauf geachtet, den Ort nicht zu verraten.«

»Was ist mit den Überwachungskameras in der Nähe des Internetcafés in Wilmersdorf? Haben Sie noch einmal überprüft, ob es wirklich nichts gibt?«, fragte Taylor.

Simon Fischer nickte. »Ich habe zwei Leute darauf angesetzt, die die Überwachungsvideos von einigen Ladenbesitzern aus der Umgebung besorgen konnten. Eine Kamera befand sich nur hundert Meter vom Café entfernt. Wir haben sämtliche Männer mit einer ähnlichen Statur wie der Täter unter die Lupe genommen. Aus unserer Sicht gibt es drei Kandidaten, die passen könnten.« Er klickte ein paarmal auf seinem Bildschirm. Die Fotos von drei verschiedenen Männern erschienen. Gleich daneben platzierte Simon zwei Aufnahmen des Täters.

»Auf diesen Fotos können Sie den Täter am besten sehen. Wir haben seine Körperproportionen und die Bewegungen ausgemessen und auf jeden Passanten, der von umliegenden Kameras erfasst wurde, übertragen. Nur gut, dass wir Sommer haben. Dadurch dürften die Messungen relativ genau sein. Bei diesen drei Personen liegen starke Ähnlichkeiten vor.« Simon vergrößerte die Ausschnitte.

Laura betrachtete jeden einzelnen intensiv: einen Glatzkopf, vielleicht Mitte dreißig, einen wesentlich jüngeren Mann mit kurz rasierten Haaren und einen mit blondem Pferdeschwanz.

»Der mit der Glatze hat einen Aktenkoffer dabei,

außerdem trägt er einen Anzug. Sieht so aus, als würde er zur Arbeit gehen oder zu einem Termin. Wann wurde die Aufnahme gemacht?«

»Am Tag der Veröffentlichung des Videos, morgens um zehn nach acht.« Simon deutete auf den nächsten Mann. »Der wurde mittags aufgenommen. Er hält eine Tüte vom Bäcker in der Hand, vermutlich sein Mittagessen.«

»Sieht aus wie ein Bauarbeiter. Blaue Arbeitshose, klobige Schuhe. Fehlt nur der Helm.« Laura konnte sich nicht vorstellen, dass dieser Mann in seinem Aufzug und dazu noch mit einer Brötchentüte als nächste Station das Internetcafé anvisiert hatte.

»Kann man sehen, ob er in das Café geht?«

Simon Fischer schüttelte den Kopf. »Leider nicht. Die Kamera nimmt nur den Umkreis bis hundert Meter davor auf. Ehrlicherweise könnte er überall hingegangen sein. Und mit den Gesichtern können wir auch nichts anfangen, da der Täter auf den Videos nur von hinten zu sehen ist. Außerdem hatte er eine Skimaske auf, sodass wir seinen Schädel nicht exakt vermessen konnten.« Er holte die letzte Person noch näher ins Bild. »Aber eine interessante Sache habe ich entdeckt. Dieser Mann trägt dasselbe Oberteil wie der Täter und er ist zeitlich am dichtesten dran. Die Aufnahme wurde fünfzehn Minuten vor Veröffentlichung des Videos gemacht.«

Laura betrachtete den vielleicht Fünfundzwanzigjährigen, der zielstrebig und mit großen Schritten die Straße passierte. Sein Shirt war schwarz und langärmlig, damit traf es allerdings den Geschmack vieler Männer.

»Er hat den Blick eindeutig auf das Café gerichtet, oder?« Laura tippte auf den Bildschirm. »Der geht da rein. Das schwöre ich.«

Niemand erwiderte etwas, doch Laura hatte eine Idee.

»Wenn wir schon nicht sehen können, wo er hingeht, könnten wir vielleicht herausfinden, wo er herkam. Möglicherweise hat er irgendwo in der Nähe geparkt.«

Simon Fischer starrte Laura an, als hätte er gerade einen Geistesblitz. Er stoppte das Video und öffnete eine neue Datei.

»Das hier ist zwei Minuten früher.« Er klickte auf die Stelle, an der der Mann ins Bild trat.

»Gibt es noch eine andere Kamera, die den Straßenabschnitt davor gefilmt hat?« Laura überlegte. Dieser Mann war offenkundig zu Fuß unterwegs. Aber sie könnte schwören, dass der Täter ein Auto hatte. Die Strecke zwischen dem Tatort und dem Internetcafé war einfach viel zu lang und keinesfalls zu Fuß oder mit dem Fahrrad zu bewältigen.

»Warten Sie«, sagte Simon und klickte sich durch einen unübersichtlichen Baum aus Videodateien. »Wir haben alle umliegenden Geschäfte abgeklappert. Die meisten Inhaber waren kooperativ und haben ihre Videodateien ausgehändigt. Diese Kamera befindet sich auf dem Parkplatz eines Discounters, der vielleicht dreihundert Meter entfernt liegt.«

Ein Wirrwarr von Menschen bewegte sich über den Bildschirm. Simon ließ das Video ein wenig schneller laufen. Frauen und Männer parkten ein, huschten über den Platz zu einem Unterstand, in dem die Einkaufswagen standen, anschließend gingen sie in den Laden. Sie kamen wieder heraus, vollgepackt mit Lebensmitteln und anderen Dingen, die für den Alltag nötig waren. Sie schoben ihre Beute bis zum Auto, packten ein, brachten den Einkaufswagen in den Unterstand zurück und fuhren davon.

»Da ist er.« Laura hatte den Blondschopf mit dem Pferdeschwanz sofort erkannt. »Zoomen Sie das Kennzeichen heran und drucken Sie es aus.«

Taylor pfiff anerkennend durch die Zähne. »Sieh mal einer an. Warum parkt er am Supermarkt, wenn er gar nicht einkaufen will?«

»Was hat er in der Hand?«, fragte Max. »Halten Sie mal die Aufnahme an.«

Simon Fischer tat, wie ihm geheißen. Er startete nochmals einige Sekunden vorher und vergrößerte den Ausschnitt.

»Einen USB-Stick«, stellte Laura triumphierend fest. »Das könnte wirklich unser Mann sein.« Sie griff in den Drucker, der in diesem Augenblick das Autokennzeichen auswarf. »Ich lasse das direkt überprüfen.«

Laura nahm ihr Handy und rief einen Kollegen an. Binnen weniger Minuten kannte sie den Namen und die Adresse des Mannes.

»Sebastian Brandner, fünfundzwanzig Jahre alt, wohnt in Berlin Mitte und ist einschlägig vorbestraft. Versuchte Vergewaltigung. Er erhielt eine Bewährungsstrafe.«

Simon Fischer tippte den Namen sofort in seinen Computer ein. Als Erstes erschien das Facebookprofil von Sebastian Brandner.

»Was für ein Zufall«, sagte Laura und las den letzten Post laut vor: »Habe mich diese Woche krankgemeldet. Mich hat die Sommergrippe erwischt.«

»Dann hatte er auf alle Fälle genug Zeit. Erkältet wirkt er auf den Überwachungsaufnahmen jedenfalls nicht. Er hat nicht einmal gehustet oder sich die Nase geschnäuzt.« Taylor warf Laura einen alarmierten Blick zu. Simon Fischer scrollte weiter durch das Profil.

»Er ist Elektrotechniker, das heißt allerdings noch nicht, dass er sich im Internet gut auskennt. Aber immerhin hat er auch einen Account bei Instagram und einen bei Twitter. Er ist also im Netz aktiv. Eine Freundin scheint er aktuell nicht zu haben, zumindest kann ich das in den Posts nicht erkennen; den Beziehungsstatus gibt er bei Facebook mit Single an.«

»Wie sieht das Haus aus, in dem er wohnt?«, wollte Laura wissen.

Sofort zauberte Simon die Ansicht eines großen Wohnblocks auf den Bildschirm.

Laura seufzte. »Die Wohneinheit ist riesig. Die Keller in solchen Gebäuden sind meist nur durch ein paar Holzbretter voneinander abgetrennt. Da hat er sein zweites Opfer eher nicht massakriert. Trotzdem sollten wir ihn gründlich überprüfen, vielleicht besitzen seine Eltern ein Haus oder eine Wohnung mit Keller, wo er ungestört agieren konnte. Sobald wir alles über ihn wissen, laden wir ihn vor.«

* * *

Ein paar Stunden später hatte Laura ihre Pläne geändert. Keine Sekunde länger hielt sie diese Untätigkeit aus. Sie musste etwas unternehmen. Sie brauchte das Gefühl, dass sie agierte, nicht nur reagierte. Und das hatten sie den ganzen Tag getan, bis es ihr endgültig reichte. Noch immer tappten sie vollkommen im Dunkeln, was die Identität des zweiten Opfers anging. Dasselbe galt für den Tatort oder den Upload des Videos. Es war beinahe so, als gäbe es diesen Mord gar nicht. Keine Tote, kein Täter, kein Verbrechen. Laura hörte Joachim Becksteins Stimme, obwohl er sich bisher gar nicht mehr eingemischt hatte. Doch sie kannte ihren Chef nur zu gut. Bald riss ihm der Geduldsfaden. Aber wie sollten sie weiterkommen? Ihnen blieb nur übrig, die Spuren zu verfolgen, die sich im ersten Mordfall auftaten. Das Team zwei hatte Sandra Kästners Leben so gut es ging durchleuchtet, die Spurensicherung hatte die Wohnung des Opfers und den Tatort durchkämmt. Alle Teams hatten in den letzten Stunden wie verrückt gearbeitet, leider ohne entscheidenden Fortschritt. Selbst die Befragung der Mitarbeiter aus dem Industriegebiet, in dem die Leiche von Sandra Kästner gefunden worden war, hatte nichts gebracht. Es war äußerst unglücklich, dass niemand den Brand oder wenigstens ein Auto bemerkt hatte. Der Halleneigentümer kümmerte sich überhaupt nicht um seinen Besitz. Von dem Brand erfuhr er erst durch die Polizei. Der Mann konnte auch nichts zur Anordnung der alten Reifen sagen. Die Halle wurde seit über zwei Jahren nicht mehr genutzt. Ein neuer Nutzer fand sich in dieser Lage nicht, des Weiteren war die Ausstattung veraltet. Auch Logistiker oder Paketdienstleister hatten kein Interesse, da es nicht genug Tore für die Beladung gab und außerdem der Parkplatz vor dem Gebäude zu klein war.

Was also blieb Laura übrig, wenn sie endlich agieren wollte? Sie hatten neben dem Ex-Freund Christian Böhnke bisher nur einen weiteren Namen. Sebastian Brandner. Da er nicht allzu viel Wert auf Datenschutz legte und sein Profil bei Facebook öffentlich zugänglich war, lag sein digitales Leben wie ein offenes Buch vor ihr. Simon Fischer hatte wirklich sein Bestes gegeben und jedes kleine Detail herausgeholt. Der Mann hatte sich in dem Zeitraum, in dem die Morde passierten, nachweislich krankgemeldet. Und sie hatten zwischenzeitlich herausgefunden, dass er sich sehr wohl im Internet auskannte. Er verdiente sich ein Zubrot als Webdesigner. Mit einem recht professionellen Werbefilm präsentierte er sich zudem auf YouTube. Und obwohl diese Erkenntnisse natürlich nicht ausreichten, um Brandner des Mordes zu verdächtigen, stand Laura jetzt vor seinem Haus und starrte hinauf zu dem Fenster seiner Wohnung. Max war neben ihr. Sie hatte ihn nicht davon abbringen können, mitzukommen. Laura sorgte sich um ihn, doch er wollte unbedingt Stärke zeigen. Taylor hatte mit einem anderen Fall zu tun, in der Drogendealerszene hatte es bei einer Messerstecherei mehrere Schwerverletzte gegeben. Dabei hätte Laura es gerne gesehen, wenn er geblieben wäre. Sie sehnte sich nach seiner Nähe.

»Willst du dich nicht lieber ins Auto setzen?«

Max funkelte sie böse an. »Du kannst es nicht lassen, oder? Was soll ich da? Däumchen drehen?«

Laura schwieg. Am liebsten hätte sie ihm eine neuerliche Predigt gehalten, aber sie wusste, dass sie damit alles nur noch schlimmer machen würde. Je mehr sie Max in Richtung Arzt drängte, desto weniger würde er ihren Vorschlag in Betracht ziehen. Er war ein verdammter Sturkopf.

Die Haustür schwang auf und eine ältere Dame mit Hund kam heraus. Sie bemerkte Max und Laura nicht, die sich ein wenig abseits hielten. Laura hastete zum Hauseingang und hielt die Tür auf.

»Ich sehe mich im Keller um. Pass du auf, ob Brandner das Haus verlässt. Wenn ja, ruf mich an.« Laura wartete nicht auf Max' Antwort, denn auf seinen Protest hatte sie keine Lust. Außerdem hatte Beckstein sie zur Leiterin der Ermittlungen gemacht.

Sie schlich die Treppe zum Keller hinunter und drückte eine schwere Brandschutztür auf. Kalte, muffige Luft schlug ihr entgegen. Sie knipste das Licht an und sah sich um. Wie schon vermutet, waren die einzelnen Abstellkammern lediglich durch Bretterwände abgetrennt und mit Vorhängeschlössern gesichert. Laura schritt die lange Reihe an Türen ab, die Kammern waren allesamt vollgestopft mit alten Möbeln und Kartons. Hier war kein Platz für einen Mord. Zudem leuchteten die grellen Neonröhren an der Decke selbst den letzten Winkel aus. Laura versuchte, Sebastian Brandners Keller zu finden, doch es gab keine Namensschilder. Die einzelnen Abstellräume waren durchnummeriert. Sie dachte nach. Brandner wohnte in der dritten Etage auf der linken Seite. Das Haus besaß zwölf Etagen. Sie ging zurück und blieb vor Kellerabteil Nummer sechs stehen und starrte durch die Holzlatten. Ein paar Kartons waren in der Ecke gestapelt. Daneben stand ein alter Badschrank. Gleich an der Tür lagen ein zerkratztes Skateboard und ein paar zugeknotete Müllsäcke. Laura drehte sich um und schaute in Keller Nummer fünf hinein. Ihr Handy klingelte und sie schrak zusammen. Es war Max.

»Was ist los?«, fragte sie und drückte das Telefon fest ans Ohr.

Max antwortete nicht. Stattdessen hörte sie jemanden schnaufen oder eher röcheln. Verdammt. Sie stürmte los, nahm drei Stufen auf einmal und gelangte binnen weniger Sekunden auf die Straße.

Max war nirgends zu sehen. Sie blickte nach links, dann nach rechts. Nichts. Aus der Ferne hörte sie ein Geräusch. Sie rannte nach rechts.

»Max!«, schrie sie.

In knapp fünfzig Metern Entfernung kniete ein Mann auf dem Fußgängerweg.

»Max?«

Laura sprintete. Atemlos blieb sie neben ihrem Partner stehen.

»Lauf, Laura. Er ist dort vorne.«

Doch sie war wie erstarrt. Etwas in Max' Stimme hielt sie auf. Sie ging in die Hocke und betrachtete ihn. Ein roter Fleck breitete sich auf dem T-Shirt gleich oberhalb des Gürtels aus.

»Verdammt, was ist passiert?« Laura strich das Shirt hoch und schrie erschrocken auf. Sie presste ihre Hände auf die Wunde. »O nein. Er hat dich mit einem Messer angegriffen.« Sie riss sich die Bluse vom Leib, zerknüllte sie und drückte sie auf die Wunde. Mit der freien Hand griff sie ihr Handy und rief Hilfe.

»Halb so schlimm«, murmelte Max. »Ist nur ein Kratzer.«

»Hör auf. Er hat dir in den Bauch gestochen. Hätte ich dich bloß nicht mitgenommen, du hast dich von dem Hundebiss noch nicht richtig erholt«, erwiderte Laura zerknirscht. Doch Max hörte sie nicht mehr. Seine Augen waren zugefallen.

9

Sechs Jahre zuvor

»Auf unseren Helden!« Sieben Gläser stießen klingend aneinander. Er lächelte stolz und nahm einen großen Schluck. Sein frisch genähter Fuß lag verbunden auf dem Couchtisch. Glücklicherweise hatte das Klopfen in der Wunde nachgelassen. Ein gutes Zeichen. Jedenfalls stand es so im Internet. Er war kein Arzt und musste das glauben, was er las.

Er registrierte zufrieden die anerkennenden Blicke aus der Runde, die ziemlich oft an seinem Fuß hängen blieben. Er genoss dieses Hochgefühl beinahe genauso wie Sunnys Aufmerksamkeit.

»Ich schwöre euch. Ohne Black wäre ich glatt abgesoffen.« Schlange grinste angetrunken und tippte gegen den Verband an seinem Hals. »Als ich im Wasser lag, habe ich gespürt, wie jeder Herzschlag das Blut hinauspresst.« Er schüttelte den Kopf. »Unglaublich. Ich schwebte da im Wasser und wurde immer schwächer. Dann sprang Black in den Pool und hat mich rausgefischt. Ich glaube, ich stand kurz davor, abzusaufen.«

Sunny machte große Augen und rückte ein Stück näher an Schlange.

Er hasste es.

»Ich lag auf der Couch und habe gelesen, da kam Black reingestürmt. Ich sag euch. Er hat mich zu Tode erschreckt. Er war blutüberströmt. Echter Horror.« Sie hielt die Hände vors Gesicht. »Mir wurde auf der Stelle übel. Aber Black hatte alles im Griff.« Sie rückte von Schlange ab und schmiegte sich jetzt an ihn.

Schon besser, dachte Black und legte den Arm um sie.

»Erst als Schlange verarztet war, haben wir das Blut an Blacks Fuß bemerkt.« Sie deutete auf die Fliesen. »Der ganze Boden war verschmiert. Ich habe bestimmt eine Stunde lang geputzt.«

Schlange beugte sich vor und füllte sein Glas auf. »Ich habe noch nie gesehen, wie man eine Wunde näht. Es war krass eklig. Black hat keine Miene dabei verzogen.«

»Krass, Mann. Wie hast du das ausgehalten?« Glatze starrte ihn mit offenem Mund an.

Er grinste selbstgefällig und zeigte auf den Stock, der noch auf dem Wohnzimmertisch lag. »Hab es gehalten wie die Indianer und fest draufgebissen.«

»Du bist echt irre!« Locke schüttelte sich. »Da kann uns auf der Wüstentour ja nichts passieren, wenn wir dich dabeihaben.«

»Ja, falls das Auto wieder in Gang kommt«, knurrte er und warf Schlange einen kalten Blick zu. Hätte er sich ums Auto gekümmert, statt Sunny anzubaggern, könnten sie morgen schon unterwegs sein. Bereits vor Reiseantritt hatten sie von einem mehrtägigen Wüstenausflug geträumt. Doch jetzt konnte er mindestens zwei Tage lang nicht auftreten und ihr Wagen stand stumm vor dem Haus. Niemand von ihnen kannte sich sonderlich gut mit Autos aus. Nur Schlange bastelte gerne an seinem Motorrad herum. Wenn er die Reparatur vermasselte, hingen sie erst mal fest.

»Ich schaue mir den Wagen morgen früh an«, versprach Schlange und gönnte sich einen weiteren Drink.

»Lasst uns darauf anstoßen, dass wir immer zusammenhalten. Egal, was passiert. Freunde für immer.« Sunny löste sich aus seiner Umarmung und sprang auf. Das Glas hielt sie hoch in die Luft.

»Freunde für immer«, brüllte Locke und trank seinen Cocktail in einem Zug aus. Jetzt sprangen auch Biene und Eule auf, genauso wie Schlange und Glatze.

Black erhob sich als Letzter. »Einer für alle, alle für einen«, grölte er und stellte fest, dass sein Fuß fast gar nicht mehr wehtat.

Sie vergnügten sich den ganzen Abend, bis Locke plötzlich einschlief und damit das Ende der Party einläutete. Torkelnd räumten sie das Wohnzimmer und stiegen die Treppe zu den Schlafzimmern hoch. Er half Sunny, die so betrunken war, dass sie sich nicht mehr allein auf den Beinen halten konnte.

»Willst du bei mir schlafen?«, flüsterte er heiser und drängte sie gegen die Wand im Flur, wo er ihr unter das T-Shirt griff und ihre rechte Brust streichelte. Er war so heiß auf sie, dass er sie am liebsten auf der Stelle genommen hätte. Doch Sunny schob ihn weg und zog das Shirt wieder nach unten.

»Ich bin müde«, murmelte sie, und tatsächlich fielen ihr immer wieder die Augen zu.

»Ich will dich«, flüsterte er und wanderte mit den Fingern über ihren Bauch.

»Idiot. Lass das.« Abermals schlug sie seine Hand beiseite.

Er sah sich um. Sie waren allein. Locke, mit dem er sich das Zimmer teilte, schnarchte unten auf der Couch im Wohnzimmer. Sunnys Widerstand enttäuschte ihn. Er wollte sie so sehr. Sie roch so gut.

»Komm schon, Sunny. Wir hätten mein Zimmer ganz für uns alleine.«

Sie schüttelte den Kopf, und er ließ niedergeschlagen von ihr ab. Trotzdem konnte er nicht aufhören, sie anzustarren. Ihre großen Brüste zeichneten sich rund und verlockend unter ihrem Shirt ab. Ihre leicht geöffneten Lippen zitterten ein wenig. So als wenn sie doch Verlangen nach ihm hätte. Er konnte nicht anders und beugte sich vor. Kurz vor ihrem Mund hielt er inne und wartete auf ein Zeichen von ihr. Eine quälend lange Zeit reagierte sie nicht. Allerdings wies sie ihn auch nicht zurück. Langsam, ganz langsam näherte er sich. Als sich ihre Lippen berührten, wehrte sie sich nicht mehr. Ein kaum hörbares Stöhnen drang aus ihrem Mund und fachte seine Leidenschaft weiter an. Sanft hob er Sunny hoch und trug sie in sein Zimmer. Sie ließ es geschehen. Er küsste sie hingebungsvoll und legte sie aufs Bett. Erneut suchten seine Finger den Weg zu ihren Brüsten, deren Nippel inzwischen so hart waren, dass es heftig zwischen seinen Beinen zuckte. Er öffnete ihre Hose und zog sie hinunter. Sunny lag mit geschlossenen Augen vor ihm. Eigentlich wollte er sich mehr Zeit lassen. Sie sollte den ersten gemeinsamen Sex in prickelnder Erinnerung behalten. Aber beim Anblick ihrer Nacktheit verlor er die Kontrolle. Hastig befreite er sich von seiner Jeans und drang tief in sie ein. Sunny stöhnte lustvoll. Sie schien so in ihrer Lust gefangen, dass sie nicht einmal bemerkte, wie Locke auf einmal neben ihnen aufs Bett fiel. Anscheinend war er aufgewacht und hatte sich nach oben geschleppt. Black verharrte kurz. Doch als Locke unbekümmert weiterschnarchte, beschloss er, ihn zu ignorieren. Er zögerte seinen Höhepunkt so weit hinaus wie möglich und sank anschließend verschwitzt und zufrieden neben Sunny auf die Matratze.

10

»Hier, ziehen Sie das über.« Eine Krankenschwester hielt ihr ein frisches Shirt hin. Laura zögerte, sie hatte Max' Blut nur notdürftig abgewischt. Noch immer zogen sich rote Schlieren über ihre Haut, die wahrscheinlich sofort auf das saubere Kleidungsstück abfärbten. Sie zitterte unablässig. Ihre Knie glichen einem Wackelpudding. Sie wusste nicht mehr genau, wie sie es bis hierher geschafft hatte. Wiederholt hastete sie gedanklich zurück zu jenem Moment, in dem der Rettungswagen eingetroffen war. Sie hörte noch immer die knappen Anweisungen des Notarztes, sah seine schnellen Bewegungen, die Sanitäter, die Max eilig auf eine Liege und dann in den Wagen hievten. Laura war mit eingestiegen, völlig erstarrt. Sie kannte nur noch einen Gedanken, und der galt ihrem Partner. »Bitte stirb nicht«, hatte sie wie ein Mantra vor sich hin geflüstert. Irgendjemand hatte ihr eine Decke um die Schultern gelegt. Darunter trug sie nur noch ihren BH und die Jeans. Ihre Bluse, mit der sie versucht hatte, Max' Blutung zu stillen, war verschwunden. Vielleicht lag sie noch vor dem

Haus oder irgendwo im Krankenwagen zwischen all dem blutigen Verbandszeug, das der Notarzt benutzt hatte. Sie hatte Max angestarrt. Sein blutleeres Gesicht, die farblosen Lippen, den erschlafften Körper, aus dem jede Spannung gewichen war. Was sollte sie nur Hannah, seiner Frau, erzählen? Und den beiden Kindern? Und Beckstein? Warum hatte sie nicht einfach Feierabend machen können? Sie wusste doch, dass es Max nicht gut ging. Er hatte Fieber. Sie leitete die Ermittlungen. Es war ihre Verantwortung, auf ihn zu achten. Sie hatte ihm angesehen, dass er noch nicht wieder fit war, auch wenn er selbst das Gegenteil behauptete.

Geistesabwesend nahm sie das Shirt entgegen.

»Danke«, sagte sie, ohne den Blick von der Tür zu lösen, auf die sie seit einer Stunde starrte. Von der weißen Tür, hinter der Max operiert wurde. Hinter der er um sein Leben kämpfte. Und um ihres. Wenn er starb, dann auch sie. Seinen Tod könnte sie nicht verkraften. Noch nie war ihr das so bewusst geworden. Seit Jahren arbeiteten sie Tag für Tag zusammen. Er wusste alles von ihr. Kannte ihre Ängste, ihre Schwächen. Es ging nicht ohne ihn.

Eine dicke Träne kullerte über Lauras Wange. Es war nicht die erste an diesem Abend. Sie versuchte ständig, die Fassung zu wahren, doch ihre Emotionen überschlugen sich jedes Mal, sobald sie daran dachte, dass Max sterben könnte. Über der Tür hing eine Uhr. Die Zeiger bewegten sich seltsam langsam, wie Gefangene in einer Zeitschleife. Vielleicht, um den Moment der Hoffnung so lange wie möglich zu konservieren. Denn solange diese Tür nicht aufging, lebte er noch. Solange ihr niemand sagte, dass er tot war, gab es Hoffnung. Sie wünschte sich, diese Tür würde niemals aufgehen. Doch genau in diesem Augenblick tat sie es.

Laura konnte sich nicht rühren. Sie starrte die Ärztin, die vor ihr stand, an wie ein Kaninchen die Schlange. In ihrem Gesicht konnte sie kein Lächeln erkennen, keine Erleichterung. Sie blickte Laura ernst an. Ihr wurde fast schwarz vor Augen. Das Herz donnerte gegen ihren Brustkorb, als wollte es herausspringen, um sich vor dem kommenden Schmerz zu schützen. Die Ärztin bewegte die Lippen, ihre Hand landete weich auf Lauras Schulter.

»Haben Sie mich verstanden?«, fragte sie sanft.

Laura schüttelte den Kopf. In ihren Ohren rauschte es so laut, dass sie nichts anderes mehr hörte. Wieder rollte eine Träne über ihre Wange.

Jetzt lächelte die Ärztin.

»Er wird es überstehen«, wiederholte sie ganz ruhig.

Laura sah sie an. Ihre Worte drangen nur langsam in ihren Kopf.

»Wirklich?« Sie traute sich nicht aufzuatmen. Vielleicht hatte sie etwas missverstanden.

»Es wurden keine inneren Organe verletzt. Die Blutungen sind gestoppt und er wird keine bleibenden Schäden davontragen, bis auf eine kleine Narbe natürlich. In zwei Wochen ist er wieder fit.« Die Ärztin schwieg und wartete, bis Laura ihre Worte verarbeitet hatte.

Endlich begriff sie. Ein tiefer Schluchzer löste sich aus ihrem Inneren. Laura konnte die Tränen nicht mehr zurückhalten. Die Ärztin nahm sie in den Arm.

»Sie haben alles richtig gemacht, indem Sie Ihre Bluse auf die Wunde gedrückt haben. Er hat kaum Blut verloren. In einer Stunde ist er wieder ansprechbar, wenn Sie zu ihm wollen. Wir haben ihn schon in den Aufwachraum nebenan gebracht.«

»Was ist mit seinem Arm? Er war von einem Hund gebissen worden.« Lauras Stimme zitterte.

»Er bekommt jetzt ein starkes Antibiotikum, damit sich keine Sepsis ausbildet. Der Messerstich hat ihm womöglich das Leben gerettet, denn an der Bissstelle hatte sich bereits eine schwerere Infektion ausgebreitet. In vierundzwanzig Stunden wäre die Behandlung weitaus schwieriger geworden.«

Schnelle Schritte klapperten über den Gang. Hannah kam auf Laura zugerannt. Aufgewühlt glitt ihr Blick zwischen Laura und der Ärztin hin und her.

»Er wird wieder gesund«, krächzte Laura, bevor Hannah etwas sagen konnte, und setzte sich auf einen Stuhl an der Wand.

»Sind Sie die Ehefrau?«, fragte die Ärztin und gab ihr die Hand.

Hannah nickte aufgelöst. Noch immer brachte sie kein Wort heraus. Die Ärztin wiederholte, was sie eben schon Laura erklärt hatte, und verabschiedete sich. Der nächste Notfall wartete.

»Gott sei Dank«, stieß Hannah aus und ließ sich schnaufend neben Laura auf den Stuhl sinken. »Wie konnte das nur passieren? Er war doch bewaffnet.« Sie sah Laura an.

»Ich habe den Keller eines Hauses durchsucht. Max hat vor dem Eingang aufgepasst. Er rief mich an und ich bin rausgelaufen und habe ihn blutend am Boden gefunden. Mehr weiß ich noch nicht. Es … es tut mir leid.«

»Ich hasse seinen Job«, presste Hannah hervor. »Ständig ist er auf Achse und riskiert sein Leben wegen irgendwelcher Krimineller, die keinerlei Achtung vor anderen Menschen haben. Was soll ich unseren Kindern erzählen, wenn ihm mal was passiert?«

Laura zuckte mit den Achseln und starrte ihre Fußspitzen an. Sie konnte Hannah nicht besonders gut leiden, aber ihre Worte leuchteten ihr ein. Sie jagten Abschaum, jeden verdammten Tag, und wenn es schieflief, starben sie, während die Täter weiterlebten.

»Er will Gutes tun und Leben retten«, flüsterte sie leise. Die Schuld erdrückte sie beinahe, jetzt wo sie Hannahs Sorge um Max fast körperlich spüren konnte. »Es ging ihm nicht gut. Die Wunde am Unterarm hatte sich entzündet. Ich hätte ihn nicht mitnehmen dürfen.«

»Ach was«, sagte Hannah. »Max ist ein Sturkopf. Du wärst ihn nie losgeworden. Er fühlte sich heute Morgen schon nicht gut. Er wollte nicht einmal Fieber messen, obwohl seine Wangen wie Leuchtfeuer geglüht haben.«

Sie sah Laura offen an. »Wenn es danach ginge, hätte ich ihn nicht zur Arbeit lassen dürfen. Ich weiß, dass du dein Bestes gibst.«

Laura schluckte. Ausgerechnet Hannah zeigte Verständnis. Die Hannah, die Max oft das Leben zur Hölle machte, sobald er Überstunden schob oder sich nicht genug um die Kinder kümmerte. Laura wäre es fast lieber gewesen, Hannah hätte ihr eine Predigt gehalten.

»Danke«, sagte sie und brachte ein zaghaftes Lächeln zustande. Zum ersten Mal, seit Hannah angekommen war, sah Laura sie richtig an. Ihre Augen waren gerötet. Vielleicht war ihr Max doch wichtiger, als Laura angenommen hatte. Sie wusste nicht, ob das schon immer so war oder an den beiden Kindern lag, im Moment jedenfalls schien es so. Als Hannah vor ein paar Jahren die Affäre mit Ben Schumacher anfing, hatte Laura sie gehasst. Max war am Boden zerstört gewesen. Und gerade als er begann, wieder Fuß zu fassen, war Hannah reumütig zu ihm zurückgekehrt. Dafür hatte sie Hannah noch mehr gehasst. Sie wollte nicht, dass diese Frau mit den Gefühlen ihres Partners spielte und ihm das Herz brach, wann immer es ihr in den Kram passte. Doch die Hannah, die jetzt neben ihr saß, strahlte etwas anderes aus. Wahrscheinlich musste Laura ihre Einschätzung neu überdenken.

»Wo sind die Kinder?«, fragte sie.

»Die Nachbarin sieht nach ihnen. Ich hoffe, sie wachen nicht auf.« Hannah runzelte plötzlich die Stirn und fragte: »Wo ist Taylor?«

»Ich habe ihm noch gar nicht Bescheid gegeben«, murmelte Laura und spürte, wie ihr die Röte in die Wangen schoss. Es war ihr unangenehm. Sie hatte Taylor bisher nicht angerufen, weil sie sich schuldig fühlte. Sie wollte nicht, dass er sie für eine schlechte Ermittlerin hielt, die ihren Partner im Stich ließ. Hannahs Blick sagte alles.

»Ich rufe ihn besser gleich mal an.« Laura erhob sich und ging mit dem Handy ins Treppenhaus.

Es dauerte weniger als fünfzehn Minuten, bis Taylor völlig außer Atem angelaufen kam. Er grüßte zuerst Hannah. Dann musterte er Laura eindringlich.

»Wie geht es dir?« Sein Blick blieb oberhalb des Shirts hängen. »Du hast da Blut am Hals.«

»Nicht meins«, erwiderte Laura und kniff die Lippen zusammen.

»Ich bin heilfroh, dass dir nichts passiert ist.« Er nahm sie in den Arm. »Und dass Max es übersteht«, fügte er hinzu und drückte Laura noch enger an sich.

Die weiße Tür schwang erneut auf. Eine Krankenschwester kam heraus und hielt die Tür auf.

»Herr Hartung möchte mit Ihnen sprechen«, sagte sie und blickte Laura an.

»Ich bin nicht seine Frau.« Laura deutete auf Hannah.

Die Krankenschwester verzog ungeduldig das Gesicht. »Er möchte mit Laura Kern sprechen.«

»Geh schon«, zischte Hannah und nickte.

Laura sprang auf und folgte der Schwester, die über den mit grauem Linoleum ausgelegten Gang eilte, als müsse sie einen Wettlauf gewinnen.

»Zimmer drei, da vorne rechts.« Sie streckte kurz den Finger aus und bog dann ab.

Laura betrat das Krankenzimmer. Max wirkte noch blasser als vor der Operation. Dafür glühten seine Wangen nicht mehr.

»Wie fühlst du dich?« Laura setzte sich neben ihn und nahm seine Hand. »Ich habe mir echt Sorgen gemacht.«

Ein schwaches Grinsen stahl sich auf seine Lippen. »Ich habe ja gesagt, es ist nur ein Kratzer.«

»Ich hätte dich nicht mitnehmen dürfen. Du hattest Fieber. Das alles wäre nie passiert, wenn du nicht krank wärst.«

Max schüttelte den Kopf. »Er hat mich überrumpelt. Ich habe das Messer erst bemerkt, als es in meinem Bauch steckte. Hör zu, Laura, dich trifft keine Schuld. Ich wollte dich nicht alleinlassen. Wir sind Partner.«

Sie drückte seine Hand.

»Was genau ist geschehen?«

»Brandner kam aus dem Haus. Ich habe ihn sofort erkannt und angesprochen. Er ist wie der Blitz davongerannt. Ich hinterher, und als ich ihn fast eingeholt hatte, blieb er plötzlich stehen und rammte mir das Messer in den Leib. Ich habe noch deine Nummer gewählt und dann ging es bergab. Der Typ hat definitiv was auf dem Kerbholz.«

»Ich habe bereits eine Fahndung nach ihm rausgegeben. Gleich morgen früh versuche ich, einen Durchsuchungsbeschluss zu erwirken. Wir kriegen den Mistkerl.« Laura gab ihm einen Kuss auf die Wange. »Du solltest mit Hannah sprechen, sie wartet draußen.«

»Ist sie nicht bei den Kindern?«

Laura schüttelte den Kopf. »Die Nachbarin passt auf. Hannah macht sich große Sorgen.«

Max lächelte. »Okay. Schick sie rein.«

* * *

»Du meine Güte. Das ist ja gerade noch einmal gut gegangen.« Beckstein blätterte durch Lauras Bericht und tippte auf die letzte Seite. »Ich möchte, dass Sie diese Passage hier ändern.«

Laura stutzte. »Aber ich hätte Max nicht mitnehmen dürfen. Er hatte Fieber und war nicht einsatzfähig. Es war meine Schuld.«

Beckstein warf ihr einen langen Blick zu. »Haben Sie seine Temperatur gemessen?«

Laura schüttelte irritiert den Kopf.

»Woher wissen Sie dann, dass er Fieber hatte?«

»Seine Wangen haben regelrecht geglüht. Um die Nase war er blass. Die Augen glasig. Ich habe es ihm angesehen.«

Beckstein hob den Zeigefinger. »O nein. Sie vermuten, dass er Fieber hatte. Sie haben nicht nachgemessen und hätten auch keine Möglichkeit dazu gehabt, schließlich ist Ihr Partner erwachsen. Es gibt also keinen Beweis und demzufolge auch keine Schuld. Die gäbe es nur, wenn Sie eine Krankschreibung ignoriert hätten. Ich möchte, dass Sie das ändern. Oder glauben Sie wirklich, dass ich meine beste Ermittlerin mit einem solchen Bericht ans Messer liefere? Wenn wir das stehen lassen, könnte es eine interne Untersuchung geben. Die ist nicht nur schlecht für Ihre Karriere, sondern auch für unsere Ressourcen. Ich kenne die Burschen. Die legen hier mit ihren Dauerbefragungen wegen einer Nichtigkeit alles lahm.«

Laura wollte protestieren. Doch Beckstein unterbrach sie mit einer zackigen Handbewegung. »Keine Widerworte, Kern. Ich habe hier das Sagen. Sie streichen das und halten mich auf dem Laufenden. Ich will, dass Sie Sebastian Brandner so schnell wie möglich fassen. Sein Angriff auf Max Hartung und die anschließende Flucht sind für mich deutliche Indizien. Schnappen Sie den Kerl, bevor noch mehr Opfer seinen Weg pflastern!« Er winkte mit der rechten Hand. Eine Geste, die bedeutete, dass Laura sich schleunigst an die Arbeit machen sollte.

Laura erhob sich zügig und ging zur Tür.

»Eines noch«, sagte Beckstein, und sie drehte sich ruckartig um.

»Taylor Field ist uns offiziell an die Seite gestellt worden. Er vertritt Max in den nächsten zwei Wochen. Ich möchte nicht, dass Ihre persönliche Beziehung zu ihm die Ermittlungen beeinträchtigt. Verstanden?«

Laura nickte. »Selbstverständlich«, erwiderte sie und ging hinaus. Draußen schloss sie kurz die Augen und atmete tief durch. Der Schock steckte ihr noch immer in den Knochen. Sie hatte die Nacht mit Taylor verbracht. Allerdings nicht so, wie ein Liebespaar das tun würde. Sie hatte einfach nur in seinen Armen gelegen, sich an ihn geschmiegt und geweint. Ihre Erleichterung war so groß gewesen, dass sie nicht anders konnte. Die ganze Angst und der Druck der letzten Stunden mussten irgendwie aus ihr heraus. Also weinte sie sich die Seele aus dem Leib und Taylor hielt sie stumm in seinen Armen. Es war das Beste, was er machen konnte. Er gab ihr das Gefühl von Geborgenheit und Halt. Kein Gespräch über das, was geschehen war, über Schuld oder Vorschläge, wie sie es besser hätte machen können. Nein. Taylor hatte sie mit seinen unergründlich braunen Augen angesehen und sie wortlos getröstet. Laura wusste gar nicht mehr, wie, aber irgendwann war sie eingeschlafen und erst am Morgen wieder aufgewacht. Taylor war nicht mehr da. Sie hatte ihren Bericht für Beckstein geschrieben und haargenau erklärt, was vorgefallen war und wie ihr Verhalten zu bewerten sei. Sie hatte gehofft, dass Beckstein seine schützende Hand über sie hielt, aber sicher war sie nicht gewesen. Umso mehr freute sie sich über seine Reaktion.

Sie eilte in ihr Büro und löschte den letzten Absatz.

»Wie ist es gelaufen?« Laura blickte auf und sah Taylor, der lässig im Türrahmen lehnte und sie anlächelte.

»Beckstein sieht keine Schuld in meinem Verhalten.«

Taylor löste sich vom Rahmen und marschierte zu Max' Schreibtisch.

»Das meinte ich nicht.« Er deutete auf den Stuhl. »Dich trifft natürlich keine Schuld. Ich wollte wissen, ob das für die nächsten zwei Wochen mein Platz ist.« Er grinste breit und setzte sich.

»Sieht ganz so aus«, erwiderte Laura. »Dein Chef hat es offiziell gemacht. Ich dachte immer, Beckstein und Althaus können sich nicht ausstehen.«

Das war untertrieben. Joachim Beckstein und Christoph Althaus waren Erzfeinde. Beckstein gehörte zur alten Garde, während Althaus ein aalglatter, redegewandter Emporkömmling war, der sich viel zu früh den Posten als Leiter der Polizeidirektion eins für Reinickendorf und Pankow geangelt hatte. So jedenfalls sah es Lauras Chef.

»Sie hassen sich«, bestätigte Taylor. »Ich gebe zu, dass ich ein wenig nachgeholfen habe. Sie kuschen nämlich beide vor der Innensenatorin.« Er zuckte mit den Achseln und zwinkerte Laura zu. »Ich habe sie gestern auf dem

Gang abgefangen, als sie das LKA verlassen wollte. Du hast ganz offensichtlich einen Stein im Brett bei ihr.«

»Das hast du getan?« Laura war baff.

Taylor grinste. »Ich will in deiner Nähe sein.« Seine Miene war auf einmal ernst. In seinem Blick lag etwas, was Laura nicht deuten konnte. Trotzdem stoben die Schmetterlinge in ihrem Bauch auf, als wären sie in einen Sturm geraten.

»Beckstein will nicht, dass unsere Beziehung auffliegt«, sagte sie knapp.

»Okay«, erwiderte Taylor mit lang gezogenem amerikanischem Akzent, der Laura daran erinnerte, dass er erst seit fünf Jahren in Deutschland lebte. Die Zeit davor blieb für sie nach wie vor ein Rätsel. Sein Vater war Deutscher, die Mutter Amerikanerin. Taylor hatte in den USA bei einer Spezialeinheit des FBI für besonders schwerwiegende Delikte gedient. Mehr wusste sie nicht. Sie dachte an die Narben auf seinem Rücken und fuhr sich unbewusst mit der Hand übers Schlüsselbein. Waren die Narben das, was sie miteinander verband?

»Hat Simon Fischer eigentlich noch etwas zu den anderen beiden Personen vor dem Internetcafé herausfinden können?«, fragte Taylor und unterbrach Lauras Gedanken.

»Leider nein. Ich habe heute früh zwei Kollegen mit Fotos losgeschickt. Vielleicht kann sich jemand aus dem Internetcafé oder den umliegenden Geschäften an sie erinnern.«

Ein Kollege erschien in der Tür. »Der Durchsuchungsbeschluss für Sebastian Brandners Wohnung ist erlassen.« Er hielt das Papier hoch und blickte Laura erwartungsvoll an.

»Ben Schumacher soll sich mit seinem Team bereit

machen. Wir fahren sofort los. Hat die Fahndung schon irgendetwas ergeben?«

Der Polizist schüttelte den Kopf.»Nein. Der Kerl ist wie vom Erdboden verschluckt. Sein Handy ist ausgeschaltet.«

»Danke«, sagte Laura enttäuscht und sah zu, wie der Kollege wieder aus ihrem Blickfeld verschwand. Sebastian Brandner hatte sich mit seinem Verhalten auf Nummer eins der Liste der Tatverdächtigen katapultiert. Wenn er etwas mit den Morden zu tun hatte, würden sie in seiner Wohnung mit hoher Wahrscheinlichkeit Hinweise finden.

»Lass uns losfahren«, sagte sie zu Taylor und schnappte sich ihre Sachen.

* * *

Im hellen Sonnenschein wirkte der Wohnblock ganz anders als am Abend zuvor. Er strahlte eine gewisse Freundlichkeit aus. Von der Bedrohung, die Laura gestern gespürt hatte, war nichts mehr da. Nur noch die Blutflecken auf dem Bürgersteig wiesen auf das Verbrechen hin, das nur ein paar Stunden zuvor ihren Partner beinahe das Leben gekostet hätte. Laura spürte die Wut auf Brandner, die unaufhörlich in ihr brodelte. Sie wollte diesen Mistkerl festsetzen. Je schneller, desto besser.

Taylor ging voraus. Geschmeidig und kraftvoll nahm er die Stufen bis zu Brandners Wohnung, und Laura kam für den Bruchteil einer Sekunde nicht umhin, seinen knackigen Hintern zu bewundern. Das Schloss stellte für Taylor kein Hindernis dar. Mit seinem Dietrich brauchte er lediglich einen Wimpernschlag, und die Tür flog auf. Laura zog sich Gummihandschuhe und Schuhüberzieher an. Schon auf der Fahrt hatte sie ihre wilden Locken zu einem Zopf gebunden. Der Geruch nach verdorbenem

Essen und Urin schlug ihnen entgegen. Laura rümpfte die Nase. Sie blickte in die Toilette, die sich gleich auf der rechten Seite befand, und entdeckte den Grund für den Gestank. Die Toilettenbrille war gelb gesprenkelt. Brandner klappte sie offenkundig nicht hoch, wenn er sich erleichterte. Der Boden wirkte ebenso besudelt. Laura zögerte einen Moment. Sie hatte keine Lust, ihre Schuhe zu beschmutzen, doch dann fielen ihr die Überzieher ein. Angeekelt betrat sie den Raum, während Taylor in die Küche ging. Sie sah sich um. Ein Rasierer, der voller Stoppeln war, eine Zahnbürste, deren Borsten sich zu allen Seiten bogen, ein Seifenrest und ein billiges Männerdeodorant standen auf dem schmierigen Waschbecken. Sie öffnete den Spiegelschrank. Aspirin, eine Nagelschere und ein Kamm. Der Inhalt war überschaubar. Laura blickte in den Mülleimer, der zu ihrem Erstaunen leer war. Stirnrunzelnd begutachtete sie die unbenutzte Plastiktüte, die aussah, als wäre sie erst kürzlich platziert worden. Ein vorbestrafter Beinahe-Vergewaltiger, dessen Bad wirkte, als hätte es noch nie Putzmittel gesehen, benutzte Mülltüten wie eine ordentliche Hausfrau?

Sie machte kehrt und ging in die Küche zu Taylor, der gerade den Kühlschrank inspizierte.

»Hast du schon in den großen Mülleimer geguckt?«

Taylor schüttelte den Kopf. Laura hob den Deckel an und verzog das Gesicht. Fette Maden krochen auf einem grünlich schimmernden Fleischbrocken herum.

»Puh«, stieß sie aus und ließ den Deckel wieder auf den Eimer fallen. »Brandner scheint kein besonders reinlicher Mensch zu sein.«

»Er ist ein Schwein. Sieh dir mal den Kühlschrank an. Überall Schimmel. Mir wird schon schlecht vom Reinschauen.« Taylor knallte die Tür zu. »Lass uns nach einem Computer oder einer Kamera suchen.«

Sie gingen ins Wohnzimmer und entdeckten einen Laptop auf dem Couchtisch. Im Regal daneben lag eine Videokamera.

»Mist. Der Kerl hat ein Passwort benutzt«, fluchte Laura. »Wir müssen den der Technik übergeben. Die Spurensicherung müsste auch jeden Augenblick hier sein.«

Sie sah sich die Kamera an. Die Speicherkarte fehlte. Laura seufzte und blickte sich weiter um. Im Schlafzimmer fand sie einen zweiten Laptop, ebenfalls passwortgeschützt. Sie durchwühlte Brandners Kleiderschrank, entdeckte darin jedoch nichts Auffälliges. Keine Fesseln oder Knebel. Nichts, was auf Brandners gewalttätiges Sexualverhalten hindeutete, schließlich hatte er zweimal versucht, eine Frau zu vergewaltigen. Im Nachttisch stieß sie auf Pornohefte. Ansonsten gab es keinerlei nützliche Spuren.

Endlich hörte Laura Schritte im Hausflur. Die Spurensicherung traf ein. Laura führte Ben Schuhmacher sofort zu den beiden Laptops.

»Okay, wir prüfen als Erstes die Spuren und schicken die Geräte dann gleich zu Simon Fischer, damit wir keine Zeit verlieren.«

Laura nickte. »Sehr gut. Denken Sie bitte an die Mülltonnen vor dem Haus? Der Abfalleimer im Bad wurde geleert und mit einer frischen Tüte versehen. Die Wohnung ist im Übrigen nicht aufgeräumt. Ich will wissen, was Sebastian Brandner so gewissenhaft entsorgt hat.«

»Ich melde mich, sobald wir etwas haben«, versprach Schumacher.

Laura verließ mit Taylor frustriert die Wohnung. Sie hatte sich von der Durchsuchung mehr erhofft.

»Wir haben es mit einem umsichtigen Täter zu tun, der seine Taten sorgfältig plant. Irgendwie passt der Zustand der Wohnung auch nicht so richtig zum Täterprofil. Nichtsdestotrotz sollten wir sein Umfeld analysieren.« Taylor klang nicht sonderlich zuversichtlich.

Trotzdem nickte Laura. Ihr ging inzwischen etwas ganz anderes durch den Kopf.

»Wir haben immer noch nicht mit den Kollegen von Sandra Kästner gesprochen. Alle Teams arbeiten daran, Brandner aufzuspüren. Wenn wir an dieser Stelle nicht weiterkommen, müssen wir es woanders versuchen«, murmelte Laura und wartete, bis Taylor den Wagen aufgeschlossen hatte. »Wir sollten uns aufteilen. Du konzentrierst dich auf Brandners Umfeld und ich kümmere mich um die Kollegen des ersten Opfers.«

11

Der Mann vor ihr war offenbar schwul. Nicht, dass Laura die sexuelle Ausrichtung von Sandra Kästners Arbeitskollegen sonderlich interessierte. Aber nach dem Zusammentreffen mit ihrem Ex-Freund war sie erleichtert darüber, dass nicht alle Männer, mit denen Sandra Kästner sich umgeben hatte, testosterongesteuerte Machos waren. Das Schönste an der Sache war, dass Georg Meier sich nicht in eine Schublade stecken ließ. Seine Homosexualität war Laura erst aufgefallen, als sie das Hochzeitsfoto auf seinem Schreibtisch bemerkte. Es zeigte ihn im Smoking zusammen mit einem Mann. Die beiden küssten sich. Der Ring an Meiers Finger bestätigte den Rest.

»Sie war eine wunderbare Frau. Eine Freundin. Ich stehe immer noch unter Schock und kann einfach nicht begreifen, was passiert ist. Es ist ein Albtraum, jeden Tag an Sandras leerem Büro vorbeizugehen und zu sehen, dass sie nicht mehr da ist. Dass irgendein mieses Schwein sie aus dem Leben gerissen hat.« Er schüttelte den Kopf. »Dabei besaß sie so viel Lebensfreude. Sie hatte noch so viel vor. Einer Partnerschaft in unserer Gesellschaft hätte nichts im Wege gestanden.« Er seufzte. »Ich hoffe, Sie finden dieses Ungeheuer und stecken es lebenslang ins Gefängnis.«

»Wann haben Sie Frau Kästner zum letzten Mal gesehen?«

»Vor fünf Tagen. Sie saß in ihrem Büro, als ich gegangen bin.«

»Und um wie viel Uhr war das?«

»Kurz vor fünf. Ich hatte einen privaten Termin.« Georg Meiers Blick glitt zu dem Ring an seinem Finger.

»Ich müsste schon genauer wissen, was Sie an diesem Abend gemacht haben. Meine Fragen sind reine Routine.«

»Ich war mit meinem Mann zum Essen verabredet. Er kann Ihnen das bestätigen, ebenso die Mitarbeiter des Restaurants. Wir hatten dort seit Längerem einen Tisch reserviert.« Er räusperte sich. »Es war unser erster Hochzeitstag.«

Laura machte sich Notizen. »Wer war außer Ihnen noch in der Firma an diesem Abend?«

»Lassen Sie mich überlegen. Die Sekretärinnen hatten bereits Feierabend. Sie beginnen bei uns in der Regel sehr früh und gehen um vier. Benjamin Frenzel und Sylvia Lorenzo mussten noch ein wichtiges Geschäft abschließen und saßen im Büro gegenüber von Sandra. Ein anderer Kollege, der stundenweise bei uns tätig ist, hatte einen Auswärtstermin. Sein Name ist Lucas Bernstein.«

»Ist Ihnen an diesem Tag irgendetwas Außergewöhnliches aufgefallen? Benahm sich Sandra Kästner vielleicht anders als sonst? Gab es Handwerker im Büro oder Techniker?«

Georg Meier schüttelte den Kopf. »Nein. Es war alles wie immer. Sprechen Sie doch mit Benjamin und Sylvia.

Die drei sind sehr oft zusammen ausgegangen und wissen sicherlich, wie lange Sandra an diesem Abend im Büro war und ob sie im Anschluss noch etwas vorhatte.«

»Kannten Sie das Privatleben von Frau Kästner?«

Georg Meier sah Laura fragend an. »Wie meinen Sie das?«

»Hatte sie einen Freund?«

»Nein. Sandra war seit Längerem Single. Sie hielt nicht sonderlich viel von persönlichen Bindungen. Wir gehörten, wenn man das so nennen möchte, zu ihrer erweiterten Familie.«

»Und wie sah es mit Partys und Drogen aus?«

Meiers Augen weiteten sich. »Was sind das für merkwürdige Fragen? Sandra war doch kein Partygirl.«

»Ich frage nur«, erwiderte Laura und bemerkte ein nervöses Zucken unter Meiers Auge.

»Wie schätzen Sie Frau Kästners Arbeit als Vermögensberaterin ein? Hat sie gute Ergebnisse erzielt?«

Jetzt schien Meier wieder in seinem Element zu sein. Seine Gesichtszüge entspannten sich. »Sie war eine unserer Besten. Sie erwirtschaftete für ihre Kunden unglaubliche Renditen. Wenn Sie sich in einschlägigen Magazinen erkundigen, werden Sie eine Menge Lob über Sandra finden.«

»Ich danke Ihnen.« Laura erhob sich und gab Meier die Hand. »Dann spreche ich jetzt mal mit den anderen Mitarbeitern, falls Sie nichts dagegen haben.«

Meier nickte und Laura verließ sein Büro, sie überquerte den Flur und sah durch die offene Tür in Sandra Kästners Büro. Es sah aus, als würde sie jeden Augenblick wiederkommen. Auf dem Schreibtisch lagen diverse Papiere ausgebreitet, ein Kugelschreiber und eine Packung Knäckebrot.

»Guten Tag. Ich bin Sylvia Lorenzo. Wie kann ich Ihnen helfen?«

Hinter ihr stand eine große, dunkelhaarige Frau in High Heels, mit langem Rock und einer Bluse mit tiefem Ausschnitt. Die Haare waren kurz geschnitten, auf der Nase saß eine Brille mit dunkelrotem Rahmen.

Laura stellte sich kurz vor. »Laura Kern, LKA Berlin. Ich möchte Ihnen ein paar Fragen zu Sandra Kästner stellen.«

Sylvia Lorenzo winkte Laura mit sich in ihr Büro, das gleich gegenüber lag. »Bitte setzen Sie sich.«

Laura stellte Lorenzo dieselben Fragen wie zuvor Georg Meier. Sylvia Lorenzo hatte an jenem Abend ebenfalls vor Sandra Kästner das Büro verlassen und konnte keine wesentlichen Neuigkeiten beitragen. Sie bestätigte jede vorherige Aussage und zeichnete dasselbe Bild, das auch Sandras Mutter und Meier von ihr hatten. Partys, Drogen und Männer kamen in Lorenzos Beschreibungen ebenso wenig vor wie riskante Vermögensanlagen, die ihr Ex-Freund Christian Böhnke erwähnt hatte. Laura hielt das Gespräch kurz und ging dann zur Befragung des Kollegen Benjamin Frenzel über. Der klein geratene, glatzköpfige Mann war Laura nicht sonderlich sympathisch, denn mit seinen Blicken zog er sie aus, wenn auch nicht so anzüglich, wie Böhnke es getan hatte. Sie lehnte sich auf ihrem Stuhl nach vorn und wartete, bis Frenzel endlich den Blick hob und ihr wieder in die Augen sah. Immerhin überzog ein feines Rot seine Wangen, als er bemerkte, dass Laura ihn genau beobachtet hatte.

»Wann also haben Sie Sandra Kästner zuletzt gesehen?«, fragte Laura unterkühlt.

Benjamin Frenzel räusperte sich auffällig. »Vor fünf Tagen. Wir sind gemeinsam aus dem Büro gegangen. Ich habe sie gefragt, ob sie noch etwas trinken gehen will, aber sie wurde zu Hause von ihrer Mutter erwartet. Die Frau ist Witwe und Sandra hat sich rührend um sie gekümmert. Hat ihr eine schöne Wohnung gekauft und ihr sooft es ging Gesellschaft geleistet.«

»Um wie viel Uhr war das?«

Frenzel zuckte mit den Achseln. »Keine Ahnung. Vielleicht so gegen sieben oder halb acht. Könnte auch früher gewesen sein.«

Laura kniff die Augen zusammen. »Genauer können Sie das nicht sagen?«

Frenzel schüttelte den Kopf. »Nein, leider nicht. Sie ist ums Haus zu ihrem Parkplatz gegangen und ich habe ein Taxi genommen. Mein Wagen war in der Werkstatt.«

»Das heißt, Sie waren der Letzte, der Frau Kästner an diesem Abend gesehen hat?«

Frenzel stutzte. Wieder räusperte er sich. »Das ist doch nicht weiter ungewöhnlich. Wir waren oft die Letzten.«

»Wie war denn Ihr Verhältnis zu Frau Kästner?« Laura dachte an das benutzte Kondom in ihrer Wohnung und fragte sich, ob ein Mann wie Frenzel bei ihr ankommen konnte.

»Wir waren Kollegen. Mehr nicht. Ab und zu sind wir abends was trinken gegangen und danach fuhr jeder für sich alleine nach Hause.«

»Und kam das oft vor?«

»Gelegentlich. Sylvia war meist mit von der Partie.«

»Haben Sie noch andere Dinge als Alkohol zu sich genommen, wenn Sie unterwegs waren?«

Benjamin Frenzels dicker Adamsapfel hüpfte. »Kam darauf an«, murmelte er unsicher.

Laura wurde hellhörig. »Worauf kam es an?«

»Wie die Stimmung so war. Wenn das Anlagegeschäft

mal nicht so sprudelt und wir kaum Provisionen bekommen, dann gönnen wir uns ab und an einen kleinen Stimmungsaufheller.« Sein Telefon auf dem Schreibtisch klingelte. Frenzel sah aufs Display und sprang aus seinem Sessel auf.»Entschuldigen Sie mich kurz. Das ist ein wichtiger Kunde.«

Er eilte zur Tür und riss sie auf.»Anna, Schätzchen? Kannst du das Telefonat in Besprechungsraum eins legen? Danke.« Frenzel verschwand und Laura blieb allein in seinem Büro sitzen. Sie sah sich um und entdeckte sein Handy. Es lag auf dem Fensterbrett. Sie drehte sich um und sah zur Tür. Frenzels Sekretärin tippte bereits wieder in die Tasten und nahm keinerlei Notiz von ihr. Laura erhob sich blitzschnell und schnappte sich Frenzels Handy. Es war noch nicht gesperrt. Sofort warf sie einen Blick auf die Anrufliste. Sandra Kästners Name war nicht darunter, fand sich aber abgespeichert in den Kontakten. Laura öffnete die Nachrichten. Schnell scrollte sie sich durch die lange Liste. Frenzel schien regen Kontakt zu verschiedenen Frauen zu haben. An einer Mitteilung blieb Laura kleben.

‚Treffen uns heute Abend im *Cat Noir*.'

Laura starrte auf den Absender und schluckte. Frenzel hatte sie angelogen, denn die Nachricht stammte von Sandra Kästner. Am Tag ihres Verschwindens. Cat Noir. Was sollte das sein? Eine Bar, ein Hotel oder irgendein Club? Sie hörte schwere Schritte auf dem Flur und legte das Handy rasch zurück. Schon schnaufte Frenzel wieder zur Tür herein.

»Eine schöne Aussicht haben Sie hier«, sagte Laura, ohne sich nach ihm umzusehen.

Der Vermögensberater näherte sich mit der Leichtigkeit eines Walrosses und blieb dicht hinter ihr stehen.

Laura spürte seinen warmen Atem und drehte sich um. Sie brachte etwas Abstand zwischen sich und den schwitzenden Mann.

»Als wir die Immobilie gemietet haben, wollten wir unbedingt einen Blick auf den Fernsehturm haben. Wir betreuen sehr viele internationale Kunden, und die sind immer ganz wild darauf. Ist zwar nicht das Brandenburger Tor, aber immerhin.« Er grinste, und Laura fiel auf, wie speckig sein Gesicht glänzte. Offenbar war sein Telefonat stressig gewesen. Frenzel nestelte an seiner Hose und zog ein Taschentuch hervor, um sich über die Stirn zu wischen. »Es ist verdammt heiß heute«, stöhnte er. »Setzen wir uns wieder? Wo waren wir stehen geblieben?«

Er trabte schwerfällig um seinen Schreibtisch und ließ sich geräuschvoll in den Ledersessel plumpsen. Laura nahm ebenfalls Platz. In ihrem Kopf rasten die Gedanken. Sollte sie Frenzel direkt auf seine Lüge ansprechen? Sie blickte in die listigen kleinen Augen des Mannes und entschied sich dagegen. Nein. Sie würde einen anderen Weg finden, um die Wahrheit herauszubekommen. Wenn sie Frenzel zu früh aufscheuchte, könnte er sämtliche Beweise verschwinden lassen. Ein Mann wie Frenzel ging nicht so leicht ins Netz.

»Wir haben gerade über die Stimmungsaufheller gesprochen, die Sie sich gemeinsam mit Ihren Kolleginnen gegönnt haben. Da sprechen wir doch hoffentlich nur über Alkohol und nicht über illegale Drogen?«, fragte Laura.

Frenzel machte eine wegwerfende Handbewegung. »Alkohol, klar. Ein paar Aufputschmittel waren auch dabei. Natürlich nur legale Stoffe, keine Sorge. Sandra konnte abgehen wie eine Rakete.« Er lachte kehlig. Das Fett unter seinem Kinn schwabbelte wie Sülze. Laura zwang sich, nicht zu lange darauf zu starren. Die Körpermaße des Mannes passten nicht zu den Proportionen des Mörders. Trotzdem kam ihr der Mann verdächtig vor. Sein falsches Grinsen, die lüsternen Blicke, die Lügen. Sie fragte sich, was er tat, wenn eine Frau ihn abwies. Bestrafte er sie dann? Und beruhigte anschließend sein Gewissen damit, dass sie sowieso nicht hilfsbereit war? Denn nichts anderes tat der Serienmörder, dem sie auf der Spur waren. Er warf seinen Opfern vor, kaltherzig zu sein. Sie halfen weder Bettlern noch alten Männern, und deshalb nahm er sich das Recht, sie auf bestialische Art und Weise zu töten.

»Haben Sie denn mal mitbekommen, ob Frau Kästner mit einem Mann mitging? Vielleicht sogar mit jemandem, den Sie kennen?«

Frenzel prustete. »Ich habe doch gerade gesagt, sie konnte abgehen wie eine Rakete. Aber die Kerle kannte ich nicht. Ich habe mich eher auf die Frauen konzentriert, wenn Sie verstehen.« Seine Augenbraue zuckte.

»Gab es, kurz bevor Frau Kästner verschwand, eine solche Begegnung? Hatte sie jemanden kennengelernt?« Laura fand es komisch, dass Georg Meier und Sylvia Lorenzo ihre ermordete Kollegin ganz anders dargestellt hatten. Wollten sie nur nicht schlecht über ihre verstorbene Kollegin reden oder logen sie absichtlich, weil sie etwas vor ihr verbargen? Oder teilte Sandra Kästner gar ein Geheimnis mit Frenzel? Schließlich waren sie offensichtlich am Abend ihres Verschwindens verabredet gewesen.

»Wo haben Sie den Rest des Abends verbracht?«, fragte Laura und musterte Frenzel genau.

»Wenn Sie jetzt nach einem Alibi fragen, ich habe keines. Ich bin mit dem Taxi nach Hause und habe mich zeitig schlafen gelegt. Es war eine anstrengende Woche.«

Frenzel ließ sich nicht aus der Reserve locken. Damit hatte Laura gerechnet. Mit einem merkwürdigen Gefühl im Bauch verabschiedete sie sich. Auf der Fahrt zur Dienststelle gingen ihr immer wieder die verschiedenen Aussagen durch den Kopf, die ein so widersprüchliches Bild von Sandra Kästner zeichneten. Sie fühlte sich verloren wie in einem verzweigten Labyrinth. Egal, in welche Richtung sie sich wandte – sobald sie ein paar Schritte machte, veränderten sich die Wege, sie fand einfach keinen roten Faden, der sie sicher zum Ziel führte. Laura rief Taylor und Simon Fischer an und erkundigte sich nach Neuigkeiten. Es gab keine, und sie spürte, wie die Frustration sie runterzog. Zwei Morde, nur eine Leiche. Ein flüchtiger Hauptverdächtiger, der ihren Partner niedergestochen hatte und jetzt wie vom Erdboden verschluckt war. Verdammt. Sie schlug mit der flachen Hand aufs Lenkrad. Was sollte sie nur Beckstein oder der Innensenatorin zum Fortschritt der Ermittlungen erzählen? Sie schüttelte missmutig den Kopf. Es gab nichts zu berichten. Sie hatten den ganzen verfluchten Tag nicht einen Schritt vorwärts gemacht. Sie schaute auf die Uhr und stellte erstaunt fest, dass es bereits zwanzig Uhr war. Laura traf eine Entscheidung. Sie brauchte jetzt etwas Vertrautes, ein Gesicht, in das sie jeden Tag blickte und das ihr im Augenblick fehlte wie die Luft zum Atmen. Sie wendete den Wagen und ein Lächeln schlich sich auf ihre Lippen, als sie vor dem Krankenhaus zum Stehen kam. Max!

12

Benjamin Frenzel hatte gelogen. So viel stand fest. Er hatte sich mit Sandra Kästner im Cat Noir verabredet. Laura fragte sich, was die junge Frau an Frenzel fand. Sie konnte sich nicht vorstellen, dass die Verabredung rein freundschaftlicher oder geschäftlicher Natur war, denn mittlerweile hatte Laura herausgefunden, worum es sich bei dieser Einrichtung handelte. Es war ein Club. Nicht irgendeiner. Nein, ein exklusiver Swingerclub, den sich der Normalbürger nie im Leben leisten konnte. Die pure Mitgliedschaft kostete bereits Hunderte an Euro, vom einzelnen Besuch ganz zu schweigen. Am meisten irritiert hatte Laura, dass Max den Club kannte. Er hatte es am Abend zuvor, als sie ihn im Krankenhaus besuchte, ganz beiläufig erwähnt. Sie war so verblüfft gewesen, dass sie vergessen hatte zu fragen, woher. Aber vielleicht kannten Männer solche Etablissements auch einfach. Immerhin hatte sie sogar Beckstein von ihrer Idee überzeugen können, die sie den ganzen Tag vorbereitet hatte.

»Könnten Sie hier noch ein bisschen mehr Schminke auftragen?« Laura deutete auf die hellrote Narbe, die sich in einer Zickzacklinie unter ihrem Schlüsselbein entlangzog und dann einen Schwung machte, der am Halsansatz endete. Die Visagistin nickte und nahm einen flauschigen Pinsel zur Hand.

»Das bekommen wir weg. Niemand wird Ihre Narben sehen. Das Abendkleid ist übrigens umwerfend.« Sie lächelte und warf Laura einen bewundernden Blick zu.

Tatsächlich kam sich Laura alles andere als umwerfend vor. Der tiefe Ausschnitt ihres Kleides verunsicherte sie. Kritisch betrachtete sie sich im Spiegel und beobachtete, wie die hässliche Narbe Stück für Stück verschwand. Es war merkwürdig, plötzlich fast makellose Haut zu sehen. Aus dem Spiegel blickte sie eine Frau an, die ihr Dekolleté nicht unter einer hochgeschlossenen Bluse verbergen musste. So hätte sie sich kleiden können, wenn dieses Monster nicht gewesen wäre. Wenn sie wie ihre Freundin Melli einfach nach Hause gelaufen wäre, anstatt mit diesem scheinbar netten Mann mitzugehen, hinter dessen freundlicher Fassade das Böse hauste. Für einen schrecklichen Moment lang sah Laura sein Gesicht wieder deutlich vor sich. Die blauen Augen, die zunächst so gütig blickten und in denen nichts von der Aggressivität zu erkennen war, mit der er sie später in sein Auto zerrte. Oder von der Begierde und dem Besitzerstolz, die darin glänzten, als er sie zwang, mit ihm zu tanzen. Als seine dreckige Hand auf ihrem Po landete wie ein Nadelkissen, das sie bis heute schmerzte.

»Tanz mit mir«, flüsterte das Böse ihr ins Ohr, und Laura konnte ihn urplötzlich wieder riechen. Diesen fürchterlichen Geruch nach Schweiß und Zigaretten, der sie als Mädchen derartig eingeschüchtert hatte, dass sie seiner Bitte, ohne zu zögern, nachgekommen war. Sie schloss kurz die Augen und wurde, ohne dass sie es wollte, wieder zu der elfjährigen Laura, eingeschlossen im Steuerraum eines Pumpwerks, in dem bereits etliche Mädchen vor ihr verendet waren. Sie suchte, gleich nachdem er sie dort eingesperrt hatte, nach einem Ausweg und entdeckte abgebrochene Fingernägel. Trotz ihrer elf Jahre war sie nicht in Panik verfallen, sondern hatte instinktiv in den Überlebensmodus umgeschaltet und mitgespielt. Sie tanzte mit dem Monster, sie aß, was es ihr vorsetzte, und sie spielte ihm Sympathie vor, so gut sie das überhaupt zustande brachte. Es dauerte eine Ewigkeit, bis sie endlich das enge Rohr fand, durch das sie entkommen konnte. Es führte abwärts und in mehreren Biegungen in einen Stausee. In kaltes Wasser, in die Freiheit und in ihr neues Leben. Ihr altes blieb beim Monster im Pumpwerk zurück. Sie hatte es für immer verloren, zusammen mit ihrem Urvertrauen in das Gute. Die elfjährige Laura war gestorben, eine leere Hülle hatte es bis ans Ufer geschafft und wurde gerettet.

»Wow. Du siehst toll aus!«

Laura schlug erschrocken die Augen auf und blickte in den Spiegel. Taylor stand hinter ihrem Stuhl. Seine gegelten und nach hinten gekämmten Haare glänzten. Seine markanten Gesichtszüge kamen dadurch noch viel stärker zur Geltung.

»Du auch«, erwiderte Laura und drehte sich um.

Taylor holte ein Bündel Geldscheine aus der Hosentasche und wedelte damit.

»Ich könnte mich glatt daran gewöhnen, Max zu vertreten.« Er grinste. »Mein Chef hätte mir im Traum nicht so ein Budget spendiert.«

»Glaub mir, Beckstein kann verdammt geizig sein. Und wenn du nicht jeden einzelnen Schein durch Ermittlungserfolge zurückbringst, wirst du erleben, wie seine Laune auf den Gefrierpunkt sinkt.«

Taylor bot ihr seinen Arm an. »Darf ich bitten, meine Schöne? Heute Abend lassen wir die Korken knallen.« Er zog sie an sich und hauchte ihr einen Kuss auf die Wange. »Bist du bereit?« Seine Stimme klang tief, rau und verheißungsvoll. Doch Laura hatte noch immer den Gestank des Monsters in der Nase. Sie nickte verhalten.

»Hast du dein Mikrofon angeschlossen?«

Taylor pochte sich auf die Brust. »Ich hoffe, die Ladys reißen mir nicht die Kleider vom Leib. Dann fliegt meine Tarnung auf.« Er sah sie an, als könne sie eine dieser Ladys sein. Sie grinste und fuhr mit den Fingerspitzen über sein Hemd.

»Wenn du brav bist, mache ich die Kabel nachher vorsichtig ab. Anderenfalls könnte ich sie auch abreißen.« Sie zog bedeutungsvoll eine Augenbraue in die Höhe.

»Dein Wunsch ist mir Befehl«, hauchte er, ohne sie zu berühren. Seine dunklen Augen bohrten sich in ihre.

»Wenn ich einmal kurz dazwischen darf …«, meldete sich die Visagistin, die sich seit Taylors Erscheinen dezent im Hintergrund gehalten hatte. »Frau Kern braucht noch eine Perücke.« Sie verwandelte Laura in eine Brünette mit langen, glatten Haaren. Benjamin Frenzel würde sie in diesem Aufzug keinesfalls erkennen, denn er hatte das Bild einer blond gelockten LKA-Beamtin mit hochgeschlossener Bluse und ohne jegliche Schminke vor sich. Im Augenblick glänzten Lauras Lippen passend zu ihren Nägeln knallrot.

Taylor pfiff durch die Zähne. »Du bist ein anderer Mensch.«

»Lass uns los. Ich bin gespannt, was Frenzel im Cat Noir treibt.« Laura hatte sich die Kalendereinträge auf seinem Handy genau eingeprägt. Heute Abend hatte er einen Besuch in dem Club geplant. »Vielleicht ist seine Kollegin Sylvia Lorenzo ja auch dort. Vor allem aber will ich herausfinden, ob Sandra Kästner in der Nacht ihres Verschwindens tatsächlich dort war.« Laura schnappte sich eine glitzernde Handtasche, die sie eigentlich zu kitschig fand, die jedoch perfekt zu ihrem schwarzen Abendkleid passte. Es reichte fast bis zum Boden und umschmeichelte fließend ihre langen Beine. Sie war froh, dass sie keinen kurzen Rock tragen musste. Die großflächigen Narben an ihren Oberschenkeln blieben so unter dem schwarzen Stoff verborgen.

Ein Team des LKA hatte sich bereits rund um den Club positioniert. Niemand kam unbemerkt hinein oder heraus. Wegen ihres tiefen Ausschnitts verzichtete Laura auf eine Verkabelung. So würde das Überwachungsteam zwar nichts von ihr hören, sie jedoch bekam über den Knopf in ihrem Ohr den kompletten Funkverkehr der Kollegen mit. Alles andere wäre zu gefährlich, denn sie durften auf keinen Fall auffliegen. Laura hakte sich bei Taylor unter und ließ sich von ihm zum Wagen führen. Auf der Fahrt redeten sie nicht viel, sondern konzentrierten sich auf die vor ihnen liegende Aufgabe. Ein Undercovereinsatz barg immer Risiken. Sie hatten vorher so viele Informationen wie möglich über das Cat Noir eingeholt. Dort trafen sich nicht nur Reiche und Schöne in Feierlaune. Der Club stand auch unter dem Verdacht der Geldwäsche. Er gehörte einem Russen, der enge Verbindungen zur russischen Mafia pflegte. Erpressung von mächtigen Wirtschaftsbossen, Drogen- und Waffenhandel, Zuhälterei – all diese Verdächtigungen fanden sich in der Akte des Clubeigentümers, der noch etliche andere Etablissements besaß.

Laura fuhr mit der Hand über das kalte Metall ihrer Dienstwaffe, die sie am Oberschenkel unter ihrem Abendkleid verbarg. Der Club lag etwas außerhalb der Stadt und umfasste eine größere Außenanlage mit Saunen und beheizten Pools. Taylor hatte sich als durchreisender Amerikaner mit Begleitung angekündigt. Der Eintritt für Nicht-Mitglieder kostete dreihundert Euro. Laura erinnerte sich an Joachim Becksteins Miene, als sie ihm die Summe genannt hatte. Vermutlich schlug sein Puls deswegen immer noch im erhöhten Frequenzbereich. Aber selbst er sah letztendlich ein, dass sie jede Spur verfolgen mussten, unabhängig davon, ob ihnen Sebastian Brandner bald ins Netz ging oder nicht. Bisher konnten sie den Flüchtigen nicht mit den beiden Morden in Verbindung bringen, auch wenn sein Angriff auf Max natürlich ein deutliches Indiz war. Doch Laura machte keine halben Sachen. Sandra Kästners Arbeitskollegen waren ihr merkwürdig vorgekommen. Ihre Aussagen widersprachen sich. Insbesondere Benjamin Frenzel hatte es faustdick hinter den Ohren. Er hatte sie angelogen, ohne mit der Wimper zu zucken. Er war mit Sandra Kästner an jenem Abend im Cat Noir verabredet gewesen und hatte es verschwiegen. Auch wenn seine Statur nicht zu der des Mannes auf den Videos passte, konnten sie nicht ausschließen, dass er dennoch hinter den Taten steckte. Womöglich hatten sie es mit zwei Tätern zu tun oder das Video war manipuliert.

Taylor parkte den Wagen direkt vor dem Eingang und half Laura, auszusteigen. Er übergab einem herbeieilenden Bediensteten den Autoschlüssel und führte sie die Treppe hinauf. »Cat Noir« stand über der Tür des Clubs in riesigen, leuchtend blauen Buchstaben. Das Bild einer schwarzen, zum Sprung ansetzenden Katze vollendete das elegante Eingangsschild. Obwohl es bereits fast zehn Uhr abends war, hatte die Dämmerung noch nicht eingesetzt. Der Himmel strahlte wolkenlos, die Blätter der Bäume rauschten im milden Sommerwind. Es duftete nach Rosen, die in allen erdenklichen Farben die Blumenbeete vor dem Club schmückten. Nichts, aber auch gar nichts brachte in Lauras Wahrnehmung diesen stilvollen und gepflegt erscheinenden Ort mit schwersten Straftaten in Verbindung. Trotzdem wusste sie eines: Das Böse lauerte häufig hinter einer freundlichen Maske.

»Taylor Woodmann?« Ein älterer Herr in dunkelblauem Anzug begrüßte sie sofort, nachdem sie den ersten Schritt in die große Empfangshalle gesetzt hatten. Taylor nickte knapp.

»Darf ich Sie hier entlang bitten? Sie sind zum ersten Mal unser Gast, und da möchte ich Sie ganz kurz in die Clubregeln einführen.« Der Mann mit unverkennbarem russischem Akzent brachte sie in einen Nebenraum, wo sie auf einer roten Samtcouch Platz nahmen.

»Ich werde Sie nicht lange aufhalten«, begann der Mann. »Mein Name ist Alexander und ich stehe Ihnen heute den ganzen Abend für Fragen zur Verfügung. Unser Club gehört zu den exklusivsten des Landes, und ich kann Ihnen versprechen, dass wir sämtliche Ihrer Bedürfnisse erfüllen können.« Er hielt inne und blickte Taylor fragend an. Doch der verzog keine Miene.

Alexander fuhr fort. »Es gibt drei Bereiche in unseren Räumlichkeiten. Im Erdgeschoss befindet sich der Bar- und Loungebereich. Elegante Kleidung ist die Voraussetzung, um Getränke und Essen zu genießen, und natürlich auch, um andere Gäste kennenzulernen.« Er lächelte und zwinkerte Taylor zu. »Interessanter für Sie ist vermutlich die obere Etage. Wir verfügen über mehrere Zimmer, in die Sie sich bei Bedarf zurückziehen können. Sie sind alle mit einem Spielzeugschrank ausgestattet, in dem Sie alles finden, was Sie brauchen könnten. Wenn nicht, rufen Sie mich an. Einfach die Null auf dem Telefon wählen, und ich arrangiere alles nach Ihren Wünschen. In der oberen Etage befinden sich zudem ein Gruppen-Whirlpool, ein Massageraum und eine Dunkelkammer. Bitte lassen Sie Handys und alles, was leuchten könnte, im Regal davor liegen. Wir garantieren, dass Ihre persönlichen Dinge bei uns sicher sind. Eine Kleiderordnung gibt es für die obere Etage nicht. Gleich neben dem Treppenabsatz finden Sie im Übrigen Lederleinen mit und ohne Noppen sowie Handschellen für den Fall, dass Sie Ihre Begleitung entsprechend ausstatten möchten.« Er musterte Laura akribisch. Sein abschätziger Blick blieb genau an ihrem Schlüsselbein hängen. Eine schreckliche Sekunde lang befürchtete sie, er könne ihre Narben sehen. Doch Alexanders Blick wanderte wortlos wieder zu Taylor zurück.

»Ich bin natürlich jederzeit behilflich. Sie finden dort übrigens auch rote Armbänder. Sollten Sie Ihrer Begleitung eines anlegen, steht sie für alle Besucher unseres Hauses frei zur Verfügung. Wir kennen in dieser Hinsicht keinerlei Tabus, wenn Sie verstehen.« Wieder musterte er Laura.

»Den Außenbereich betreten Sie bitte bekleidet im Bademantel. Außerdem müssen Sie wissen, dass unser Gelände des Öfteren von Drohnen überflogen wird. Ich weise Sie ausdrücklich darauf hin. Wir möchten nicht, dass unsere Gäste kompromittiert werden. Haben Sie Fragen?« Alexander lächelte breit und erhob sich, als Taylor den Kopf schüttelte.

»Dann wünsche ich Ihnen einen aufregenden Abend. Hier entlang bitte.«

Sie wurden zurück in die Eingangshalle geführt, und

Alexander entfernte sich eilig, um die nächsten Gäste zu empfangen.

Der kleine Lautsprecher in Lauras Ohr knisterte plötzlich.

»Alpha eins hier. Kaktus nähert sich dem Eingang.« Laura warf Taylor einen Blick zu. »Lass uns schnell reingehen. Ich will nicht, dass er uns sieht.« Benjamin Frenzel war im Anmarsch. Den Codenamen hatte Laura ihm verpasst. Fleischiger fetter Kaktus mit widerlichen Stacheln. Ein Grinsen huschte über ihr Gesicht. Sie gingen zügig durch die Halle und betraten den Loungebereich, der wesentlich größer war, als Laura es erwartet hatte. Mehrere beeindruckende Kronleuchter hingen von der hohen Decke. Der komplette Boden war mit flauschigem, dunkelrotem Teppich ausgelegt. Elegante Couchlandschaften boten zahlreiche Sitzmöglichkeiten. Der Saal war gut gefüllt. Laura zählte auf Anhieb fünfzehn Paare, die an der Bar Platz genommen hatten oder es sich auf einem Plüschsofa gemütlich machten. Die Musik plätscherte vor sich hin. An einem Klavierflügel saß ein weißhaariger Pianist, der die Augen geschlossen hielt und völlig in sein Spiel versunken war.

»Alpha eins meldet: Schwarze Lilie betritt die Halle in Begleitung eines Unbekannten.«

Laura zog Taylor auf eine Couch, von der sie den besten Überblick hatten, und flüsterte: »Ich dachte mir, dass Sylvia Lorenzo nicht so unschuldig ist, wie sie tut. Kein einziges Wort hat sie über diesen Club verloren. Sie hat es bewusst verschwiegen. Ich will wissen, wer ihr Begleiter ist. Vielleicht stecken die alle unter einer Decke.«

Benjamin Frenzel, der Kaktus, lief, ohne zu zögern, auf die Bar zu. Er beachtete Laura und Taylor mit keinem Blick. Es war offenkundig, dass Frenzel zu den Stammgästen zählte. Eine langbeinige Brünette gesellte sich augenblicklich zu ihm und verwickelte den fetten Vermögensberater in ein Gespräch. Die beiden schienen sich zu kennen. Sie wirkten vertraut miteinander. Laura beobachtete die Szene angewidert. Für alles Geld der Welt würde sie sich von diesem Kerl nicht einladen und schon gar nicht anfassen lassen. Trotz der attraktiven Frau an seiner Seite begann Frenzel, die Gäste des Loungebereiches zu mustern. Sein Blick wanderte über Laura hinweg und blieb an einer Blondine unweit von ihr kleben.

»Da kommt Lorenzo«, flüsterte Taylor. »Ihr Begleiter sieht sehr sportlich aus.«

Laura sah sich unauffällig um. Sylvia Lorenzo starrte sie ganz plötzlich an, schnell senkte sie den Blick. Aber es war zu spät. Lorenzo kam schnurstracks auf sie zugelaufen, ihren Begleiter im Schlepptau.

»Dürfen wir uns zu euch gesellen?«, fragte sie und musterte Laura unverhohlen.

»Gerne«, erwiderte Taylor und legte den Arm um Lauras Schulter. Das hielt Sylvia Lorenzo jedoch nicht davon ab, sich dicht neben sie zu setzen. Zu dicht.

»Du bist zum ersten Mal hier, richtig?« Sie lächelte, und Laura fragte sich, ob sie möglicherweise eine sexuelle Beziehung zu Sandra Kästner gehabt hatte. Doch sofort fiel ihr das benutzte Kondom ein. Stammte das Sperma womöglich von Frenzel oder gar von Lorenzos Begleiter?

Laura schob die Gedanken beiseite und konzentrierte sich auf ihre Rolle. »Ja, mein Mann und ich sind auf der Durchreise und wollten uns heute Abend ein wenig amüsieren.«

Ein belustigtes Lächeln huschte über Lorenzos Gesicht. »Mein Bruder und ich haben dasselbe vor. Ich hoffe, du bist neuen Dingen gegenüber aufgeschlossen?«

Laura schluckte. Sie hatte an diesem Abend mit vielen Szenarien gerechnet, aber nicht damit. Krampfhaft überlegte sie, wie sie Sylvia Lorenzo wieder loswerden könnte. Ausgerechnet Benjamin Frenzel kam ihr zu Hilfe. »Sylvia, Schätzchen. Du wirst doch nicht abtrünnig, oder? Alina hat sich den ganzen Tag auf dich gefreut.« Er schob seine Begleitung ein Stückchen in Lorenzos Richtung und beachtete Laura dabei kaum. Mit dunklen Haaren fiel sie offenkundig nicht mehr in sein Beuteschema. Das war immerhin etwas. Lorenzo seufzte tief und warf Laura einen bedauernden Blick zu.

»Tut mir schrecklich leid. Ich hatte letztes Mal tatsächlich etwas versprochen. Vielleicht sehen wir uns ja später noch.« Sie erhob sich, reichte Laura eine Visitenkarte und folgte Frenzel und seiner Begleiterin, während sie sich bei ihrem Bruder unterhakte.

Laura starrte dem Quartett mit offenem Mund hinterher.

»Das war knapp«, murmelte Taylor. »Ich wäre im Leben nicht darauf gekommen, dass schwarze Lilie etwas mit Frauen hat.«

»Ich auch nicht.« Sie schmiegte sich an Taylor. »Ich frage mich, was die vier jetzt vorhaben. Ich verstehe ja, dass Sylvia Lorenzo es auf Frenzels Begleiterin abgesehen hat. Doch was machen Frenzel und Lorenzos Bruder in der Zeit?« Für eine schreckliche Sekunde stellte sich Laura die vier Leiber nackt und verschwitzt vor, wie sie sich auf einer samtigen Matratze wälzten. Sie schüttelte sich bei der Vorstellung. »Vor allem, was haben sie mit Sandra Kästner angestellt?«, fügte sie leise hinzu.

Taylor verzog empört das Gesicht. »Was siehst du mich so an? Ich war noch nie in einem solchen Club, jedenfalls nicht privat. Vermutlich treffen sie zwei weitere Frauen.

Die beiden sehen für mich nicht so aus, als ob sie an Männern interessiert wären. Aber ich kann auch völlig danebenliegen, und Sandra Kästner kann ich mir hier überhaupt nicht vorstellen.«

»Okay. Wir gehen hinterher«, beschloss Laura und sprang auf. »Komm, bevor wir sie aus den Augen verlieren.«

Laura machte ein paar Schritte und verfluchte ihre High Heels. Die Schuhe hinderten sie nicht nur am zügigen Laufen, sie knickte auf den hohen Absätzen ständig um. Sie wartete auf Taylor und hakte sich unter. Sein starker Arm verlieh ihr enorme Stabilität.

»Sie wollen nach oben.« In Taylors Stimme schwang Unsicherheit. Er wurde langsamer und blieb schließlich so lange stehen, bis Frenzels dicker Hintern die Treppe hinauf verschwand.

»Ich kann mich nicht ausziehen für den Fall, dass da oben alle nackt sind«, flüsterte er und tippte auf die Verkabelung unter seinem Hemd.

»Sollst du auch nicht. Ist doch freie Kleiderwahl. Wir sind neu und schauen uns erst mal um. Notfalls verschwinden wir in einem der Zimmer.«

»Möchtest du Handschellen tragen?«, fragte er und grinste vielsagend.

Laura lächelte ironisch. »Ich bin auch scharf auf dieses rote Armband.« Sie stieß ihm gegen die Brust und zischte: »Untersteh dich, Taylor!«

»War ja nur eine Frage.« Er grinste schief.

Sie erreichten die obere Etage und sahen sich um. Laura verschlug es glatt die Sprache. Es wimmelte nur so von nackten Menschen. Wohin sie auch sah, in diesem Stockwerk schien niemand mehr Klamotten zu tragen.

»Wo sind die vier hin?«, fragte sie leise und musterte

systematisch die Köpfe der Anwesenden. »Die können sich doch nicht so schnell ausgezogen haben.«

»Geh du nach rechts, ich nehme mir die linke Hälfte vor. Wir treffen uns in zehn Minuten dort vorne am Whirlpool«, schlug Taylor vor und schlängelte sich an einer älteren Dame mit großen Ohrringen vorbei.

Laura nahm die entgegengesetzte Richtung. Sie ließ die vielen Nackten, die die Flächen rund um den großen Whirlpool in der Mitte des weitläufigen Raumes bevölkerten, zurück und betrat eine ruhigere Zone. Ein dicker, weißer Teppich bedeckte den Boden. Laura blieb mit ihren High Heels hängen und stolperte. Eine kräftige Hand hielt sie fest.

»Langsam, langsam«, mahnte ein Mann, der immerhin mit einer Badehose bekleidet war. »Die Umkleidekabinen sind gleich da vorne, versteckt hinter den Grünpflanzen.« Er deutete auf eine Wand aus Bambuspflanzen und ließ Laura stehen.

Sie folgte der angegebenen Richtung. Wenn dort die Umkleiden lagen, waren Frenzel und Lorenzo mit ihrer Begleitung sicherlich in der Nähe. Das Problem war nur, dass es mindestens zwanzig Kabinen gab, in die Laura von außen nicht hineinsehen konnte. Sie schritt an den Türen entlang und merkte sich die mit den roten Besetztzeichen. Unauffällig postierte sie sich ganz am Ende und wartete. Aus der vordersten Kabine kam ein nacktes Pärchen heraus, eine dralle Blondine mit einem spindeldürren Begleiter. Anschließend entdeckte Laura zwei Männer, die eng umschlungen in Richtung Whirlpool schlenderten. Von Frenzel und Lorenzo sah sie nichts. Laura schaute auf die Uhr. Fünf Minuten waren bereits um. Sie schlich abermals an den besetzten Kabinen vorbei und spitzte die Ohren. Es war nichts zu hören. Also wartete sie noch zwei

Minuten ab, bevor sie aufgab und dorthin zurückging, wo die lange Wand aus Bambus begann. Laura hatte schon vorher einen schmalen Gang bemerkt. Sie ging hinein und folgte einer Biegung, die abrupt endete. Laura befand sich am Treppenabsatz zu einer weiteren Etage. Sie wunderte sich. Davon hatte Alexander überhaupt nichts erwähnt. Sie blickte zurück. Niemand schien ihr gefolgt zu sein. Schnell stieg sie die Stufen hinauf und achtete darauf, nicht erneut mit ihren Absätzen hängen zu bleiben. Laura erreichte einen Flur, von dem mehrere Türen abgingen, die meisten waren geschlossen oder angelehnt. An den Wänden prangten goldene Leuchter, in denen echte Kerzen brannten. Im Gegensatz zu dem lauten Stimmengewirr in den ersten beiden Etagen war es hier mucksmäuschenstill. Wären die Kerzen nicht gewesen, hätte Laura geglaubt, hier oben sei niemand. Doch so ging sie weiter. An der nächsten Tür blieb sie stehen und lauschte. Sie hörte ein tiefes Grunzen und verzog das Gesicht. Ob das Frenzel war? Sie bückte sich, um durchs Schlüsselloch zu blicken. Ein übergewichtiger Mann lag auf einem Bett, auf ihm saß ein schlankes Mädchen mit spitzen Gesichtszügen, höchstens achtzehn. Zu Lauras Entsetzen trug sie ein rotes Armband. Sofort dachte sie an Mädchenhandel. Das erklärte auch, warum Alexander sie nicht auf diese Etage hingewiesen hatte.

Aber deswegen war sie nicht hier. Sie würde es an die zuständige Abteilung weiterleiten. Das Mädchen war vermutlich nicht volljährig.

Laura ging weiter den Gang entlang. Die nächste Tür stand offen, das Zimmer war leer. Sie huschte vorbei und blieb vor einem Raum stehen, dessen Tür nur angelehnt war. Laura spähte vorsichtig durch den Türspalt. Sofort beschleunigte sich ihr Pulsschlag. Statt einem Bett stand darin eine Liege, an deren Stahlbeine Räder geschraubt waren. Darauf lag eine Frau. Sie war im Gegensatz zu dem Mädchen vollständig bekleidet. Doch in ihrem Mund steckte ein Knebel und außerdem war sie mit Paketband an die Liege gefesselt. Eine rote Alarmlampe sprang in Lauras Kopf an. Lautlos öffnete sie die Tür ein wenig weiter. Aus ihrer Perspektive konnte sie das Gesicht der Frau nicht erkennen. Sie blickte sich um. Es schien niemand sonst anwesend zu sein. Aber dann löste sich ein Schatten aus einer Ecke, die Laura vorher nicht beachtet hatte. Ein breitschultriger Mann mit Skimaske näherte sich in dem Dämmerlicht der Liege.

Laura schnellte zurück und tat einen Schritt rückwärts in den Flur. Dabei spürte sie unvermittelt eine Hand, die sich um ihren Oberarm klammerte und sie von der Tür wegzog. Die andere Hand legte sich auf ihren Mund. Laura knickte auf den High Heels um und sackte regelrecht in die Arme des Fremden, der sie über den Flur und dann in das Nachbarzimmer trug. Alles ging so schnell, dass Laura überhaupt nicht wusste, was geschah. Die Tür fiel zu. Sie war allein mit dem Fremden. Ihr Herzschlag setzte aus.

13

Ein paar Stunden zuvor

Mürrisch watschelte sie durch den Sand. Sie hasste diese winzigen Körner, die sich in jede Ritze ihrer Kleidung einnisteten. Aber die Bezahlung stimmte, und außerdem lag die Strandbar so nahe an ihrer Wohnung, dass sie sich das U-Bahn-Ticket sparen konnte. In der Nacht hatte sie nicht schlafen können, und das, obwohl sie die Beine schon am frühen Abend hochgelegt hatte. Das viele Herumlaufen tat ihr nicht gut. Die Schwerkraft ließ die Füße und Waden anschwellen. Venenschwäche hatte der Arzt behauptet und ihr Bewegung empfohlen. Dass sie nicht lachte! Als wenn sie sich nicht den ganzen Tag bewegen würde. Tagsüber putzte sie in der Bahnhofstoilette und anschließend machte sie in der Strandbar sauber. Das war doch Bewegung genug. Sie sammelte mit einem Greifarm ein Stück Papier auf und steckte es in den Müllbeutel. Warum mussten die Leute ihren Dreck eigentlich überall liegen lassen? Auf dem Gelände gab es zahlreiche Mülleimer.

Trotzdem sah es jeden Tag aus, als hätte eine Bombe eingeschlagen. War es wirklich zu viel verlangt, sich zehn Meter bis zum nächsten Abfallkorb zu bewegen? Sie brummte griesgrämig vor sich hin. Sie wusste selbst, dass sie kaum etwas zu tun hätte, wenn alle Leute ordentlicher wären. Dennoch hasste sie es, durch den Sand zu gehen. Sie war nicht gerade untergewichtig. Ehrlich gesagt hatte sie einiges zu viel auf den Hüften. Die Kleidergröße XL passte ihr seit Monaten nicht mehr. Für sie war der weiche Sand, der unter ihrem Gewicht nachgab, ein einziger Graus. Sie watschelte darin wie eine hilflose Ente, schwankte nach links und nach rechts. Es war unheimlich anstrengend. Sie schnaufte wie ein Walross und bekam bei der sommerlichen Hitze kaum Luft. Dabei hatte sie bis jetzt nicht einmal die Hälfte ihres Pensums geschafft, von den Innenräumen ganz zu schweigen.

Schlecht gelaunt verscheuchte sie ein paar Tauben, die sich gierig über Essensreste hermachten. Der Kot dieser Viecher hatte ihr noch gefehlt. Oder die Federn, die ließen sich mit dem Greifarm nur schwer aufsammeln. Bücken konnte sie sich zurzeit auch nicht. Sie kam zwar runter, aber nicht wieder hoch. Wer sollte ihr hier aufhelfen? Weit und breit war niemand zu sehen. Die ersten Kellner kamen, kurz bevor sie Feierabend machte. Sie blieb stehen und wischte sich mit einem Taschentuch über das schweißnasse Gesicht. Der Job im Bahnhofsklo war wesentlich angenehmer, dafür jedoch auch schlechter bezahlt. Wäre nur Erwin nicht gestorben, dann könnte sie jetzt zu Hause auf dem Sofa sitzen und ihren Ruhestand genießen. Doch das Schicksal hatte es anders gewollt. Erwin hatte einen schweren Herzinfarkt erlitten. Mitten am Tag, in seiner heiß geliebten Lok. Ein junges Mädchen war direkt vor seinen Zug gesprungen. Es war sofort tot.

Der Schock ließ sein Herz auf der Stelle kollabieren. Erwin zog noch die Notbremse und brach dann zusammen. Er hatte sie alleingelassen. Einfach so. Warum musste dieses lebensmüde Ding ausgerechnet vor die Bahn ihres Mannes springen? Hätte sie sich nicht zu Hause in der Badewanne ertränken können? Oder ihretwegen auch erhängen? Ein Haken, ein Stück Strippe und einen Stuhl, mehr hätte es nicht benötigt. Musste sie gerade ihren Erwin in ihre Todessehnsucht mit hineinziehen? Sie schüttelte den Kopf und hob einen Pappbecher auf. Sie verstand die Welt nicht mehr. Wer nahm sich denn mit zwanzig das Leben? Da hatte es doch noch nicht einmal angefangen. Was konnte einem da schon Schlimmes passiert sein? Es gab keinen Krieg, vor dem man davonlaufen musste. Es gab keinen Hunger, der einem einen Knoten in die Eingeweide drehte. Es gab keine Kälte, bei der die eigenen Zehen erfroren. Die jungen Menschen hatten alles, wovon sie in ihrer Jugend nur hatte träumen können, und dann sprangen sie vor einen Zug, um sich selbst zu töten.

»Schert euch weg«, brüllte sie ihren Kummer hinaus und warf einen Stock nach den lästigen Tauben, die wild aufstoben und zu allem Unglück auch noch Federn ließen.

»Blöde Viecher«, murmelte sie und fischte ein paar Federn vom Boden. Anschließend häufte sie mit dem Schuh Sand über die übrig gebliebenen und trampelte auf der Stelle herum, bis nichts mehr zu sehen war. Es konnte schließlich niemand wissen, wann das Federvieh hier gewütet hatte. Sie sah nach oben und drohte mit ihrem Greifarm. Die Tauben blickten sie spöttisch von ihrem Hochsitz aus an. Sie hockten auf den Palmen, die so gar nicht nach Berlin-Mitte passen wollten, und machten sich über sie lustig. Wie dekadent die heutige Gesellschaft doch war. Da schaffte man bergeweise Sand und Palmen mitten in die Großstadt, nur weil die Menschen zu bequem waren, an einen Badesee zu fahren. Sie waren zu allem zu faul. Selbst dazu, ihren eigenen verdammten Müll in die Eimer zu werfen.

Sie schüttelte den Kopf und sah noch einmal hinauf. Endlich hatten die Tauben das Weite gesucht. Dann ging sie weiter, während ihre Augen den Sand nach Abfall absuchten. Nach ein paar Metern wartete die nächste Katastrophe. Etwas steckte dort im Sand. Sie kniff die Augen zusammen und schirmte sie mit der Hand gegen die Sonne ab. Was war denn das?

Schwerfällig watschelte sie auf das Ding zu. Noch immer konnte sie nicht erkennen, was es war. Als es ihr klar wurde, verstand sie auf einmal, wie ihr Erwin sich in jenem Augenblick gefühlt haben musste, als sich das Mädchen vor seinen Zug warf. Ihr Herz stolperte. Es rumpelte gegen ihre Rippen. Die Luft wich aus ihren Lungen. Das Blut rauschte in ihren Ohren, und plötzlich war alles ganz still.

»Hilfe«, krächzte sie und ließ Greifarm und Müllbeutel fallen. Sie blinzelte ungläubig und hielt sich mit der Hand die Brust, unter der ihr Herz flatterte. Da vor ihr lag kein Abfall. Es war das Mädchen. Ja. Da lag das todessüchtige Ding direkt vor ihren Füßen und starrte sie aus aufgerissenen Augen an.

»Erwin?«, fragte sie ohnmächtig und wartete nur noch darauf, dass sich gleich der Himmel auftat, um sie zu sich zu holen.

14

Laura wand sich und schlug mit dem Kopf nach hinten. Doch sie traf ins Leere. Der Angreifer war ein Profi. Noch immer presste er seine große Hand auf ihren Mund und hielt sie fest.

»Pst. Laura. Ich bin es.«

Sie stutzte. Die Hand löste sich langsam und sie fuhr herum.

»Taylor? Himmel. Was soll das?«

Taylor legte den Finger auf die Lippen. »Pst. Die hören uns sonst.«

»Verdammt, Taylor, du hast mich zu Tode erschreckt. Wie kommst du überhaupt hierher? Wolltest du nicht am Whirlpool auf mich warten?« Laura funkelte ihn wütend an. Das Adrenalin in ihrem Blut ließ sie zittern.

Taylor deutete auf ihr Ohr. »Dein Empfänger funktioniert nicht. Ich habe dich tausendmal angesprochen, du hast mich nicht gehört. Ich musste dich rausholen. Tut mir leid.«

Laura nahm den kleinen Knopf aus dem Ohr. »Du hättest mir auch einfach auf die Schulter klopfen können.«

Taylor verdrehte die Augen. »Ich kam von der anderen Seite und war längst hier, als du die Treppe heraufkamst. Ich habe gesehen, wie Frenzel und Lorenzos Bruder ihre Gespielin auf der Liege gefesselt haben. Frenzel hätte dich beinahe entdeckt. Ich habe dich weggezogen. Da war keine Zeit für große Erklärungen.«

Laura schnaufte. Dann kam ihr der Mann mit der Skimaske und dem breiten Rücken in den Sinn, der sich plötzlich wie ein Schatten aus der Ecke gelöst hatte und auf die gefesselte Frau zugestürzt war.

»War das Lorenzos Bruder mit der Skimaske? Was haben die denn vor? Sie benutzen Paketband wie der Täter in den Videos und die Knebelung sieht auch ähnlich aus. Meinst du, Lorenzos Bruder könnte der Killer sein? Seine Statur passt.«

»Das dachte ich auch schon. Ich habe beobachtet, wie er die Skimütze übergezogen hat. Frenzel wollte keine. Ich lag hier die ganze Zeit auf der Lauer und wollte herausfinden, was die Kerle vorhaben. Ich frage mich, warum uns der gute Alexander diese Etage verschwiegen hat.«

Etwas polterte nebenan, und Taylor verstummte auf der Stelle. Laura huschte zur Tür und öffnete sie einen Spaltbreit, doch sie konnte nichts sehen.

»Lass mich mal«, flüsterte Taylor und führte einen kleinen Spiegel, der sich an einer Teleskopstange befand, durch den Spalt. »Sie gehen zum Fahrstuhl«, murmelte er.

Laura sah Frenzel und Lorenzos Bruder, die die Liege mit der gefesselten Frau vor sich herschoben. »Verdammt, was haben die nur vor?«

Taylor hielt den Zeigefinger vor den Mund und bedeutete Laura, zu schweigen. Wortfetzen flogen vom Fahrstuhl zu ihnen herüber. Sie spitzte die Ohren. Frenzel und Lorenzos Bruder unterhielten sich. Sie lachten. Frenzel grinste beinahe teuflisch und machte eine obszöne Geste. Der Mann mit der Skimaske nickte. Die gefesselte Frau machte keinen Mucks. Laura hatte keine Ahnung, wer sie war. Der Knebel war so groß, dass er fast ihre komplette untere Gesichtshälfte verdeckte. Dann öffnete sich die Fahrstuhltür und die Männer verschwanden mit ihrer zusammengeschnürten Beute.

Taylor schob den Teleskopspiegel zusammen. Laura wunderte sich über Taylors Ausstattung. So etwas gab es definitiv nicht bei der Kripo Berlin. Wer verflucht war dieser Mann, der ihr mit seiner Nähe die Sinne raubte?

Taylor sprang auf. Sein Timing war perfekt. Perfekter als Lauras. Bekam man beim FBI eine solche Ausbildung? Seine Bewegungen erinnerten sie eher an Spezialisten einer Antiterroreinheit. Sie blickte ihm ratlos hinterher und folgte ihm dann die Treppen hinunter.

»Sie fahren in den Keller«, bemerkte er und legte den Arm um sie, als sie wieder in der ersten Etage ankamen.

»Woher weißt du das?«

Er küsste sie auf den Hals und flüsterte: »Ich habe im Spiegel gesehen, welchen Knopf Frenzel im Fahrstuhl gedrückt hat.«

Darauf hatte Laura gar nicht geachtet. Sie legte den Kopf zurück und schmiegte sich an ihn. »Ich will wissen, wer du wirklich bist, Taylor Field. Den Kleinspurpolizisten kaufe ich dir nicht länger ab.«

Er grinste. »Ich dachte, du stehst drauf.«

»Mister Woodmann, wie gefällt Ihnen der Aufenthalt?« Alexander kam strahlend auf sie zu.

»Sehr gut, danke der Nachfrage«, erwiderte Taylor galant und schleuste Laura an dem Russen vorbei.

»Wo wollen Sie denn hin? Darf ich Ihnen behilflich sein?« Alexander lächelte immer noch freundlich, nichtsdestotrotz nahm Laura ein gefährliches Blitzen in seinen Augen wahr. Er trat auf Taylor zu und brummte: »Ich weiß, dass Sie auf der obersten Etage waren. Die ist nur für Clubmitglieder gedacht, wenn Sie verstehen. Ich rate Ihnen, jetzt zu verschwinden.« Das Lächeln auf seinem Gesicht gefror zu Eis. Mit einer Handbewegung deutete er auf den Ausgang.

»Wir würden gerne noch bleiben.« Taylor ließ sich nichts anmerken und wollte den Mann abschütteln, doch Alexander überholte sie und versperrte ihnen den Weg. Hinter ihm tauchten zwei weitere Männer auf. Sie starrten Taylor finster an.

»Ich möchte nicht unhöflich werden, Mister *Field*. Wir haben nicht gerne Polizisten in unseren Räumlichkeiten.« Er zwinkerte. »Das macht unsere Gäste nervös. Wenn Sie jetzt also bitte gehen würden.«

Taylor sagte nichts mehr. Er warf Laura einen eindeutigen Blick zu und schritt Richtung Ausgang, nicht, ohne sie mit sich zu ziehen.

»Wir könnten einfach weitermachen«, zischte Laura, doch Taylor ließ sie nicht los.

»Zu gefährlich«, murmelte er, als sie draußen standen und auf das Auto warteten. »Bisher war das eine freundliche Geste. Man will offenkundig keinen Ärger mit der Polizei, duldet aber auch keine Rumschnüffelei. Wir sollten uns einen Durchsuchungsbeschluss besorgen und dann fortfahren.«

»Bis dahin sind Frenzel und Lorenzos Bruder vorgewarnt.« Laura wollte keinen Rückzieher machen. Nicht jetzt, wo sie so dicht dran waren. »Was passiert denn mit der gefesselten Frau? Wir können sie nicht einfach zurücklassen. Was, wenn sie mit ihr dasselbe machen wie mit Sandra Kästner? Außerdem haben wir noch nicht einmal herausgefunden, ob sie am Abend ihres Verschwindens hier war.« Laura machte Anstalten, wieder hineinzugehen, aber genau in diesem Moment hielt das Auto am Fuße der Treppe und ein junger Bediensteter übergab Taylor höflich die Schlüssel.

»Steig bitte ein.« Taylor schien ihr überhaupt nicht zuzuhören.

Laura wollte protestieren, doch dann folgte sie Taylors Blick und entdeckte drei muskelbepackte Bodyguards, die sich vor dem Eingang postiert hatten und mit undurchdringlicher Miene das Geschehen verfolgten.

Taylor murmelte leise in sein Mikrofon: »Alpha eins. Auf Position bleiben. Wir sind aufgeflogen und verlassen das Cat Noir.«

Er stieg ins Auto und Laura tat das Gleiche.

»Ich denke nicht, dass die Frau in Gefahr schwebt.« Taylor gab Gas.

»Wir kennen nicht einmal ihr Gesicht«, widersprach Laura und verstummte, als Taylor ihr sein Handy vor die Nase hielt. Er hatte ein Foto von der Frau gemacht, als sie von Frenzel geknebelt wurde.

»Das ist ja Silvia Lorenzo.«

Laura konnte es kaum fassen. »Warum hast du mir das nicht gleich gesagt?« Langsam wurde sie sauer. Irgendwie war Taylor ihr auf einmal immer drei Schritte voraus. Nicht, dass sie ihm den Erfolg nicht gönnte, aber sie fühlte sich abgehängt. Schließlich leitete sie die Ermittlungen.

»Tut mir leid. Ich dachte, du hättest sie erkannt. Ich frage mich, woher er plötzlich wusste, wer ich bin. Da muss doch jemand geplappert haben.«

Laura dachte nach. Ihr Einsatz war von offizieller Stelle genehmigt worden. Sehr viele Mitarbeiter des Landeskriminalamtes kannten die Planungen und hatten bei den

Vorbereitungen geholfen. Falls es eine undichte Stelle gab, war sie nur schwer zu identifizieren.

»Ich werde Beckstein bitten, eine interne Ermittlung einzuleiten. Wir können uns solche Pannen nicht erlauben.« Sie grübelte. Wenn Sylvia Lorenzo die gefesselte Frau war und sich im Cat Noir auf irgendwelche Sadomasospielchen einließ, wunderte es Laura nicht, dass sie davon nichts erwähnt hatte. Sie fragte sich gerade, wie weit diese Spielchen gingen, ob sie möglicherweise auch tödlich endeten und ob sie etwas mit Sandra Kästners Tod und dem zweiten Opfer zu tun haben könnten. Ihr Handy riss sie aus den Gedanken. Es war ein Kollege aus Team eins.

»Das Labor hat die DNS der Spermaprobe aus Sandra Kästners Wohnung identifiziert.« Laura drückte das Handy stärker ans Ohr und hielt die Luft an. »Das Sperma stammt mit nahezu hundertprozentiger Sicherheit vom Ex-Freund des Opfers: Christian Böhnke.«

»Was? Das ist ja unglaublich.«

»Das ist noch nicht alles. Außerdem ist die Leiche aus dem zweiten Video aufgetaucht.«

15

Sechs Jahre zuvor

»Was machst du denn so früh schon hier unten?« Er humpelte zur Kaffeemaschine. Biene saß aufrecht auf der Couch, ein Buch vor der Nase.

»Du lernst doch nicht etwa? Wir haben Urlaub.« Sie sah ihn aus geröteten Augen an, ihre Brauen schossen vorwurfsvoll in die Höhe.

»Ich könnte dich genauso gut fragen, was du mit Sunny und Locke zusammen in einem Zimmer machst«, sagte sie kühl und konzentrierte sich wieder auf ihr Buch.

»Streberin«, brummte er so leise, dass sie es nicht hören konnte, und kippte Kaffeepulver in den Filter. »Du hast fast nur Bestnoten. Kannst du nicht einfach mal entspannen?« Als sie nicht reagierte, fragte er freundlicher: »Möchtest du auch Kaffee?«

Sie nickte, und ganz plötzlich sah er die Panik in ihren Augen. Auf einmal tat sie ihm leid. Ihm war gar nicht aufgefallen, dass sie sich solche Sorgen machte.

»Hast du eine schwere Prüfung vor dir?« Er stellte die Kaffeemaschine an und setzte sich dann neben sie auf die Couch.

Biene blinzelte unsicher und rang nach Worten. »Ich schaffe das nicht«, flüsterte sie heiser und zeigte auf ihr Buch. »Ich verstehe kein einziges Wort von dem, was hier steht. Ich werde durchfallen.«

»Aber du gehörst doch zu den besten deines Semesters. Mach dir nicht solche Sorgen, Biene.« Sie spielte nicht. Sein Herz machte einen Satz. Mitfühlend legte er den Arm um sie. »Soll ich dir helfen?«

Er überflog die Seiten, die sich mit der Mengenlehre beschäftigten. »Ich wusste gar nicht, dass du für deinen Studiengang so viel Mathe brauchst«, bemerkte er und nahm sich die erste Aufgabe vor. Mit einem Stift zeichnete er mehrere Kreise, die für unterschiedliche Teilmengen standen, und schnitt sie aus. Dann schob er sie langsam übereinander.

»Siehst du, das ist die Vereinigungsmenge«, erklärte er.

»Ja, das mit den Kreisen ist schön und gut, aber es zeigt mir noch lange nicht die Potenzmenge. Ich habe echt Panik.«

Er betrachtete seine Kreise und sah ein, dass er ihr Problem damit nicht so einfach lösen konnte. Ihm kam eine andere Idee.

»Hast du Eule schon mal gefragt?«

Biene schüttelte den Kopf. »Meinst du, sie kann Mathe? Sie interessiert sich doch vielmehr für Literatur.«

»Aber sie ist sehr schlau. Und wie ich sie kenne, hat sie in der Schulzeit gut aufgepasst. Ganz im Gegensatz zu mir.« Er grinste verlegen.

»Wie geht es deinem Fuß?«, fragte Biene und erhob sich, um den Kaffee zu holen.

Er spürte sofort ein heftiges Klopfen unter der Fußsohle. »Einen Tag werde ich mich wohl noch ausruhen müssen, bevor wir loskönnen. Aber das Auto ist ja auch nicht einsatzfähig.«

»Wer redet denn hier von nicht einsatzfähig?« Schlange kam zur Haustür herein und strahlte. »Der Motor schnurrt wieder wie ein Kätzchen. War nur eine Kleinigkeit.« Er hielt seine schwarzen Finger in die Höhe. »Ich hoffe, die bekomme ich sauber.«

»Hey, dann können wir endlich starten. Ich kriege hier langsam einen Lagerkoller.« Glatze kam die Treppe herunter, gefolgt von Sunny und Locke.

Das Haus erwachte allmählich zum Leben. Biene brachte zwei Kaffeetassen und nahm wieder neben ihm Platz.

»Was riecht meine Nase da? Kaffee?« Locke schnaufte und begab sich auf direktem Weg in die Küche. »Wer will noch?«, rief er und klapperte mit den Tassen.

»Ich«, krächzte die Letzte von ihnen. Eule stieg leichtfüßig die Stufen hinab, obwohl ihre belegte Stimme noch vom Restalkohol zeugte. »Was ist denn mit dir los?« Ihre Augen fixierten Biene durch dicke Brillengläser. »Hast du schlecht geschlafen?«

Biene zuckte mit den Achseln und senkte den Blick.

»Sie braucht ein bisschen Nachhilfe in Mengenlehre. Du kennst dich doch bestimmt aus. Weißt du, was eine Potenzmenge ist?«, fragte er und erhob sich, damit Eule sich auf seinen Platz setzen konnte.

»Klar weiß ich das.« Eule schob die Hornbrille den Nasenrücken hinauf. »Wenn man das Prinzip erst einmal verstanden hat, ist es ein Kinderspiel.«

Er lächelte. Ein Problem wäre hiermit gelöst. Blieb nur noch sein Fuß, der viel zu heftig schmerzte. Kurz überlegte er, den Verband abzunehmen und nachzusehen. Allerdings hatte er Angst vor dem, was er sehen würde. Prüfend verlagerte er das Gewicht auf den verletzten Fuß und zuckte zusammen. Verdammt, das fühlte sich überhaupt nicht gut an. Doch dann sah er in die Gesichter seiner Freunde und ihre Vorfreude auf den bevorstehenden Ausflug. Er würde wohl die Zähne zusammenbeißen müssen.

16

Der Mond zeichnete eine verschwommene Sichel auf das schwarze Wasser der Spree. Laura starrte auf die kleinen, spitzen Wellen, die mit gehässigem Schmatzen an das gemauerte Ufer platschten. Der aufkommende Nachtwind verwischte das gleichmäßige Muster und kräuselte die Wasseroberfläche. Unruhig hüpften die Wellen, angetrieben von der neuen Kraft. Einige zerbarsten, bevor sie die befestigte Uferwand erreicht hatten. So ähnlich sah es auch in ihrem Fall aus. Es schien kein verlässliches Muster zu geben, das sie zum Täter führen konnte. Stattdessen hasteten sie den Ereignissen hinterher. Der vorbestrafte Sexualstraftäter Sebastian Brandner war untergetaucht. Trotz aller Bemühungen gelang es ihnen einfach nicht, den Mann aufzuspüren. Noch immer stand er an erster Stelle auf der Verdächtigenliste. Langsam fragte Laura sich allerdings, ob sie damit richtiglag. Die Geschehnisse im Cat Noir erschienen ihr mindestens ebenso verdächtig, insbesondere, weil Sandra Kästner dort am Abend ihres Verschwindens verabredet war. Aber die absolute Krönung stellte die Identifizierung des Spermas aus Kästners Wohnung dar. Nicht nur ihre ehemaligen Kollegen unterlagen dem Hang zum Lügen, sondern offenbar auch ihr Ex-Freund Christian Böhnke, der behauptet hatte, seit Jahren keinen Kontakt mehr zum Opfer zu pflegen. Der Kreis der Verdächtigen wuchs stetig, ohne dass Laura die Zusammenhänge erkannte. Seit Tagen tappten sie im Dunkeln.

Seufzend wandte sie sich ab und ging über den künstlichen Strand auf die grellen Flutlichter zu, die die Kollegen der Spurensicherung an der Bar aufgebaut hatten. Das helle Licht zeigte schonungslos die Spuren des Todes auf dem leblosen Körper einer vielleicht fünfundzwanzigjährigen Frau. Laura betrachtete schweigend das Opfer aus dem zweiten Video. Die Beine waren noch von Sand bedeckt, der Oberkörper inzwischen freigelegt. Sie lag auf dem Bauch, das Gesicht seitlich auf dem körnigen Untergrund. Neben der Leiche befand sich ein Müllsack. Den hatte die Putzfrau fallen gelassen, als sie die Tote beim Saubermachen entdeckte. Die Rentnerin erholte sich im Krankenhaus von dem Schock. Ihr Blutdruck war außer Kontrolle geraten. Die alte Dame hatte es gerade noch so geschafft, das Telefon in den Innenräumen zu erreichen und Hilfe zu rufen. Ein Kollege hatte bereits mit ihr gesprochen, doch der Frau war nichts Außergewöhnliches aufgefallen, bevor sie auf die Leiche stieß. Das Gelände der Strandbar wurde durch einen Zaun geschützt, der allerdings nicht bis ans Wasser reichte. Man gelangte ungehindert auf die Anlage. Der lose Sand verhinderte die Identifizierung von Fußspuren. Es war unmöglich, mehr als nur Vertiefungen zu finden. Außerdem tummelten sich in der gut besuchten Bar während der milden Sommernächte regelmäßig über einhundert Menschen.

Lauras Blick wanderte über Haare und Rücken des Opfers. Äußerlich schien sie unversehrt. Die Kleidung war so weit vollständig und intakt, was darauf hindeutete, dass sie ebenso wie Sandra Kästner nicht sexuell missbraucht worden war. Laura sah das zweite Video vor ihrem inneren Auge, den Kellerraum, die Liege, auf der das Opfer mit Klebeband fixiert war, und den Trichter, den der Täter ihr in den Mund gesteckt hatte. Laura ging in die Hocke und betrachtete das Gesicht. Die aufgerissenen Augen zeugten von den letzten schrecklichen Momenten, die das Opfer durchlebt haben musste. Das Weiße der Augäpfel war rot unterlaufen, ein paar Äderchen geplatzt. Die Frau war erstickt. Laura leuchtete mit einer Taschenlampe in den Mund. Weißer Sand hatte sich auf den Schleimhäuten festgesetzt, wo er eine feste Schicht bildete. Der Anblick ließ Lauras Kehle schlagartig austrocknen.

»Wissen wir schon, wer sie ist?«, fragte sie Taylor, der mit einem Kollegen von der Streifenpolizei gesprochen hatte und nun auf sie zusteuerte.

»Nein. In der Vermisstendatei gibt es keinen Eintrag mit passenden Daten. Vielleicht kann die Rechtsmedizin sie anhand der Zähne identifizieren.«

»Warum hat der Täter sie hier abgelegt?«, fragte Laura nachdenklich und erhob sich. »Er hätte sie doch auch in diesem Keller liegen lassen können. Wollte er womöglich, dass sie gefunden wird, oder liegt der Tatort in seinem eigenen Haus und er musste die Leiche deshalb entsorgen?«

Taylor zuckte mit den Achseln. »Könnte beides richtig sein. Er könnte sie aber auch ganz woanders getötet haben. Auch in diesem Fall hätte er sich der Leiche entledigen müssen.«

Laura musterte die Tote noch immer. »Ihr dürft sie

jetzt rausholen«, wies sie zwei Mitarbeiter der Spurensicherung an. Die beiden in weiße Overalls eingepackten Männer räumten zunächst vorsichtig den Sand beiseite und machten etliche Fotos. Anschließend zogen sie das Opfer langsam heraus, um es auf einer Bahre abzulegen. Laura trat zu der Toten und durchsuchte ihre Hosentaschen. Nichts. Ihr Blick blieb an einem breiten Ring an der linken Hand hängen. Behutsam streifte sie ihn der Frau vom Finger.

»Bingo«, sagte sie und zeigte Taylor die Innenseite des Ringes. »*Für Maja* steht hier eingraviert, daneben ein Sternchen und ein Datum: achter Dezember neunzehnhundertneunzig. Wenn das ihr Geburtsdatum ist, sollten wir sie relativ schnell identifizieren können.« Laura betrachtete die fleckigen Jeans und die kurzärmlige Bluse. Die Kleidung schien nicht teuer. Neugierig prüfte sie das Etikett im Kragen, das ihre Vermutung bestätigte. Auch die Schuhe der Toten stammten von einem bekannten Discounter. In dieser Hinsicht unterschied sie sich völlig vom ersten Opfer, das über einen hochwertig ausgestatteten Kleiderschrank verfügt hatte.

Taylor hob plötzlich den Zeigefinger und presste die andere Hand aufs Ohr. Er lauschte konzentriert. Laura stellte sich neben ihm auf die Zehenspitzen, um mitzuhören.

»Alpha eins meldet: Kaktus und schwarze Lilie verlassen den Club. Schwarze Lilie in Begleitung ihres Bruders. Alle sind wohlauf. Keine Auffälligkeiten. Nehmen Verfolgung auf.«

Laura sah Taylor an und schüttelte den Kopf. »Ich will einfach nicht glauben, dass unsere ganze Aktion umsonst war. Verdammt, wir müssen diesen Alexander ausquetschen. Er muss uns sagen, ob Sandra Kästner im Club war oder nicht. Wenn alles so harmlos ist, warum hat Benjamin Frenzel dann gelogen?«

»Vielleicht war es ihm einfach nur peinlich«, erwiderte Taylor. »Und vermutlich wollte er nicht mit dem Mord in Zusammenhang gebracht werden.«

Laura seufzte. In ihrem Kopf kreisten die Gedanken in einer Endlosschleife, ohne zu einem Ergebnis zu kommen.

»Alexander darf uns morgen jedenfalls ein paar Fragen beantworten. Ich will außerdem wissen, ob er das zweite Opfer kennt. Der Mann weiß doch ganz genau, wer bei ihm ein und aus geht. Möglicherweise hat sie im Club gearbeitet. Dann hätten wir eine Verbindung zwischen den beiden toten Frauen.«

»Ich nehme mir Christian Böhnke vor. Der steckt ziemlich in Schwierigkeiten«, sagte Taylor und strich Laura über die Wange. »Du siehst müde aus. Wir sollten Feierabend machen. Du wolltest mir noch die Verkabelung vom Leib reißen.« Er grinste, und in seinem Blick lag etwas, was Lauras Inneres in Aufruhr versetzte.

Statt zu antworten, ergriff sie seine Hand. Für heute gab es nichts mehr zu tun. Wortlos verschwanden sie vom Fundort.

* * *

»Maja Fuhrmann, achtundzwanzig Jahre alt. Lehrerin an einer Grundschule in Köpenick. Ledig, keine Kinder, blauer Fiat und nach ersten Erkenntnissen auch kein Lebensgefährte. Sie lebte in einer kleinen Mietwohnung, die gerade einmal fünf Minuten von ihrem Arbeitsplatz entfernt liegt. Sie galt als beliebte und freundliche Lehrerin. Da Ferien sind, hat sie keiner ihrer Kollegen vermisst. Familienangehörige gibt es nicht. Maja Fuhrmann ist nach dem frühen Tod ihrer Eltern in einem Heim aufgewachsen.« Simon Fischer klappte seinen Laptop zu. »Das ist alles, was ich in der kurzen Zeit an Informationen auftreiben konnte.«

Laura nickte und schaute sich aufmerksam in der Wohnung des Opfers um. Sie hatten sich noch am Morgen aufgeteilt. Während Laura mit der Spurensicherung und Simon Fischer die Wohnung durchsuchte, sprach Taylor mit dem Ex-Freund des ersten Opfers. Ein paar andere Kollegen kümmerten sich um den Clubbesitzer, Frenzel und die Lorenzo-Geschwister. Parallel bemühte sich Beckstein um einen Durchsuchungsbeschluss für den Club.

»Es muss eine Verbindung zwischen den beiden Frauen geben«, murmelte Laura und schritt an einem Bücherregal entlang, das die gesamte Wand einnahm.

»Sie hat wohl ihr ganzes Geld in Bücher gesteckt«, stellte Simon fest.

»Was hast du über Sylvia Lorenzos Bruder herausgefunden?«, fragte Laura und fuhr unterdessen mit den behandschuhten Fingern über die Buchrücken. Rasch verschaffte sie sich einen Überblick über die Themen, mit denen Maja Fuhrmann sich beschäftigte. Die Bandbreite war enorm, von Naturwissenschaften angefangen bis hin zu Politik.

»Ich habe seine Statur mit der des Täters in den Videos verglichen und kann bestätigen, dass es in den Bewegungen Ähnlichkeiten gibt.« Simon zuckte mit den Achseln. »Genauso wie beim flüchtigen Sebastian Brandner oder den anderen beiden Männern auf den Überwachungsvideos vor dem Café. Die Skimaske macht leider eine genauere Analyse unmöglich. Sorry.«

»Hat er ein Alibi für die Nacht, in der Sandra Kästner

verschwunden ist?« Laura unterbrach ihre Tätigkeit und blickte Simon an. Der verdrehte die Augen und nickte.

»Die Kollegen haben mich gerade informiert. Raten Sie.«

Laura verzog das Gesicht. »Cat Noir.«

»Richtig.«

»Schon wieder dieser verdammte Club«, murmelte Laura und betrachtete ein Foto von Maja Fuhrmann, das in der mittleren Reihe des Regals stand und die junge Frau mit einer Schulklasse vor dem Fernsehturm in Berlin zeigte. »Ob Maja Fuhrmann auch dort war?«

»Im Club?« Simon Fischer krauste die Stirn. »Vielleicht hat sie sich was dazuverdient.«

Laura biss sich nachdenklich auf die Unterlippe und schüttelte dann den Kopf. »Irgendwie kann ich mir eine gewöhnliche Grundschullehrerin in diesem Club nicht vorstellen.« Sie ging ins Schlafzimmer und öffnete den Kleiderschrank, der alles andere als Markensachen enthielt. Nur ein einziges hochwertigeres Abendkleid hing darin. Laura sah im Schmuckkästchen nach. Auch dort fand sie überwiegend preiswerte Ringe und Ketten.

»Ich glaube, ich habe hier was gefunden«, rief Simon Fischer, der im Wohnzimmer geblieben war.

Sofort ging Laura zu ihm. Simon saß auf der Couch vor einem Laptop. »Sie hat an einem Buch gearbeitet.« Er drehte den Computer so, dass Laura einen Blick auf den Bildschirm werfen konnte.

»Die Macht des Geldes« las sie und wiegte den Kopf.

»Lesen Sie das Inhaltsverzeichnis«, forderte Simon sie auf.

Laura überflog die einzelnen Kapitelüberschriften, an einer Zeile blieb sie hängen. »Luxus und Vergnügen am Beispiel des exklusiven Nachtclubs Cat Noir.« Laura las die

Überschrift ein zweites Mal. »Das gibt es doch gar nicht. Wir haben endlich eine Verbindung.«

»Leider ist dieses Kapitel noch unvollständig.« Simon klickte ein paarmal, bis der Text erschien. »Aber sie hat sich einige Notizen gemacht. In ihrem Kalender ist vor drei Wochen ein Termin mit Alexander eingetragen.«

Laura nahm ihr Handy und wählte die Nummer ihres Vorgesetzten.

»Haben wir schon einen Durchsuchungsbeschluss für den Club?«

Joachim Beckstein seufzte am anderen Ende der Leitung. »Nein, und wir werden auch keinen bekommen. Der Richter hat das abgelehnt. Die Beweislage ist ihm zu dünn, und das, obwohl sich sogar Marion Schnitzer dafür eingesetzt hat.«

»Mist«, stieß Laura frustriert aus und erklärte Beckstein die Verbindung zwischen den beiden Opfern, die sie gerade entdeckt hatten.

»Es nützt nichts, Kern. Schaffen Sie handfeste Beweise herbei, ansonsten lege ich diesen Antrag nicht noch einmal vor. Wir haben einen Ruf zu verlieren und können nicht mit halbgaren Ergebnissen aufwarten.«

Laura legte auf und sah auf die Uhr. »Die Autopsie müsste bald durch sein. Ich muss in die Rechtsmedizin. Halten Sie mich auf dem Laufenden, und finden Sie heraus, ob Maja Fuhrmann irgendetwas über das Cat Noir wusste, was sie in Lebensgefahr gebracht hat. Wenn wir wissen, was sie wusste, reicht das ja vielleicht für einen Durchsuchungsbeschluss.« Laura warf einen letzten Blick auf den Text über den Club, der jedoch weiter nichts Interessantes verriet. Es war lediglich eine Zusammenstellung von allgemeinen Daten, wie Gründungsdatum, bekannte Mitglieder, Vita des Eigentümers. Nichts, was sie nicht schon wussten. Sie machte auf dem Absatz kehrt und verließ die Wohnung, um auf direktem Weg ins rechtsmedizinische Institut zu fahren.

* * *

An den Geruch hatte sie sich nach all den Jahren noch immer nicht gewöhnt. Der Tod besaß eine spezielle Note, auf die Lauras Nervenzellen sofort reagierten. Dankbar schmierte sie sich etwas von der Mentholsalbe unter die Nase, die Dr. Gersemann ihr entgegenhielt.

»Wir sind fast fertig. Wenn Sie möchten, erzähle ich Ihnen das Wesentliche.«

Laura nickte und folgte dem Mediziner mit einem unguten Gefühl im Magen. Leichenhallen waren ihr ein Graus, die Vorstellung, in totes Fleisch zu schneiden und einen Menschen wie ein Stück Vieh im Schlachthaus auseinanderzunehmen, bereitete ihr großes Unbehagen. Doch sie wusste, dass diese Prozedur unverzichtbar war. Nicht selten stießen die Rechtsmediziner auf Informationen, die den fleißigen Helfern von der Spurensicherung nicht zugänglich waren.

Dr. Gersemann blieb vor dem Autopsietisch stehen. Ein Tuch bedeckte Maja Fuhrmanns sterbliche Überreste. Er zog es mit routiniertem Schwung von der Leiche. Laura schluckte. Die Tote strahlte eine enorme jugendliche Stärke aus. Da lag ein zerstörtes Wesen, das sein ganzes Leben noch vor sich gehabt hätte.

»Bei der Toten handelt es sich um eine völlig gesunde, junge Frau. Es liegen keine ersichtlichen Vorerkrankungen vor. Nur am linken Arm befindet sich eine alte, vernarbte Wunde, die sehr großflächig ist und vermutlich von einer

Verbrennung stammt.« Er drehte den Arm so, dass Laura einen Blick darauf werfen konnte.

»Sieht schlimm aus. Wie könnte das passiert sein?«, fragte Laura, die sich nicht vorstellen konnte, dass eine solche Verletzung bei einem Küchenunfall entstand.

Dr. Gersemann legte den Kopf schief. »Diese Verletzung ist wie gesagt schon älter. Anhand der Narbenausprägung tippe ich auf mindestens fünf Jahre. Bei einem Fettbrand kann eine derartig großflächige Verbrennung sehr schnell entstehen. Denken Sie nur an das erste Opfer, das im Fahrstuhl verbrannte. Ein kleiner Topf mit Fett reichte aus, um eine riesige Stichflamme zu erzeugen. Die Verletzung kann sie sich in der Küche, beim Grillen, bei einem Verkehrsunfall oder sonst wo zugezogen haben. Genauer lässt sich das leider nicht einschränken. In der Patientenakte des Hausarztes gibt es keinen Vermerk zur Herkunft dieser Narbe.« Er legte den Arm der Toten ab und fuhr fort: »Todesursache ist Ersticken. Der Täter hat dem Opfer so lange Sand eingeflößt, bis es keine Luft mehr bekam. Die Druckspuren auf dem Körper stammen von der Fesselung mit Klebeband. Gleiches findet sich am Schädel, der in einem Schraubstock fixiert wurde. Ansonsten gab es aus meiner Sicht keine weitere Gewalteinwirkung. Der Täter hat sein Opfer offenbar unvermittelt überwältigt und betäubt. Vermutlich mit Chloroform. Anderenfalls müsste es Abwehrverletzungen geben. Die Laborergebnisse stehen noch aus. Ich rechne jedoch nicht mit Überraschungen.« Der Rechtsmediziner hob den Zeigefinger. »Eine Sache halte ich allerdings für wesentlich. Der Sand, mit dem das Opfer erstickt wurde, stammt nicht aus Deutschland. Ich habe eine Probe zu einem Experten geschickt. Der Sand kommt aus der Sahara.«

»Wüstensand?«, fragte Laura erstaunt. »Wo bekommt man den denn her?«

»Leider beinahe überall. Ich habe das bereits prüfen lassen. Im Zoobedarf gibt es ihn tonnenweise als Zubehör für Terrarien.«

»Trotzdem ist das eine wichtige Information. Der Täter hätte sich aus jedem öffentlichen Sandkasten bedienen können. Stattdessen besorgt er sich Sand aus der Sahara. Das muss eine Bedeutung haben.« Laura machte sich eine Notiz und verabschiedete sich von Dr. Gersemann. Als sie wieder an der frischen Luft war, atmete sie tief durch und wählte Max' Nummer. Ihr Partner hob sofort ab.

»Ich dachte schon, du hättest mich vergessen«, brummte er mürrisch ins Telefon. Laura lächelte und nahm seine Reaktion als positives Zeichen.

»Wie geht es dir?«, fragte sie und öffnete dabei die Autotür.

»Sie wollen mich erst in drei Tagen entlassen, obwohl ich einen Mordsdruck mache. Ich halte es hier langsam nicht mehr aus.«

»In drei Tagen bereits. Das sind doch gute Neuigkeiten.« Laura startete den Motor und fragte sich augenblicklich, wie es sich anfühlen würde, Taylor dann tagsüber kaum noch zu sehen. »Aber krankgeschrieben bist du sicherlich trotzdem noch, oder?«

»Sieht so aus. Was macht unser Fall? Habt ihr Brandner endlich geschnappt?«

»Noch nicht, leider. Der hat sich irgendwo verkrochen. Ich bin mir allerdings gar nicht mehr sicher, ob er hinter den Morden steckt. Ich komme gerade von der Obduktion des zweiten Opfers. Es gab keinen sexuellen Übergriff.«

Max brummte etwas Unverständliches ins Telefon. Anschließend fragte er: »Kann ich nicht wenigstens ein paar Akten wälzen? Vielleicht finde ich Verbindungen, die bis jetzt niemandem aufgefallen sind.«

»Ach Max, du solltest deine Gesundheit nicht auf die leichte Schulter nehmen. Du musst erst einmal wieder fit werden.«

»Bitte!«

In seiner Stimme schwang etwas mit, was Laura weich werden ließ. »Also gut. Ich fahre ins Revier und sehe, was ich tun kann.« Plötzlich fiel ihr etwas ein. »Sag mal, du kennst doch diesen Club Cat Noir. Weißt du, ob die auf dem Außengelände oder im Keller Wüstensand verwenden?«

»Ich kenne den Laden nur, weil ich dort am Anfang meiner Laufbahn bei einer Drogenrazzia mitgemacht habe.« Er stockte. »Ein Kollege hat damals zig Fotos gemacht und auch ein Video gedreht. Das ist zwar ein paar Jahre her, aber in der Zwischenzeit hat es vielleicht noch weitere Durchsuchungen gegeben. Ich frage mal nach und melde mich wieder bei dir.« Er schnaufte am anderen Ende der Leitung, und in diesem Moment wurde Laura klar, dass er nicht annähernd so fit war, wie er behauptete.

»Pass auf dich auf, Max«, sagte sie und legte auf.

17

»**S**ie wissen selbst, dass Sie ziemlich in Schwierigkeiten stecken. Sie haben uns angelogen. Es wäre also besser für Sie, mit uns zu kooperieren.« Taylor betrachtete Sandra Kästners arroganten Ex-Freund und ballte die Fäuste hinter dem Rücken. Erstaunt registrierte er das scharfe Ziehen im Bauch. Eifersucht. Dieser widerliche Typ hatte Laura angemacht. Etwas in ihm wollte ihn dafür niederstrecken. Taylor holte tief Luft. Solche Gefühle hatte er bisher bei keiner Frau verspürt. Es war ihm herzlich egal gewesen, ob sein Date von anderen Männern ins Visier genommen wurde oder sich sogar auf sie einließ. Aber nicht bei Laura. Er wusste, dass es etwas in ihrer Vergangenheit gab, was schwer auf ihrer Seele lastete. Sein Instinkt sagte ihm, dass eine Missbrauchskomponente dazugehörte. Lauras Kleidung, die so wenig Haut wie möglich preisgab, sprach Bände. Er hätte es leicht herausfinden können. Im Zweifel kam er an jede Akte heran. Doch er wollte ihr Vertrauen nicht ausnutzen, wollte, dass sie es eines Tages von sich aus erzählte.

»Wann haben Sie mit Sandra Kästner zuletzt

Geschlechtsverkehr gehabt?«, wiederholte Taylor seine Eingangsfrage nun schon zum dritten Mal.

Christian Böhnkes Blick verharrte auf einem imaginären Punkt am Boden. Ein untrügliches Zeichen dafür, dass er seine missliche Situation erfasst hatte.

»Wie haben Sie das überhaupt herausgefunden? Sandras Mutter kann es nicht mitgekriegt haben.« Er sah auf und Taylor erkannte die großen Fragezeichen in seinen Augen. Der Mann schien wirklich keine Ahnung zu haben.

»Woher wollen Sie wissen, dass Renate Kästner es nicht mitbekommen haben kann?«, erwiderte er gelassen. Er schwieg und musterte Christian Böhnke, in dessen Kopf es offenbar heftig ratterte. Der Mann wurde plötzlich unsicher.

»Hat sie mich etwa doch gesehen?«, fragte er heiser.

»Also geben Sie zu, dass Sie erst kürzlich sexuellen Kontakt mit Sandra Kästner hatten?«

Böhnke verdrehte die Augen. »Es war nur ein One-Night-Stand. Mehr nicht. Es hat sich einfach so ergeben.« Er schüttelte den Kopf. »Ich hätte die Finger von ihr lassen sollen. Aber wir hatten beruflich miteinander zu tun. Ich wollte Sandra ein paar gute Vermögensanlagen für ihre Kunden zeigen. Die Provision hätten wir uns teilen können. Es kam eines zum anderen.«

»Wann genau war das?«

Böhnke seufzte. »Einen Tag bevor sie verschwand. Ich habe mich gegen zwei Uhr nachts aus dem Haus geschlichen. Eigentlich wollte sie mich am nächsten Abend wiedersehen. Als sie sich nicht mehr gemeldet hat, war ich ehrlich gesagt froh darüber. Ich wollte nur ein bisschen Spaß mit ihr haben, mehr nicht.« Er blickte Taylor prüfend an. »Wollen Sie mich jetzt verhaften? Ich habe sie nicht umgebracht.«

Taylor pfiff durch die Zähne und entschied, Böhnke zu provozieren. »Es könnte ja sein, dass Sie Ihre Ex-Freundin loswerden wollten. Hat sie Sie vielleicht bedrängt? Und da haben Sie beschlossen, Sandra Kästner endgültig aus dem Weg zu räumen.«

»So ein Quatsch«, brauste Böhnke auf. »Wir haben uns Ewigkeiten nicht gesehen. Sie hat mich in dieser Zeit weder angerufen noch sonst irgendwie versucht, Kontakt aufzunehmen. Sie war viel zu stolz. Im Leben nicht wäre sie mir hinterhergelaufen oder hätte mich belästigt.«

Taylor sah Böhnke reglos an. »Wir lassen Ihre Handydaten überprüfen und auch Ihre E-Mails. Sie könnten jetzt die Gelegenheit nutzen und mir gleich sagen, ob und wann es, außer an diesem Abend, weitere Kontakte gab.«

Böhnke rieb sich genervt die Schläfen. »Verdammt«, fluchte er. »Ich sage kein Wort mehr ohne meinen Anwalt.«

Taylor beugte sich über den Tisch und fuhr mit dem Gesicht so nahe an Böhnkes Gesicht heran, dass es nicht mehr als wenige Zentimeter Abstand zwischen ihnen gab.

»Ich hatte Ihnen geraten, zu kooperieren. Einen Anwalt brauchen Sie nicht. Jedenfalls nicht, wenn Sie nichts zu verbergen haben. Bringen Sie mich nicht dazu, andere Saiten aufzuziehen.« Er sah Böhnke fest in die Augen. Drohen durfte er ihm nicht, auch wenn er ihn am liebsten an der Gurgel gepackt und in Untersuchungshaft gesteckt hätte.

Immerhin schien seine Ansage Wirkung zu zeigen. Ein roter Fleck zeigte sich auf Böhnkes Hals. Der Mann starrte ihn an. Seine Lippen bewegten sich, ohne dass ein Wort herauskam. Taylor kniff die Augen zusammen und sah den Mann grimmig an.

»Verdammt«, stöhnte Böhnke und knetete die Finger. Taylor wusste, dass er gewonnen hatte.

»Wie oft hatten Sie Kontakt zu Sandra Kästner?«, wiederholte er und schob Böhnke einen Zettel und einen Stift über den Tisch. »Schreiben Sie die Treffen auf.«

Der Vermögensberater nahm den Kugelschreiber und kritzelte drei Daten auf den Zettel. »Ich habe ihr vor drei Wochen eine Nachricht geschrieben und mitgeteilt, dass ich wieder in Berlin arbeiten werde und sie gerne sehen möchte.« Er holte sein Handy hervor und legte es vor Taylor hin. »Sehen Sie nach. Dann haben wir am Tag unseres Treffens vielleicht eine halbe Stunde miteinander telefoniert. Das lief über das Festnetz der Firma, weil es hauptsächlich beruflich war. Am Abend habe ich sie abgeholt. Ich war spät dran und Sandra wartete schon auf dem Bürgersteig auf mich. Ich erinnere mich noch, dass ich fast auf einen anderen Wagen aufgefahren wäre, der plötzlich vor mir einscherte und genau auf Sandra zusteuerte. Ich habe gehupt, und der Kerl verschwand. Wir sind was essen gegangen, haben das Geschäftliche geregelt und sind anschließend zu ihr nach Hause. Wir hatten Sex und noch in der Nacht bin ich abgehauen. Den Rest der Geschichte kennen Sie.«

Taylor musterte Böhnke intensiv. Er schien die Wahrheit zu sagen.

»Was für ein Auto war das, das auf Sandra Kästner zugefahren war?«

»Keine Ahnung.« Böhnke kratzte sich nachdenklich am Kopf. »Ein schwarzer BMW. Ein Kerl saß da drin. Mehr weiß ich nicht.«

»Und kannte Sandra diesen Mann?«

»Nein. Sie hat ihn nicht mal richtig gesehen. Dafür ging alles zu schnell. Er trug wohl eine Sonnenbrille. Jedenfalls hat sie sich total aufgeregt. Der hätte sie fast umgefahren.« Böhnke schüttelte den Kopf.

»Warum haben Sie uns nicht gleich gesagt, dass Sie mit Sandra Kästner am Abend vor ihrem Verschwinden zusammen waren?«

»Sie hätten mich sofort verdächtigt.«

»Ihnen muss doch klar gewesen sein, dass wir es früher oder später herausfinden.«

Böhnke hob die Schultern. »Das stimmt schon. Ich hatte einfach gehofft, dass Sie bis dahin jemand anderes ins Visier nehmen.«

Taylor erhob sich. »Halten Sie sich zur Verfügung. Für heute sind wir fertig.«

* * *

»Danke, Max, du bist ein Schatz.« Laura legte auf und ging eilig zu Simon Fischer ins Büro.

»Können Sie diese Videos überprüfen? Sie stammen aus einer Razzia im Cat Noir vor zwei Jahren.« Sie gab ihm einen Link und das Passwort.

»Wow, wie sind Sie denn da dran gekommen?«

Laura lächelte. »Mein Partner war vorher im Drogendezernat und hat sich erinnert, dass sie dort ein paarmal den Club durchsucht haben. Ich will wissen, was in deren Keller vorgeht und ob die irgendwo Sand haben.«

»Sand?« Simon sah sie fragend an.

»Maja Fuhrmann wurde mit echtem Wüstensand aus der Sahara erstickt. Bisher führen einige Spuren ins Cat Noir. Sand wäre ein weiteres Indiz.«

»Okay«, erwiderte Simon und loggte sich ein.

»Hat die Wohnungsdurchsuchung noch etwas ergeben?«, erkundigte sich Laura und überflog die dicken Akten, die sich auf Simon Fischers Schreibtisch stapelten.

»Nein. Leider gar nichts. Ich habe noch ein paar Notizen zu dem Gespräch gefunden, das sie damals mit Alexander über den Club geführt hat. Da ging es aber eher um die Geldverschwendung der Reichen. Nichts, was ihr hätte wirklich gefährlich werden können. Sie hatte bereits einen Verlagsvertrag in der Tasche. Das Buch sollte Anfang nächsten Jahres erscheinen.«

Laura biss sich auf die Unterlippe. Wenn Maja Fuhrmann tatsächlich etwas Wichtiges entdeckt hatte, hätte sie es gewiss nicht einfach so in der Wohnung herumliegen lassen.

Abermals glitt ihr Blick über die vielen Akten.

»Max würde übrigens gerne helfen. Er darf sich noch nicht allzu sehr anstrengen. Aber wenn Sie mögen, kann er Sie beim Aktenstudium unterstützen.«

»Natürlich. Ich schicke ihm ein paar Unterlagen ins Krankenhaus.« Simon Fischer lächelte und startete gerade das erste Video, als ihr Handy losging.

»Kern, wo stecken Sie? Ich brauche Sie auf der Stelle in meinem Büro.«

Laura wusste sofort, dass etwas Schlimmes passiert war.

18

» **E**ine kleine Spende bitte.« Der in Lumpen gehüllte Mann krächzte mit tiefer Stimme und hielt einen leeren Becher in der zittrigen Hand.

Rebecca nahm den Alten kaum wahr, der in einiger Entfernung von der Haltestelle auf dem Boden hockte. Sie hatte es eilig. Sie war mit dem Bus bis zum Universitätscampus gefahren und musste noch ungefähr fünf Minuten zu Fuß zurücklegen. Die immerzu verstopften Berliner Straßen hatten für eine erhebliche Verspätung des Busses gesorgt, und so lief sie Gefahr, zu spät zur Vorlesung zu kommen. Vor einiger Zeit wäre das völlig egal gewesen, denn die Hörsäle waren überfüllt und es gab keine Anwesenheitskontrollen. War ein Student nicht pünktlich, konnte er sich mühelos hineinschleichen, da die meisten Professoren und Dozenten das permanente Kommen und Gehen komplett ignorierten. Doch Rebecca gehörte nicht mehr zu den Zuhörern. Sie war selbst Dozentin. Deshalb durfte sie sich auf gar keinen Fall verspäten. Besorgt sah sie auf die Uhr. Mist. Sie hatte nur noch drei Minuten. Sie schlug Haken um die anderen Passanten, drängelte sich durch eine Gruppe Studenten und eilte zielstrebig den Bürgersteig entlang.

»Bitte eine kleine Spende«, rief der Bettler erneut und zog die Kapuze tiefer ins Gesicht. Er drehte sich in Rebeccas Richtung. Eine Frau blieb kurz stehen und warf ein paar Münzen in seinen Becher. Rebecca war vielleicht noch zehn Meter von dem Mann entfernt, dessen Gesicht dunkel im Schatten seiner Kapuze lag. Sie tastete in ihrer Tasche nach ein bisschen Kleingeld, fand jedoch nichts. Erneut krächzte der Alte seinen Satz. Doch die meisten hasteten an ihm vorbei und würdigten ihn keines Blickes. Wahrscheinlich hatten viele dasselbe Problem wie Rebecca. Alle waren verspätet, einige rannten beinahe. Der Bettler hatte einen schlechten Zeitpunkt erwischt, wäre der Bus pünktlich gewesen, hätte es sich vielleicht gelohnt. Die Luft flirrte heiß und staubig. Augenblicklich fragte sie sich, wie der Alte es in seinen Lumpen überhaupt aushielt. Erleichtert sah sie, wie ein Mann mit Aktentasche sich erbarmte und dem Bettler sogar einen Schein zusteckte. Damit würde er fürs Erste über die Runden kommen. Es sei denn, er gab das Geld für Alkohol oder Zigaretten aus. Der rauchigen Stimme nach zu urteilen, konsumierte er reichlich davon.

»Eine kleine Spende bitte.« Der Bettler rief hartnäckig weiter, so als hätte er den ganzen Tag nicht einen Cent zu Gesicht bekommen. Rebecca war jetzt auf gleicher Höhe und sah den fast leeren Becher. Wie hatte der Alte das Geld so schnell verschwinden lassen? Es waren nicht mehr als ein paar Cent übrig. Normalerweise ignorierte sie keine Bettler. Jedenfalls nicht, wenn sie ihr bedürftig erschienen. Doch der Alte kam ihr sehr dreist vor. Rebecca hörte nicht mehr hin und sah erneut auf die Uhr.

»Warten Sie. Bitte.«

Kurz wurde sie langsamer. Hatte der Bettler sie gemeint? Rechts und links stoben ungeduldig die Menschen an ihr vorbei. Nein, das konnte nicht sein. Eine Frau rammte ihr den Ellenbogen in die Seite.

»Entschuldigen Sie. Ich habe es eilig«, murmelte sie und hastete weiter. Rebecca blickte sich nicht um. Ihr lief die Zeit davon. Rasch schritt sie voran, nichts anderes mehr im Kopf als ihre Vorlesung.

19

»**W**ie viele Zugriffe? Verdammt noch einmal, Beckstein, ich will die genaue Zahl wissen. Hören Sie auf, um den heißen Brei herumzureden!« Die Innensenatorin machte ein bitterböses Gesicht.

Joachim Beckstein saß auf seinem Bürostuhl wie auf einer Anklagebank. Seine Gesichtsfarbe konnte locker mit einer reifen Tomate mithalten.

»Fünfzigtausend«, murmelte er zerknirscht. »Es wurde zudem mindestens dreihundertmal geteilt und auf anderen Plattformen verbreitet. Die Verbreitung lässt sich nicht mehr aufhalten. Es wurde einfach zu spät bemerkt.«

»Was wurde zu spät bemerkt?«, fragte Laura, die auf der Schwelle zu Becksteins Büro stehen geblieben war.

»Das hier.« Ihr Chef sah sie an, als hätte ihn ein Vorschlaghammer getroffen. In seinen Augen lag eine Mischung aus Wut und Entsetzen. Laura ging zu seinem Schreibtisch und nahm das Blatt in die Hand, das er ihr hinhielt. Es war eine ausgedruckte E-Mail von YouTube.

»Wir haben ein neues Video, das bereits überall im

Internet kursiert hat?«, fragte Laura fassungslos und registrierte, dass die Nachricht vor gerade einmal fünf Minuten gesendet worden war.

»Die leitende Ermittlerin ist also vollkommen ahnungslos. Richtig?« Marion Schnitzer warf Laura einen vernichtenden Blick zu. »Ich hatte wirklich mehr von Ihnen erhofft, Frau Kern.«

Laura schluckte. Ihr war ganz plötzlich heiß und kalt zugleich.

»Warum weiß Simon Fischer noch nichts davon?«, fragte sie und wunderte sich, wie die Innensenatorin so schnell hergekommen war.

»Ich habe ihm die Nachricht eben weitergeleitet. YouTube hat sich dieses Mal an die Hierarchie gehalten und zuerst die Dezernatsleitung informiert.« Beckstein zuckte mit den Achseln. »Ungefähr vor einer Stunde tröpfelten die ersten Beschwerden ein, dann wurde der Film gleich überprüft und entfernt. Allerdings zu spät.« Er räusperte sich. »Frau Schnitzer hat sich gerade bei mir nach dem Stand der Ermittlungen erkundigt, als ein Pressevertreter anrief und sie um Stellungnahme bat.« Beckstein kniff die Lippen zu einem schmalen Strich zusammen. »Das Video verbreitet sich viral.«

»Puh«, sagte Laura und ließ sich ohne Aufforderung auf einen freien Stuhl fallen. Das musste sie erst einmal verdauen. Dabei fand sie weniger die Tatsache schlimm, dass ein Video an die Öffentlichkeit gelangt war, als dass es ein weiteres Opfer gab.

»Kann ich den Film sehen?«

»Ja, natürlich.« Beckstein drehte seinen Bildschirm und klickte auf Wiedergabe.

Das neue Video begann wie die beiden vorherigen. Menschen tummelten sich in einer viel besuchten Straße.

Der Bildausschnitt wirkte zunächst wahllos. Aber dann erschien ein gebeugter Mann, dessen Gesicht von einer Kapuze verdeckt wurde.

»Das ist doch derselbe alte Mann, der über den Zebrastreifen gehen wollte. Der aus dem Video, das die Ermordung von Maja Fuhrmann zeigt«, stieß Laura aus und kroch fast in den Bildschirm hinein. Der Alte schleppte einen schweren Koffer, ohne Laufrollen, der ihn so stark zu Boden zog, dass er ihn immer wieder absetzen musste. Keuchend mühte er sich mit dem Gewicht ab. Niemand schien sich an ihm zu stören. Keiner der vielen Passanten sprang ihm zur Seite. Als sich ein junger Mann näherte, bat der Alte plötzlich lautstark um Hilfe. Doch statt ihm den Koffer abzunehmen, machte der junge Mann einen großen Bogen um die gekrümmte Gestalt, ohne sich noch einmal umzudrehen. Laura wusste, was als Nächstes kam. Die Szene wiederholte sich, dieses Mal sogar in derselben Straße. Wieder näherte sich der junge Mann und wich dem Alten genau in dem Moment aus, als er ihn ansprach. Er schüttelte den Kopf und stürmte davon. Der Bildschirm wurde schwarz und Laura hielt die Luft an. Die nächste Szene erinnerte sie an einen Horrorfilm. Die Dunkelheit hüllte die Umgebung in einen schwarzen Mantel. Es war nur schwer zu erkennen, aber der junge Mann lag offenbar gefesselt auf einer Liege. Es war so finster, dass Laura nicht sehen konnte, ob es sich wieder um Klebeband handelte. Das Opfer bewegte panisch den Kopf und zappelte mit Armen und Beinen, soweit es die Fesseln zuließen. Dann schaltete die Kamera in den Nachtmodus um. Laura sah mit einem Mal ganz deutlich das Klebeband und einen Knebel, der im Mund des Gefesselten steckte. Er brabbelte etwas Unverständliches, doch die Angst konnte Laura aus jedem seiner Worte hören.

»Was krabbelt denn da?«, wollte Marion Schnitzer wissen. Ihre Stimme klang ungewöhnlich spitz. Laura beobachtete, wie die strenge Frau einen Schritt zurück machte. Eine Spinnenphobie hätte sie der Innenministerin gar nicht zugetraut. Sie fixierte einen gelblichen Tierkörper mit langen, dicken Beinen. Das Opfer zerrte an den Fesseln.

Lauras Nackenhärchen richteten sich senkrecht auf.

»Das ist ein Skorpion«, stellte sie fest und verbesserte sich sofort. »Himmel, das ist eine ganze Horde von Skorpionen.« Auf einmal waren sie überall. Auf den Beinen, den Händen, dem Oberkörper, sogar auf dem Gesicht des Mannes krochen die schrecklichen Tiere herum.

Marion Schnitzer verschluckte sich, als der Mann anfing, unkontrolliert zu zucken, und wandte sich hustend ab. Laura hingegen zwang sich, weiter hinzusehen. Sie prüfte die Umgebung und versuchte herauszufinden, wo sich das Opfer befand. Im Hintergrund erkannte sie eine felsige Struktur und fragte sich, wo in Berlin eine derartige Landschaft zu finden war. Ihre Augen fixierten ein paar schwarze Linien, die ein rechteckiges Muster bildeten. In ihrem Kopf ratterte es. Woher kannte sie dieses Bild? Der Mann zuckte immer noch. Er war inzwischen vollkommen von Skorpionen bedeckt. Laura blendete sein grauenvolles Sterben aus. Emotionen brachten sie nicht weiter. Sie starrte unbeirrt auf die dunklen Linien, und als das obligatorische Flüstern des Täters über die vergebenen Chancen aus den Lautsprechern klang, fiel es ihr plötzlich ein. Sie blickte auf.

»Das ist ein Gehege oder ein Terrarium. Ein ziemlich großes.«

Beckstein sah sie an. »Vielleicht im Zoo?«

»Ja. Das könnte sein. Darf ich Ihr Telefon benutzen?«

Laura griff nach dem Hörer auf Becksteins Tisch und wählte zügig die Nummer von Simon Fischer, um ihn zu bitten, einen Abgleich des Videomaterials mit Aufnahmen der beiden Berliner Zoos vorzunehmen. »Wir müssen das Täterprofil überarbeiten«, sagte sie, während sie den Hörer auf die Gabel knallte. »Wir liegen mit der Motivanalyse völlig falsch. Der Täter hat es nicht ausschließlich auf Frauen abgesehen, die er bestrafen will. Dieses Mal hat er sich einen Mann vorgeknöpft. Ein drittes Todesopfer, verdammt.« Frustriert schlug sie mit der Faust auf Becksteins Tisch. »Ich zweifele schon länger daran, dass der flüchtige Sexualstraftäter Sebastian Brandner hinter den Taten steckt. Bei Maja Fuhrmann hat die Rechtsmedizin keinen sexuellen Übergriff nachgewiesen. Wir brauchen einen Durchsuchungsbeschluss für den Club Cat Noir. Die beiden Frauen hatten Verbindungen dorthin, vielleicht dieser Mann ebenfalls.« Laura sah der Innensenatorin fest in die Augen.

Die wischte sich den Schweiß von der Stirn und hustete noch einmal. »Tut mir leid. Ich kann erst agieren, wenn zumindest starke Indizien vorliegen. Der Richter lässt uns ansonsten wieder abblitzen. Der Clubbesitzer geht inzwischen gegen die Polizei vor, weil die letzten beiden Drogenrazzien erfolglos verliefen und er dadurch seinen Ruf beschädigt sieht. Wir werden keinen Richter finden, der ein Auge zudrückt. Identifizieren Sie diesen Mann und stellen Sie eine Verbindung zu dem Club her. Vorher sind uns die Hände gebunden. Leider.«

Lauras Handy klingelte. Simon Fischer war in der Leitung.

»Ich bin mir nicht hundertprozentig sicher, aber es könnte sich um ein stillgelegtes Schlangengehege im Tierpark Berlin handeln. Vor ein paar Monaten hat die Presse darüber berichtet und das Gelände auf den Fotos erscheint mir sehr ähnlich.«

Das Wort Presse brannte sich in Lauras Hirn. War der Mörder so auf diesen Tatort gestoßen?

»Ich weiß auch schon, wie unser Opfer heißt«, fuhr Simon fort. »Hannes Northen. Genauer gesagt Doktor Hannes Northen, zweiunddreißig Jahre alt und als Rechtsanwalt tätig, seine Kanzlei heißt Northen und Partner.«

»Wow«, sagte Laura. »Wie haben Sie das so schnell rausgefunden?«

Sie sah Simons Grinsen vor sich, als er antwortete: »Ich habe eine Gesichtserkennungssoftware eingesetzt, die sämtliche im Internet verfügbaren Fotografien von Gesichtern auswertet. Es war ein einfacher Abgleich. Die Kanzlei hat Fotos von ihren Anwälten auf der Website veröffentlicht.«

»Danke. Konnten Sie die Videos über den Club schon auswerten?«

»Nein. Aber ich lege sofort los«, erwiderte Simon Fischer.

Laura wollte gerade auflegen, als er noch hinzufügte: »Das Labor hat sich übrigens gemeldet. Es wurden Spuren von Heroin in dem Mülleimer aus Sebastian Brandners Wohnung nachgewiesen. Ich könnte mir vorstellen, dass er Sie und Ihren Partner vor seinem Haus entdeckt hat und Drogen in Sicherheit bringen wollte. Als Max Hartung ihn verfolgte, hat er ihn einfach niedergestochen.«

Laura bedankte sich erneut und verabschiedete sich. Wenn Brandner mit Drogen handelte, war es kein Wunder, dass er bisher weder seine EC- noch seine Kreditkarte benutzt hatte. Er zahlte alles in bar mit dem Erlös aus dem Drogenverkauf. Deshalb kamen sie ihm nicht auf die Schliche. Mit genügend Bargeld konnte er eine ganze Weile untertauchen.

»Was ist?«, fragte Joachim Beckstein, der Laura nicht eine Sekunde aus den Augen gelassen hatte.

»Ich muss das Team informieren und neu aufstellen. Wir kennen das Opfer und vermutlich auch den Tatort.« Sie stürmte aus Becksteins Büro.

20

»Nein. Ich möchte, dass Sie noch einmal von vorne anfangen«, sagte Laura und lief entschlossen vor den Kollegen auf und ab. Sie hatte alle Teams zur Besprechung einberufen, um die weitere Vorgehensweise abzustimmen. »Wir wissen jetzt aus unserer Befragung, dass Benjamin Frenzel am Abend von Sandra Kästners Verschwinden im Cat Noir war, allerdings ohne sie. Sandra Kästner hatte ihm abgesagt, weil sie mit ihrer Mutter zu Abend essen wollte. Frenzel konnte eine entsprechende Nachricht auf seiner Mailbox vorweisen. Außerdem besitzt er offenbar auch für die anderen Tatzeitpunkte jeweils ein Alibi. Gleiches gilt für die Lorenzo-Geschwister. Wir haben inzwischen auch herausgefunden, wer die Frau war, die Frenzel am Abend unseres Einsatzes an der Bar angesprochen hat. Es handelt sich um eine Prostituierte, Alina Kusnezow, die jedoch noch nicht vernommen werden konnte. Die Gute ist wie vom Erdboden verschluckt. Trotzdem hatten wir uns viel zu früh auf Sebastian Brandner festgelegt. Es gab keine nachweisbaren sexuellen Übergriffe. Hinzu kommt, dass der

Mörder es offenkundig nicht speziell auf Frauen abgesehen hat. Vergessen Sie alles, was Sie bisher wegen Sebastian Brandner gemacht haben.« Das A und O in der
Polizeiarbeit war, sich nicht vorzeitig festzulegen und den
Blickwinkel zu verengen. Eine solche Vorgehensweise
führte automatisch dazu, dass wichtige Spuren übersehen
oder falsch interpretiert wurden. Das menschliche Gehirn
war so konzipiert, dass es sich nur auf das Wesentliche
konzentrierte und alles andere ausblendete. Aus diesem
Grund musste am Anfang einer Ermittlung jeder Hinweis
gleichwertig behandelt werden. Jede noch so kleine Spur
musste akribisch untersucht werden. Erst wenn sich eine
Fährte verfestigte, durfte man sich darauf fokussieren.
Doch an diesem Punkt waren sie noch längst nicht angelangt. Sie blickte in die Runde.

»Gibt es Fragen?« Laura war froh, als niemand sich
rührte. »Dann entschuldigen Sie mich bitte. Ich werde
jetzt mit Taylor Field dem Berliner Tierpark einen Besuch
abstatten. Über mein Handy bin ich jederzeit erreichbar.«
Laura machte auf dem Absatz kehrt. Taylor wartete bereits
im Wagen auf sie.

Es dauerte keine fünfzehn Minuten, bis sie den Tierpark erreicht hatten. Aber vor dem fraglichen Schlangenhaus war niemand, der ihnen aufschließen konnte. Der
Hausmeister hätte längst da sein müssen.

»Wann kommt denn endlich jemand, um uns reinzu-
lassen?«, fragte sie fünf Minuten später und konnte ihre
Ungeduld kaum noch unterdrücken.

Taylor zuckte mit den Schultern und rüttelte an der
verschlossenen Tür.

»Ich kann die Tür in zwei Sekunden öffnen, wenn du
möchtest. Das ist ein ganz einfaches Schloss. Das hat auch
für den Täter vermutlich kein besonderes Hindernis

dargestellt.« Er zog seine Kreditkarte aus der Hemdtasche und wedelte damit, doch Laura schüttelte den Kopf.

»Lass lieber. Das ist den Ärger nicht wert. Wir warten.« Ungehalten trat sie von einem Fuß auf den anderen und starrte eine verrottete Wand an. Simon Fischer hatte sich im Vorfeld genau erkundigt und herausgefunden, dass es ein ungefähr zweihundert Quadratmeter großes Schlangenhaus im Tierpark gab, das baufällig war und seit Monaten nicht mehr genutzt wurde. Die Schlangen, die hauptsächlich hier gehalten worden waren, waren in ein neues Gebäude umgesiedelt worden. Laura hatte die alte Anlage vorab auf einem Satellitenbild studiert. Es gab ein komplett verglastes Hauptgebäude. Davor einen kleineren Vorbau, dahinter noch ein Versorgungsgebäude, das nicht verglast war. Mittendrin in der geräumigen Anlage fanden sich Bäume, etliche künstliche Felsen und im rechten Teil des Haupthauses lag zudem eine kleine Holzhütte. Laura und Taylor standen am Haupteingang, der sich im gläsernen Vorbau befand.

»Erkläre mir noch mal, was es mit dem schwarzen BMW auf sich hat«, bat Laura. Taylor hatte ihr zwar unterwegs von Christian Böhnkes Vernehmung berichtet, sie hatte allerdings nur mit halbem Ohr zugehört. Der neue Mord setzte ihr zu. Vor allem, weil sie nicht schnell genug vorankamen. Vielleicht hätten sie das Leben von Hannes Northen retten können, wenn sie einfach zügiger arbeiten könnten und ihnen die Bürokratie nicht ständig Knüppel zwischen die Beine werfen würde. Ein Durchsuchungsbeschluss für das Cat Noir wäre längst fällig gewesen.

»An dem Abend, als Christian Böhnke und Sandra Kästner Sex hatten, also einen Tag bevor sie verschwand, wäre sie beinahe von einem schwarzen BMW überfahren worden. Böhnke hatte seine Ex vor der Firma abgeholt. Sie«

wartete auf dem Bürgersteig. Er steuerte seinen Wagen gerade an den Straßenrand, als vor ihm der BMW mit hoher Geschwindigkeit einscherte und Sandra Kästner fast umfuhr. Der Wagen stoppte nur wenige Zentimeter vor ihr. Als Böhnke hupte, fuhr der Mann davon. Sandra Kästner hat sich den halben Abend über diesen Vorfall aufgeregt. Sie war zu Tode erschrocken und gab an, den Fahrer des Wagens nicht zu kennen.«

»Könnte es bloß ein Zufall gewesen sein?«, fragte Laura, wobei sie gleichzeitig den Kopf schüttelte.

»Simon Fischer überprüft das zurzeit. Vielleicht gibt es in der Nähe eine Überwachungskamera, die den Vorfall aufgenommen hat.« Taylor zuckte mit der Schulter. »Wahrscheinlich nicht. Viel mehr können wir da allerdings auch nicht tun. Ich wollte nur jedem Hinweis nachgehen.«

Laura nickte. »Ich werde Team eins bitten, noch einmal sämtliche Zeugen sowie die Mutter des ersten Opfers nach einem schwarzen BMW zu befragen. Welche Automarke fährt eigentlich Sebastian Brandner?«

»Er fährt einen schwarzen Golf.«

»Könnte Böhnke das Fabrikat verwechselt haben?«

»Unwahrscheinlich, aber ausschließen können wir es nicht. Es war schließlich eine Ausnahmesituation.«

»Okay, dann konzentrieren wir uns auf einen schwarzen Wagen«, sagte Laura und hob den Kopf. Der Hausmeister näherte sich. Sie sah es an seiner Kleidung und der gehetzten Miene. Außerdem rasselte der schwere Schlüsselbund in der Hand des circa Sechzigjährigen bei jedem Schritt.

»Sind Sie die Herrschaften von der Polizei?«, fragte er atemlos und blieb keuchend stehen.

Laura hielt ihm ihren Dienstausweis unter die Nase.

»Mein Name ist Herbert Noll. Tut mir leid, dass Sie

warten mussten. Ich habe gerade noch das Schloss im Tigergehege repariert. Das duldete keinen Aufschub. Hat länger gedauert als gedacht.« Er klimperte mit den Schlüsseln und suchte nach dem richtigen. »Treten Sie ein.« Der Hausmeister öffnete die rostige Tür. Es quietschte so unangenehm, dass Laura das Gesicht verzog.

»Hier war seit Monaten niemand mehr. Eigentlich sollte das Schlangenhaus längst renoviert sein. Aber das Geld fehlt. Wird wohl noch eine ganze Weile brachliegen. Was suchen Sie denn hier?«

»Das da«, erwiderte Laura ein wenig panisch und blieb auf der Stelle stehen.

»Was?« Herbert Noll folgte ihrem Blick und erstarrte ebenfalls.

»Ein Skorpion«, stieß Taylor aus. Er rollte mit dem Fuß vorsichtig einen losen Stein zur Seite und nahm ihn in die Hand. Er zielte und traf das gefährliche Tier, das von dem Gewicht erdrückt wurde.

»Scheiße. Wo kommt der denn her? Wir halten hier keine Skorpione.« Der Hausmeister wurde blass. »Ist der giftig?«

Laura nickte. »Er ist äußerst giftig und es gibt wahrscheinlich noch viel mehr davon. Gehen Sie bitte nach draußen und schließen Sie die Tür. Rufen Sie die Feuerwehr und verlangen Sie einen Experten.« Sie blickte zu Taylor. »Wir brauchen die Spurensicherung.«

Der Hausmeister knallte die Tür von außen zu. Taylor warf Laura einen fragenden Blick zu. »Willst du da wirklich noch weiter rein?« Er zeigte auf das Haupthaus.

»Die Sonne scheint ziemlich stark durch das Glasdach. Es ist heiß. Die meisten Skorpione haben sich vermutlich unter irgendwelchen Steinen oder in Spalten und Ritzen versteckt. Außerdem sind sie nachtaktiv.« Laura drehte sich rasch um und öffnete die Eingangstür. »Können die Tiere hier heraus oder ist die Anlage abgedichtet?«

Der Hausmeister blieb stehen und starrte Laura mit großen Augen an. Ihre Frage schien nicht sofort zu ihm durchzudringen.

»Hören Sie, wenn die Skorpione hier rauskönnen, müssten Sie höchstwahrscheinlich den Tierpark räumen. Vielleicht sprechen Sie mit Ihrem Vorgesetzten darüber.«

Endlich reagierte der Hausmeister. »Ich glaube nicht, dass die Viecher rauskommen. Das war ja früher ein Schlangenhaus. Es ist rundherum verglast. Aber ich informiere den Leiter des Tierparks.«

Laura nickte und sah zu Taylor.

»Okay. Dann gehen wir jetzt rein. Aber ich gehe vor. Mein Schuhwerk ist fester als deines.« Taylor wartete nicht auf eine Antwort, sondern schlich langsam vorwärts. Seine Schuhsohlen knirschten auf dem Kies. Sie passierten den Vorbau und kamen ins große Haupthaus. Dort vermutete sie die Leiche von Hannes Northen. Laura sah die Holzhütte. Dahinter ragte ein felsiger Hügel auf. Vor ihnen lag eine relativ ebene Fläche aus Sand und Kies. Verzweigte Holzstämme, die Bäume simulieren sollten, waren in regelmäßigem Abstand in den Boden gerammt. Im Schatten entdeckte Laura einen gelben Skorpion, der durch ihr Kommen aufgeschreckt worden war und seinen Stachel aufstellte.

»Auf elf Uhr im Schatten vom Baumstumpf«, warnte Laura und sah zu, wie Taylor das Spinnentier mit dem Fuß zertrampelte. Sie bewegten sich vorsichtig weiter in Richtung Hütte. Laura konnte den Toten bereits ausmachen. Er war auf einer Liege fixiert, darunter bemerkte sie ein weiteres Exemplar, das sich in den Schatten geflüchtet hatte. Auf der Leiche hingegen fand sich auf den ersten

Blick kein einziges Tier mehr. Kein Wunder, denn sie lag in der prallen Sonne. Skorpione gehörten zu den nachtaktiven Tieren, so viel wusste Laura. Sie liebten die Dunkelheit und die Kühle der Nacht. Sie umrundete den toten Anwalt. Die Augen standen offen, die Pupillen wirkten stumpf und vertrocknet. Im Mund steckte ein Knebel. Schaum klebte in den Mundwinkeln, der Speichel war auf der einen Seite bis zum Hals hinuntergelaufen. Arme, Beine und Oberkörper waren mehrfach mit Klebeband umwickelt. Der Tote trug ein T-Shirt, an den Unterarmen fanden sich mehrere Einstiche. Die Haut an diesen Stellen war stark geschwollen und verfärbt. Wie schmerzhaft fühlten sich Skorpionstiche an? Wurde man vorher ohnmächtig? Laura dachte an die Krämpfe des Mannes und seine grauenvollen Schreie. Ein Skorpion huschte über den Boden und verschwand in einer Felsspalte. Laura bemerkte zwei schmale Streifen im Sand, die von den Rollen an der Liege herrührten und bis zur Hütte führten.

»Lass uns in der Hütte nachsehen«, schlug sie vor. Diesmal ging sie vor und Taylor folgte ihr.

»Pass bloß auf. Da drin haben sich bestimmt einige Skorpione versteckt.«

»Mach ich, aber ich muss wissen, ob der Täter vielleicht etwas vergessen hat. Irgendwann muss er ja mal einen Fehler machen.« Sie stieß die Tür auf und sah mehrere ockerfarbene Skorpione weghuschen. Schnell verschaffte sie sich einen Überblick. Das war nicht sonderlich schwierig, denn die Hütte stand praktisch leer. Nur ein umgekippter Eimer lag auf dem Boden. Er wirkte staubig und unberührt. Mehr gab es nicht.

»Wie hat er die Viecher nur hierhergebracht?«, fragte sich Laura und starrte den Eimer an. »Er muss die Skorpione doch in einem abschließbaren Behälter transportiert haben. Ansonsten hätte er selbst gestochen werden können.«

»Ja und wie ist er überhaupt in das Schlangenhaus gelangt? Ob es einen Hintereingang gibt, vielleicht über das Versorgungsgebäude? Und außerdem frage ich mich, wie er die Tiere auf den Toten gesetzt hat. Das war im Video nicht zu sehen, oder doch?«

Laura versuchte, sich zu erinnern. Aber tatsächlich war sie beim Betrachten des Videos viel zu sehr auf die Umgebung fixiert gewesen. »Ich habe nicht darauf geachtet. Wir müssen das Video noch einmal in Ruhe ansehen. Eventuell hat Simon Fischer inzwischen auch noch neue Erkenntnisse.«

»Kommen Sie da raus! Sind Sie lebensmüde?«

Laura wandte sich um und musterte den Mann, der in der Tür stand.

»Wer sind Sie?«, wollte sie wissen und holte ihren Dienstausweis aus der Tasche.

»Rüdiger Hermann. Ich bin Spezialist für Reptilien und Spinnentiere bei der Feuerwehr«, gab der Mann zurück und hob gebieterisch die rechte Hand. »Nicht bewegen.«

Laura wusste nicht, ob er sie oder Taylor meinte. Vorsichtshalber rührte sie sich nicht vom Fleck.

»Komm her, mein Freund«, brummte der Feuerwehrmann und schlich auf Taylor zu. Mit einer blitzschnellen Handbewegung schnappte er einen Skorpion, der sich von hinten an Taylor herangeschlichen hatte. Er hielt das Tier am Schwanz und stopfte es in ein Glasgefäß.

»Gehen Sie aus der Hütte in die Sonne. Da ist es sicherer«, empfahl er. »Wie viele Tiere laufen hier rum?«

»Ich schätze mindestens zwanzig«, antwortete Taylor und schob sich an dem Mann vorbei ins Freie.

»Was? So viele?« Der Spezialist schüttelte den Kopf und packte ein zweites Tier. »Das Gelände muss geräumt werden. Ich muss erst alle Skorpione einsammeln. Diese Art heißt Androctonus australis. Bereits ein Stich kann tödlich sein.« Der Mann sah sich in der Anlage um. »Falls die Fensterscheiben nicht überall dicht sind, muss der ganze Tierpark evakuiert werden.«

»Wo leben die Tiere denn ursprünglich?«, fragte Laura und trat ebenfalls aus der Hütte.

»In Nordafrika und Südasien. Diese Gattung zählt zu den giftigsten Skorpionarten, die es gibt. Sehen Sie den dicken Schwanz? Je kräftiger der Schwanz im Vergleich zu den Scheren, desto giftiger der Stich. Man nennt sie auch Sahara-Dickschwanzskorpione. Sie leben bevorzugt in der Wüste und verstecken sich meist im Sand oder unter Steinen. Genauso wie hier. Die Tiere sind nachtaktiv und ziemlich aggressiv. Es gibt jedes Jahr Todesfälle.« Er fischte das nächste Tier aus einem Spalt hervor und sperrte es ein.

»Der Mann dort hatte also keine Chance«, stellte Taylor fest.

Der Experte schüttelte den Kopf. »Bei zwanzig Tieren bestimmt nicht. Einer von denen ist schon so giftig wie eine schwarze Mamba.«

»Wie transportiert man denn diese Skorpione am besten?«, wollte Laura wissen. In ihrem Kopf schwirrte der Begriff Wüste herum. Wüstensand. Wüstentiere. Was hatte dieser Täter bloß vor?

»Diese Art würde ich immer in einem geschlossenen Gefäß transportieren. Im Zoohandel gibt es dafür spezielle Boxen, aber im Grunde genommen genügt auch ein Eimer mit Deckel.«

»Wo kann man diese Skorpione erwerben? Der Hausmeister sagte vorhin, dass diese Art nicht hier im Zoo gehalten wird.«

»In jeder spezialisierten Tierhandlung, mittlerweile sogar im Internet. Es gibt zahlreiche Foren und Onlineshops. Ein Skorpion kostet ungefähr zwanzig Euro.«

»So wenig?« Damit hatte Laura nicht gerechnet. Für andere Waffen musste man weit mehr auf den Tisch legen.

»Wie lange werden Sie brauchen, bis wir mit der Spurensicherung hineinkönnen?«

»Eigentlich ein bis zwei Tage. Die Biester können sich in jeder Ritze verstecken. Aber Sie wollen den Toten bestimmt nicht die ganze Zeit dort liegen lassen. Wir könnten es mit UV-Licht versuchen. Die Tiere leuchten darunter, und so können wir sie schneller einfangen.« Er blickte zu Laura, die ihn fragend ansah. »Alle Skorpione leuchten im Dunkeln und unter UV-Licht. Das liegt an fluoreszierenden Substanzen in ihrem Exoskelett: Beta-Carboline und 7-Hydroxy-4-methylcoumarin. Tut mir leid. Das Gebäude ist ziemlich groß. Es wird mehrere Stunden in Anspruch nehmen.«

»Schon gut.« Laura winkte ab. »Die Sicherheit unserer Leute geht vor. Vielleicht können wir die Leiche vorher rausholen.«

Der Experte nickte und Laura gab sich schweren Herzens zufrieden. Es sah schlecht aus für diesen Tatort, denn nach dem Einsatz der Feuerwehr wären vermutlich sämtliche Spuren, die der Täter hinterlassen hatte, kontaminiert und somit unbrauchbar. Hoffentlich konnten sie wenigstens noch herausfinden, wie der Täter samt seinem Opfer in das Schlangenhaus gelangt war.

»Hat schon jemand die Hinterbliebenen informiert?«, erkundigte sich Taylor, als sie das Schlangenhaus verlassen hatten.

Laura schüttelte den Kopf. »Nein. Das müssen wir wohl machen.« Sie fragte sich, wie sie der Familie beibringen sollte, dass das Opfer von giftigen Skorpionen attackiert worden war. Mitten in Deutschland. Natürlich hatten sie in ihrer Ausbildung gelernt, wie man traurige Botschaften übermittelte. Trotzdem fiel es Laura schwer, insbesondere, weil Hannes Northen auf so grausame Weise aus dem Leben gerissen worden war. Laura schluckte und schob die Aufgabe kurzfristig beiseite. Erst einmal mussten sie die Leiche bergen und die Identität zweifelsfrei bestätigen lassen. Es gab so viel zu tun, und noch immer hatten sie keine Ahnung, warum diese Menschen sterben mussten. Der Täter verfolgte ein perfides Ziel, und Laura musste verdammt noch einmal schnellstens herausfinden, welches.

21

Sechs Jahre zuvor

S ein Zustand verschlechterte sich von Stunde zu Stunde. Die Wunde unter seinem Fuß klopfte wie ein Presslufthammer und jagte heißes Blut durch seine Adern. Eule hatte darauf bestanden, ihn zu einem Arzt zu fahren. Ganz in der Nähe ihres tunesischen Ferienhauses hatte sie eine Praxis aufgetan. Der Besuch hatte sich als weniger schlimm herausgestellt wie zunächst befürchtet. Die Ausstattung war erstaunlich modern gewesen und der Arzt hatte ihm ein Antibiotikum mitgegeben. Verstanden hatte er nicht viel. Der Mann sprach kein Englisch und er selbst war des Arabischen nicht mächtig. Aber die Tablettenpackung verriet ihm einiges. Der Beipackzettel enthielt Informationen in mehreren Sprachen, darunter auch Englisch. Natürlich konnte er nicht davon ausgehen, dass das Medikament sofort wirkte. Es dauerte sicherlich ein bis zwei Tage, bis die Schwellung an seiner Fußsohle und auch das grässliche Klopfen nachließen. Er konnte froh sein, dass er hier überhaupt ein solches Medikament bekommen hatte. Die ganze Gruppe hatte zusammengelegt, denn er musste die Arztrechnung bar bezahlen. Trotz der Schmerzen lächelte er. Sie waren tatsächlich Freunde. Echte Freunde, die füreinander einstanden und auf die er sich hundertprozentig verlassen konnte.

»Was grinst du so, Black? Geht es dir besser?« Sunny schmiegte sich an ihn. Ihre langen, blonden Haare flatterten im Fahrtwind. Ihre Augen schienen so blau wie der tunesische Sommerhimmel. Kein Wölkchen trübte diesen wunderbaren Tag.

»Bin schon wieder fast wie neu«, log er und gab Sunny einen Kuss. Der Wagen holperte über die Straße, obwohl sie noch gar nicht im Gelände unterwegs waren. Gleich nachdem Eule mit ihm vom Arzt zurückgekehrt war, brachen sie auf. Die Abenteuerlust hielt sie keine Sekunde länger in dem Ferienhaus. Trotz kritischer Nachfragen hatte Black darauf bestanden, ohne weitere Verzögerungen aufzubrechen. Ein wenig bereute er es jetzt. Er fühlte sich schwach.

Glatze und Locke hatten die Route ausgearbeitet. Ganz klassisch mit einer Straßenkarte. Die beiden kannten sich seit einer Ewigkeit. Bereits in der Schule waren sie Freunde gewesen. Während Glatze nie Geldsorgen hatte, weil sein Vater mehrere florierende Autohäuser besaß, jagte Locke jedem Cent hinterher. Schon mit achtzehn hatte er angefangen, sich mit der Vermittlung von Versicherungen etwas nebenher zu verdienen. Glatze hatte Locke sogar den Flug nach Tunesien spendiert. Trotzdem stritten sich die beiden häufig. Nur was ihren Ausflug betraf, waren sie ganz einer Meinung und hatten in letzter Zeit fast kein anderes Thema mehr gehabt.

Trotz der intensiven Vorbereitungen zweifelte Black

daran, dass sie jemals ankommen würden. Locke wollte unbedingt zu einer Wüstenoase, von der er aber nicht genau wusste, wo sie lag. Er kannte lediglich das Gebiet, das jedoch nicht gerade klein war. Deshalb hatten sie so viel Wasser mitgenommen, dass sie eine ganze Kamelherde wochenlang am Leben halten konnten. Doch das spielte keine Rolle. Es ging um das Gefühl des Abenteuers. Sie wollten endlich mal etwas erleben, statt nur über den Büchern für die nächste Prüfung zu sitzen. Sein Blick fiel auf Biene. Sie bildete eine Ausnahme. Immerhin hatte Eule es geschafft, ihr die Mengenlehre verständlich zu machen. Und das in Rekordzeit. In weniger als zwei Stunden war Biene fit gewesen. Er hatte sie abgefragt. Wie nicht anders zu erwarten, hatte sie fehlerfrei geantwortet. Immer noch fragte er sich, wozu eine zukünftige Grundschullehrerin derartige Kenntnisse benötigte.

Der Wagen rumpelte weiter die schlecht befestigte Straße entlang. Auf jede Bewegung antwortete sein Fuß mit Schmerz. Die Sonne brannte unbarmherzig auf sie nieder. Sie fuhren in einem offenen Jeep. Glatze steuerte den Wagen. Locke saß mit aufgeklappter Karte und Kompass neben ihm. Schlange, der inzwischen einsah, dass er keine Chance bei Sunny hatte, saß zwischen Eule und Biene. Aber keine der beiden schien an ihm interessiert. Für Eule gab es sowieso nur Bücher und auch Biene hatte derzeit mit Männern nicht sonderlich viel am Hut. Dabei war sie mit ihren langen, braunen Haaren nicht unattraktiv. Ganz im Gegensatz zu Eule, deren Augen stets hinter der dicken Hornbrille versteckt lagen. Natürlich konnte es keine von beiden mit Sunny aufnehmen. Sein Herz machte schon bei ihrem Namen einen Satz. Seit sie miteinander geschlafen hatten, waren sie ein Paar. Er konnte es selbst nicht fassen, wie leicht es auf einmal war.

Sie flirtete ausschließlich mit ihm. Schlange hatte es noch zwei, drei Male versucht, aber sie reagierte nicht mehr darauf.

Ein erneutes Grinsen huschte über sein Gesicht, doch es erstarb sofort, als der Wagen von der Straße fuhr und durch den tiefen Sand schlingerte. Blitze tanzten vor seinen Augen. Er hatte Mühe, sich festzuhalten. Glatze gab Gas. Der Motor heulte auf. Die Räder wirbelten feine gelbe Körner durch die Luft. Er hustete und rang nach Atem. Aber er sagte kein Wort und jammerte nicht, denn er wollte den anderen nicht den Spaß verderben. Der Fuß schmerzte unerträglich. Durchhalten, durchhalten, durchhalten. Stumm wiederholte er das Wort wie ein Mantra. Sein Blick glitt nach vorn. Die Wüste schien endlos. Plötzlich ahnte er, dass er es nicht schaffen würde.

22

Es war eigentlich noch viel zu früh für Laura, aber sie musste es hinter sich bringen. Dr. Gersemann hatte sie bereits um halb sechs angerufen und die Identität von Dr. Hannes Northen bestätigt. Elf Skorpione hatten zugestochen. Das Gift in dieser Dosis verursachte zunächst starke Schmerzen, ließ die Muskeln krampfen und dann das Herz-Kreislauf-System kollabieren. Hannes Northen hatte nicht den Hauch einer Chance gehabt. Selbst die zeitnahe Gabe eines Antiserums hätte ihn vermutlich nicht mehr retten können. Doch wie sollte Laura es seiner Familie beibringen? Sie stand vor der Haustür des Einfamilienhauses. Northen war verheiratet und hatte zwei kleine Kinder. Laura schluckte, als sie durch die Tür glockenhelle Stimmchen hörte.

»Sollen wir warten, bis die Kleinen im Kindergarten und in der Schule sind?« Plötzlich wollte Laura die Sache lieber aufschieben.

Doch Taylor schüttelte den Kopf und drückte die Klingel. »Wir erledigen das jetzt. Abwarten macht ihn weder lebendig noch lindert es die Schmerzen der Angehörigen.«

Laura wollte protestieren, aber sie vernahm bereits die Schritte hinter der Tür. Frau Northen hatte ihren Mann sofort am Abend seines Verschwindens als vermisst gemeldet.

Northens Ehefrau riss die Tür auf und sah zwischen ihnen hin und her. »Haben Sie Neuigkeiten?«, fragte sie mit ängstlichem Blick, ohne dass Laura oder Taylor sich vorgestellt hatten. »Sie sind doch von der Polizei, oder?«

»Dürfen wir reinkommen, Frau Northen?«

Sie nickte stumm und trat zur Seite. »Die Kinder frühstücken noch im Wohnzimmer. Vielleicht gehen wir besser in die Küche. Gleich links.«

Laura erhaschte einen Blick auf die beiden Jungen, die ihrem Vater wie aus dem Gesicht geschnitten waren. Ihr Magen verwandelte sich in einen Eisklumpen.

»Wir haben keine guten Nachrichten«, sprach sie leise und sah, wie die Hoffnung, die in den Augen von Northens Ehefrau eben noch einmal aufgeglommen war, für immer verschwand. Die Frau schwankte. Taylor stützte sie.

»Setzen Sie sich bitte«, schlug er vor und brachte sie ins Wohnzimmer zur Couch. Vier große Kinderaugen verfolgten sie.

»Mama?«, fragte der Jüngere weinerlich.

Die Kinder schienen ihr Schicksal zu ahnen. Der Ältere saß mit offenem Mund da, unfähig, sich zu regen.

»Wo ist euer Kinderzimmer?« Laura nahm die beiden Jungen sanft an die Hand. »Ihr geht jetzt noch eine Runde spielen. Wir müssen alleine mit eurer Mama sprechen.«

Die beiden starrten ihre Mutter an und ließen sich erst von Laura wegführen, als diese nickte. Der leichte Druck der unglaublich kleinen Kinderhände schnürte Laura die Kehle zu. Sie hätte alles dafür gegeben, dass Hannes Northen noch leben würde. Sie stieg mit den beiden

Jungen die Treppe zu den Kinderzimmern hinauf und vermied es, die Familienfotos zu betrachten, die das Treppenhaus schmückten. Vier glückliche Menschen. Lächelnd. Eine rosige Zukunft vor Augen. Keiner von ihnen ahnte, dass alles so schnell vorbei wäre. Dass ein Monster ihr Leben zerstörte und es bis jetzt noch nicht mal einen Grund dafür gab. Laura mochte sich nicht ausmalen, was nun aus der Familie werden würde. Ob sie in dem Haus wohnen bleiben könnten. Oder die Bank es zwangsversteigerte, weil eine alleinerziehende Mutter womöglich nicht dazu in der Lage war, die Raten allein aufzubringen. Hoffentlich hatte Dr. Hannes Northen gut vorgesorgt. Sie schob die beiden Jungs in das erste Kinderzimmer und lächelte ihnen beruhigend zu.

»Eure Mama kommt gleich zu euch. Wartet bitte hier.« Laura schloss die Tür hinter sich und lehnte sich einen Augenblick dagegen. Die Jungs taten ihr unendlich leid. Sie ging wieder nach unten. Als sie ins Wohnzimmer kam, hatte Taylor die schlechte Nachricht bereits übermittelt. Frau Northen schluchzte herzzerreißend. Taylor hielt ihr ein Taschentuch hin.

»Es tut mir sehr leid«, murmelte er und sah Laura Hilfe suchend an.

»Wir werden alles tun, um den Täter so schnell wie möglich zu fassen«, sagte Laura und setzte sich neben die Frau, die am ganzen Körper bebte.

»Ich wusste, dass etwas nicht stimmt. Er war noch nie ohne ein Wort über Nacht weg. Er ging immer an sein Handy. Ich wusste es.«

»Erinnern Sie sich an irgendwelche besonderen Vorkommnisse an dem Tag? Wollte er sich an jenem Abend vielleicht mit jemandem treffen?«, fragte Laura.

»Nein. Er vermied Termine am Abend. Er wollte bei

uns sein. Bei seiner Familie. Hannes liebt seine Söhne über alles.« Frau Northen blickte Laura aus rot verquollenen Augen an und korrigierte sich: »Ich meine, liebte.« Sie vergrub das Gesicht in den Händen und brach in lautes Schluchzen aus.

»Würden Sie uns seine Handynummer geben, damit wir versuchen können, das Telefon zu orten?«, bat Taylor, denn das Handy hatte sich nicht am Tatort befunden.

Die Frau nickte.

»Hatte Ihr Mann Feinde? Gab es Menschen, die ihn nicht mochten?«, fuhr Laura fort.

»Es gab schon den einen oder anderen Mandanten, der ihm einen verlorenen Prozess übel nahm. Aber das waren alles Profis. Hannes hat Unternehmen vertreten, keine Privatpersonen.« Sie schüttelte den Kopf. »Ich glaube nicht, dass einer seiner Mandanten ein persönliches Problem mit Hannes hatte. Er war sehr zuvorkommend und freundlich.«

»Hat er anderen gerne geholfen?«

Frau Northen blickte auf. »Geholfen? Sie meinen soziale Projekte oder Spenden?«

Laura nickte.

»Er hat für die Kinderhilfe gespendet. Einen ziemlich großen Betrag. Einmal im Jahr, zu Weihnachten.«

»Besitzen Sie Haustiere?« Laura dachte an ein Terrarium mit Spinnentieren, doch Frau Northen schüttelte den Kopf.

»Mein Mann will ... ich meine wollte keine Tiere im Haus. Die Jungs wünschen sich seit Jahren einen Hund, aber Hannes fand es zu unhygienisch.«

»Kennen Sie diese beiden Frauen?« Laura legte Fotos der ersten beiden Opfer auf den Couchtisch.

Frau Northen betrachtete die Bilder lange. Dann schüttelte sie abermals den Kopf. »Tut mir leid. Ich habe diese Frauen noch nie gesehen.« Sie stockte. »Haben die etwa was mit dem Tod meines Mannes zu tun?« Ihre Augen weiteten sich.

»Nein. Es handelt sich ebenfalls um Opfer von Gewaltverbrechen. Wir müssen routinemäßig mögliche Zusammenhänge prüfen«, wiegelte Laura ab. »Sind Sie berufstätig?«

»Ich arbeite in Teilzeit in einem Steuerberatungsbüro.« Sie blickte Laura an und schien zu begreifen, worauf die Frage hinauslief. »Hannes hat uns natürlich abgesichert. Er hat eine Police über siebenhunderttausend Euro abgeschlossen. Doch das bringt ihn auch nicht zurück.« Wieder brach sie in Tränen aus.

»Dürfte ich die Police sehen, bitte?« Laura war die Aufforderung fast unangenehm. Sie wollte die Trauer dieser Frau nicht mit Formalitäten unterbrechen. Aber ihr kam sofort Sandra Kästners Lebensversicherung in den Sinn. Auch sie hatte ihrer Mutter eine stattliche Summe hinterlassen. Frau Northen erhob sich mit Mühe und kam kurz darauf mit dem Versicherungsschein zurück.

»Das ist eine Kopie, die können Sie behalten.«

Laura bedankte sich. »Bitte rufen Sie mich jederzeit an, falls Ihnen etwas auf der Seele brennt. Wir halten Sie auf dem Laufenden.« Sie reichte der am Boden zerstörten Frau die Hand und verabschiedete sich. Taylor folgte ihr.

»Meinst du, die Lebensversicherungen haben etwas zu bedeuten?«, fragte er stirnrunzelnd, sobald sie wieder im Auto saßen.

Laura blies die Luft aus. »Ich bin mir nicht sicher. Lass uns ins Büro fahren und die Akten durchsuchen. Vielleicht hat Maja Fuhrmann ebenfalls eine Lebensversicherung abgeschlossen.«

* * *

Lauras Wangen glühten. Seit Stunden hockte sie über den Akten und brütete. Doch sooft sie die Dinge auch durchdachte, sie fand einfach keinen roten Faden. Simon Fischer hatte sämtliche Videos vom Cat Noir ausgewertet. Es gab auf dem gesamten Gelände anscheinend kein einziges Körnchen Sand. Der Keller bildete eine üppige Spielwiese für Sado-Maso-Fans. Es gab nichts, was auch nur im Ansatz etwas mit Wüstensand zu tun hatte. Sandkastenspielchen standen in dem Etablissement nicht auf der Tagesordnung. Hinzu kam, dass Laura und ihr Team bisher keine Verbindung des dritten Opfers zum Cat Noir nachweisen konnten. Dr. Hannes Northen hatte in jeglicher Hinsicht eine blütenweiße Weste. Er war der Prototyp des perfekten Ehemannes. Laura hatte das Leben dieses Mannes auf den Kopf stellen lassen. Es gab offenbar keine Schulden, keine Affären, noch nicht mal ein Ticket wegen Falschparkens. Die Auswertung seines Computers lief ebenfalls ins Leere. Keine Pornoseiten, keine Chats mit anderen Frauen, keine Streitigkeiten mit Kollegen oder Nachbarn, der Mann hatte sich noch nicht mal Horrorfilme angeschaut. Nichts, absolut überhaupt nichts lieferte einen Grund, diesem Mann auch nur ansatzweise böse zu sein – geschweige denn ihn zu ermorden. Er interessierte sich weder für Skorpione noch andere Spinnentiere. Warum Northen ausgerechnet durch giftige Stiche sterben musste, war Laura ein Rätsel. Trotzdem war sie sicher, dass der Mörder mit der Art und Weise der Tötung eine Botschaft sendete. Wenn er einfach nur Leben auslöschen wollte, hätte er auch eine Pistole oder ein Messer nehmen können. Weshalb steckte der Täter so viel Fantasie in seine Morde? Es musste eine Verbindung zwischen den Opfern geben. Aber bisher waren Laura nur zwei Gemeinsamkeiten aufgefallen, die sich durch alle drei Lebensläufe zogen: der Abschluss einer Lebensversicherung und die Tatsache, dass sich alle drei in einer per Video aufgezeichneten Situation nicht sonderlich hilfsbereit gezeigt hatten. Der Täter hatte jedem Opfer in offenbar gestellten Szenarien zweimal eine Chance gegeben, keines hatte sie genutzt. Aber als Mordmotiv konnte sich Laura diese mangelnde Hilfsbereitschaft nicht vorstellen. Demnach müsste der Täter ganze Städte auslöschen. Selbst in den Videoaufnahmen liefen mehr als eine Handvoll anderer Menschen an dem Bettler, dem Mann am Zebrastreifen und dem Alten mit dem schweren Koffer vorbei. Sie alle begingen dieselbe scheinbare Sünde.

Doch wenn die fehlende Hilfsbereitschaft nicht der springende Punkt war, blieb bisher nur die Lebensversicherung als verbindendes Element übrig. Allerdings hatte jedes Opfer einen anderen Begünstigten festgelegt. Sandra Kästner ihre Mutter, Maja Fuhrmann das Kinderheim, in dem sie aufgewachsen war, und Hannes Northen seine Ehefrau. Wer auch immer der Täter war, er konnte jedenfalls nicht alle drei Versicherungssummen abkassieren. Geld fiel als Motiv aus.

Laura stand auf und betrachtete nachdenklich die zahlreichen Namen auf der großen Tafel an der Wand in ihrem Büro. Sebastian Brandner war weiterhin flüchtig. Aufmerksam geworden waren sie auf ihn, weil er zu der Zeit, als das erste Tatvideo auf YouTube hochgeladen wurde, in der Nähe des Internetcafés gesichtet wurde. Größe und Statur entsprachen der des Mörders. Außerdem war er ein verurteilter Sexualstraftäter, was ein mögliches Motiv für die Morde an den beiden Frauen darstellte. Mit dem Tod von Hannes Northen schwächte sich dieser Verdacht allerdings erheblich ab. Auch bei ihm konnte im Übrigen kein sexueller Übergriff nachgewiesen werden.

Christian Böhnke, der Ex-Freund des ersten Opfers, galt ebenfalls als verdächtig. Er hatte zunächst jeglichen Kontakt zu Sandra Kästner abgestritten und erwiesenermaßen gelogen. Damit endeten Lauras Erkenntnisse allerdings auch schon. Zum zweiten und dritten Opfer schien er keine Verbindungen zu haben, ebenso wenig zum Cat Noir. Das musste natürlich nichts bedeuten. Sie bekamen keinen Durchsuchungsbeschluss für den Club und auch keinen Zugriff auf die Kundendatei. Nur weil Laura die Verbindung bisher nicht nachweisen konnte, hieß es aber nicht, dass es keine gab.

Und dann blieben noch Benjamin Frenzel und Sylvia Lorenzo mit ihrem Bruder. Alle drei gingen in dem Club ein und aus. Dass Benjamin Frenzel aufgrund seiner Fettleibigkeit nicht der Täter auf dem Video sein konnte, sprach für einen anderen Täter. Sylvia Lorenzos Bruder hingegen besaß die passenden Körpermaße.

Lauras Bürotür flog auf und Taylor stürmte herein, das noch leuchtende Handy in der Hand.

»Was ist los? Hat die Spurensicherung im Zoo Erfolg gehabt?«

Taylor verzog das Gesicht. »Nein. Keine brauchbaren Spuren. Sie haben nur herausgefunden, dass der Täter sich über den Hintereingang im Versorgungsgebäude Zutritt zum Schlangenhaus verschafft hat. Ich habe Max am Telefon. Es gibt Neuigkeiten.«

»Max?« Laura fragte sich augenblicklich, warum er sie nicht selbst kontaktiert hatte.

Taylor deutete auf ihr Handy. »Dein Akku ist leer.«

»Verflixt.« Das hatte sie überhaupt nicht auf dem

Schirm gehabt. Sie war viel zu vertieft in die Akten gewesen. Umgehend schloss sie das Gerät an die Steckdose an. Ein paar Sekunden später erwachte das Display wieder zum Leben. Max hatte es bereits sechsmal probiert. In der Zwischenzeit stellte Taylor sein Handy auf laut. »Laura ist in ihrem Büro. Ihr Akku war leer. Du bist auf Lautsprecher und kannst losschießen«, sagte Taylor und legte sein Telefon auf Lauras Schreibtisch.

»Ja. Laura, kannst du mich hören?« Max klang wesentlich besser als beim letzten Mal. Er erholte sich offenbar schnell.

»Laut und deutlich. Was gibt es?« Laura setzte sich auf ihren Stuhl und lauschte neugierig.

»Ich konnte mit Alina reden«, verkündete Max stolz.

»Alina? Das ist die Prostituierte aus dem Club Cat Noir, richtig?«

»Ja, die, mit der sich Frenzel und Lorenzo vergnügt haben.«

Laura erinnerte sich. »Wir versuchen seit Tagen, die Frau aufzuspüren. Was hat sie erzählt?«

»Sie hat sich mir nur widerwillig anvertraut. Ein Kollege von der Sitte hat den Kontakt zu ihr aufgebaut. Früher war sie mal seine Informantin. Alina hat Angst. Ich habe ihr versprochen, dass ihre Aussage nicht offiziell verwendet wird und ihr Name nirgendwo fällt.«

»Alles klar«, murmelte Laura.

»Nils Lorenzo ist ein Sadist. Anfangs spielte er den Gentleman und dann hat er sie mehrfach krankenhausreif geschlagen. Außerdem liebt er brutale Spiele. Er hat sie mit glühenden Zigaretten verbrannt und ihr anvertraut, dass er gerne jemanden töten möchte.«

»Okay. Du hältst ihn also für verdächtig.« Laura sah noch keinen Zusammenhang zu ihrem Fall. Die bisherigen Überprüfungen waren ergebnislos geblieben. Außerdem verfügte Nils Lorenzo für jeden der drei Morde über ein Alibi. Doch plötzlich fiel ihr etwas ein.

»Hat Alina ihm ein falsches Alibi verschafft?«

»Ja. Er war in der Nacht, in der Sandra Kästner ermordet wurde, nicht bei Alina. Und es gibt da noch etwas ...« Max machte eine bedeutungsvolle Pause.

»Du sagtest doch, dass der Täter keinen Sex mit seinen Opfern hatte.«

»Ja.«

»Nils Lorenzo hatte anscheinend noch nie Sex mit Alina.«

23

Ich bewundere Sie, wirklich.« Die Augen des jungen Mannes strahlten, als hätte er soeben den Lotto-Jackpot geknackt.

Rebecca hielt inne und musterte ihren Studenten, der höchstens zweiundzwanzig war. Ganze acht Jahre jünger als sie. Flirtete er etwa mit ihr? Sie sah ihn genauer an und holte erstaunt Luft. Tatsächlich. In seinem Blick lag nicht nur Bewunderung, da war auch noch dieser klitzekleine Funke. Er begehrte sie.

»Danke«, sagte sie möglichst neutral und stopfte ihre Unterlagen in die Tasche. Die Vorlesung war seit einer Minute vorbei, und während die meisten Zuhörer sofort aus dem Hörsaal strömten, war der junge Mann zu ihr an den Tisch gestürzt.

»Ich möchte mein Wissen über die antiken Philosophen unbedingt vertiefen. Ich war schon als kleiner Junge fasziniert von Platon und Aristoteles. Wahnsinn, über welches Wissen die Menschheit damals bereits verfügte.« Er blickte ihr so intensiv in die Augen, dass sie auf der Stelle weiche Knie bekam.

Unvermittelt fragte sie sich, wann sie eigentlich ein Mann das letzte Mal so angesehen hatte. Nervös schob sie ihre Hornbrille den Nasenrücken hinauf. Die Brille hatte bisher noch jeden abgeschreckt. Doch den Studenten vor ihr schien sie nicht abzuhalten.

»Ich kann Ihnen gerne passende Literatur empfehlen«, sagte sie und hoffte, dass er ihre Gedanken nicht erraten konnte.

»Das wäre großartig.« Er lächelte, und sie kam nicht umhin, ihn erneut zu betrachten. Er war attraktiv. Das ließ sich keinesfalls leugnen. Schon allein deshalb konnte er nicht mit ihr flirten. Trotzdem überfiel sie eine leichte Atemlosigkeit. Sie fühlte sich auf seltsame Weise geehrt. Hastig kritzelte sie zwei Empfehlungen auf einen Zettel und drückte ihm das Papier in die Hand.

»Bitte schön.«

Er nahm das Blatt und berührte ihre Finger. Ein Elektroschocker war nichts dagegen. Sie riss sich am Riemen. Verdammt. Wollte sie jetzt mit einem Studenten anbandeln? Das grenzte für sie an Missbrauch, auch wenn sie beide volljährig und hier an der Uni waren.

»Ich ...« Er hielt ihren Blick fest wie ein Magnet. »Ich würde Sie gerne zu einem Kaffee einladen.«

Sie hörte den Satz, ohne dass ihr Hirn in der Lage war, ihn zu verarbeiten. Ganz langsam begriff sie. Er meinte es ernst.

»Ich würde mich sehr freuen, die Lektüre mit Ihnen durchzugehen. Ich will nur herausfinden, ob ich mit meinen Interpretationen richtigliege.«

Sie schüttelte instinktiv den Kopf und öffnete den Mund.

»Sagen Sie nicht Nein. Bitte.« Er kam ihr zuvor, bevor sie etwas gesagt hatte.

Ihr Mund klappte zu.

Er lächelte. »Heute in einer Woche um zwei im Café Löhne?« Er wartete nicht auf eine Antwort, sondern rannte regelrecht davon. »Ich warte auf Sie.«

Die Tür schlug zu und Rebecca war allein im Hörsaal. Ihr Herz raste. Sie konnte nicht begreifen, was da eben passiert war. Zweifelnd biss sie sich auf die Unterlippe. Wahrscheinlich hatte er eine Wette mit Kommilitonen abgeschlossen, und sie setzte sich dem größten Spott aller Zeiten aus, falls sie nächste Woche dort im Café erschien. Nein. Das würde sie ganz bestimmt nicht tun. Entschlossen warf sie ihre restlichen Sachen in die Tasche und verließ ebenfalls den Hörsaal. Am Abend wartete eine große Veranstaltung auf sie. In der letzten Nacht hatte sie kaum ein Auge zugemacht, weil die Aufregung sie wach hielt. Sie würde die Eröffnungsrede halten. Bedeutende Persönlichkeiten aus Wissenschaft und Politik hatten sich angekündigt. Sogar die Presse. Deshalb war sie auch so anfällig für diesen jungen Studenten gewesen. Er hatte nicht mit ihr geflirtet, das war ihr auf einmal völlig klar. Ihre Nerven gingen einfach mit ihr durch. Das war alles. Sie interpretierte ständig viel zu viel in die banalsten Dinge hinein. Ihre Absätze pochten hart auf den kalten Steinboden des Universitätsgebäudes. Je weiter sie sich vom Hörsaal entfernte, desto klarer schienen ihre Gedanken. Als sie ins Freie trat und die herrliche Sonne auf ihre Haut fiel, hatte sie den Studenten schon fast vergessen. Sie atmete tief ein und freute sich über den wunderbaren Tag. Genüsslich schlenderte sie über den Campus zur Bushaltestelle. Als sie dort ankam, stockte ihr der Atem. Der Student saß auf einer Bank, vertieft in ein Buch. Fuhr er dieselbe Strecke wie sie? Bisher war er ihr nie aufgefallen. Er blickte hoch und entdeckte sie sofort. Da erschien es wieder, dieses strahlende Lächeln auf seinem Gesicht. Er erhob sich und deutete mit der Hand auf seinen Sitz. Bot er ihr seinen Platz an? Unglaublich. Wie von einem unsichtbaren Band gezogen, lief Rebecca auf ihn zu. Aus dem Augenwinkel nahm sie den Bettler wahr.

»Eine kleine Spende bitte«, sagte der alte Mann, die Kapuze trotz des herrlichen Wetters immer noch tief im Gesicht.

Doch Rebecca hatte nur Augen für ihren Studenten. Denn in der Hand hielt er tatsächlich ein Buch über Aristoteles. Eines, das sie ihm gerade erst empfohlen hatte.

24

L aura zitterte. Der Nachtwind kühlte sie allmählich aus. Trotzdem rührte sie sich nicht vom Fleck. Wenn Nils Lorenzo Dreck am Stecken hatte, würde sie es herausfinden. Ihr Handy vibrierte in der Tasche, doch sie ignorierte es. Sie wusste, dass es Taylor war. Er hatte den Abend mit ihr verbringen wollen, aber Laura konnte sich nicht vorstellen, mit ihm zusammen zu sein, während ein Serienmörder frei herumlief und vermutlich bereits sein nächstes Opfer im Visier hatte. Laura beobachtete die Blondine, die seit ungefähr einer halben Stunde in Lorenzos Küche herumspazierte, ohne dass er ihr auch nur ein Haar gekrümmt hätte. Der muskulöse Mann stand am Herd und kochte. Durch das angekippte Fenster strömte Essensduft heraus. Lauras Magen beschwerte sich unaufhörlich. Sie war nach stundenlanger Recherche frustriert aus dem Büro gestürmt und statt zu ihrer eigenen zu Lorenzos Wohnung gefahren. Dort hatte sie sich hinter einem Wagen versteckt, der nur wenige Meter vom Küchenfenster entfernt parkte. Sie verhielt sich impulsiv. Das wusste sie. Aber der Fall ließ ihr keine Ruhe.

Er nagte an ihr, und sie wurde das Gefühl nicht los, dass das nächste Video kurz vor dem Upload stand. Lorenzo hatte sich mit Alinas Hilfe ein vermutlich falsches Alibi verschafft. An dem Abend, an dem Sandra Kästner starb, hätte er alle Zeit der Welt gehabt, sie umzubringen. Seine Alibis für die anderen beiden Tatzeiten wurden derzeit noch einmal gründlich überprüft.

Laura hatte lange mit sich gerungen. Im ersten Moment wollte sie ihn zur Vernehmung einbestellen. Aber dann entschied sie, ihn nicht aufzuschrecken. Sie wollte ihn zunächst beobachten. Vielleicht beging er einen Fehler oder führte sie unbewusst auf die richtige Fährte. Die Beweislage war so dünn, dass sie ihn nicht festsetzen konnten. Sie brauchten etwas Handfestes, und zwar schnell. Seit die Öffentlichkeit von der Mordserie Wind bekommen hatte, saß Joachim Beckstein ihr permanent im Nacken. Die Innensenatorin war mindestens genauso nervös. Doch Laura konnte nicht zaubern. Sie hatten es mit einem extrem organisierten und vorsichtigen Täter zu tun, denn ansonsten hätten sie brauchbare Spuren von ihm gefunden. Einem, der nicht auf einen bestimmten Opfertyp fixiert war und der offenbar großen Spaß an aufwendigen Inszenierungen hatte. Sie starrte auf Nils Lorenzo, der kunstvoll die Pfanne durch die Luft schwang und das Fleisch darin wendete. Die Blondine klatschte begeistert in die Hände, und Lorenzo grinste wie ein Honigkuchenpferd. Laura kannte das Mädchen. Sie war eine von Alinas Kolleginnen, mit der Lorenzo seit ein paar Wochen regelmäßig außerhalb des Clubs verkehrte. Warum dieser Mann sich keine Freundin zulegte, war ihr absolut unklar. Und sie fragte sich noch eines: War Alina auf die blonde Schönheit eifersüchtig? Nils Lorenzo gehörte wie seine Schwester in die Riege erfolgreicher

Vermögensmanager und schwamm regelrecht in Geld. Er konnte Frauen eine sichere und luxuriöse Zukunft bieten. Plötzlich zweifelte Laura an Alinas Aussage. Wollte sie Lorenzo vielleicht nur eins auswischen, weil er sich mit dieser Blondine traf? Sie sah zu, wie die beiden ihr Essen verzehrten. Dabei wirkten sie tatsächlich so vertraut miteinander, als wären sie ein Paar. Kaum dass die Teller leer waren, machten sie das Licht aus und verschwanden aus der Küche.

Laura pirschte sich an das Fenster heran. Sie sah nichts mehr. Verdammt. Die restlichen Räume der Wohnung lagen eine Etage höher. Dort konnte sie nicht hineinblicken, es sei denn, sie kletterte die Fassade hoch. Laura ging ein paar Schritte rückwärts und betrachtete das Haus. Die Regenrinnen befanden sich zu weit weg von den Fenstern. Ansonsten gab es nichts, woran sie hätte hochklettern können. Sie drehte sich um und hielt nach einem Baum Ausschau. Fehlanzeige. Verflucht. Sie wollte zu gerne wissen, was Lorenzo mit dem Mädchen anstellte. Quälte er sie? Mit Feuer oder mit Stricken? Sie entfernte sich noch ein wenig vom Haus, konnte allerdings trotzdem nichts erkennen. Unschlüssig stand Laura in der Dunkelheit und dachte nach. Vielleicht war es doch keine gute Idee gewesen, Lorenzo hinterherzuspionieren. In den eigenen vier Wänden würde er sein Opfer vermutlich sowieso nicht umbringen. Das wäre viel zu riskant. Plötzlich ging die Haustür langsam auf. Laura huschte wieder hinter das Auto. In dem Haus wohnten vier Parteien. Sie erwartete nicht, Lorenzo oder die Blondine zu sehen. Dennoch wollte sie nicht entdeckt werden. Es dauerte noch einen kurzen Moment, dann stand die Blondine allein auf dem Treppenabsatz. Die Tür schlug zu. Laura sah Lorenzo wieder in der Küche. Er räumte auf. Das Mädchen schlenderte zu seinem Auto. Ausgerechnet dem Wagen, hinter dem sich Laura versteckt hatte. Sie beschloss zu agieren und richtete sich auf.

»Bitte nicht erschrecken«, sagte sie und zeigte ihren Dienstausweis. »Ich hätte ein paar Fragen an Sie.«

Die Blondine zuckte zusammen und starrte Laura aus schreckgeweiteten Augen an. »Ich habe nichts Illegales gemacht«, stotterte sie.

»Ich bin nicht von der Sitte. Ich ermittle in mehreren Mordfällen und brauche Ihre Hilfe.«

»Meine Hilfe?«

»Ja. Sie sind doch Maria Wosniak?«

Das Mädchen nickte eingeschüchtert und schlug die Arme um den Leib.

»Können wir uns kurz in Ihren Wagen setzen? Es dauert nicht lange.«

Das Schloss knackte, Wosniak öffnete die Fahrertür und Laura stieg auf der Beifahrerseite ein. »Können Sie mir verraten, in welcher Beziehung Sie zu Nils Lorenzo stehen?«

Maria Wosniak zuckte mit den Schultern. »Er ist ein Freund. Warum?«

Laura zwinkerte. »Nur ein Freund?«

»Wir haben keinen Sex miteinander, wenn Sie das wissen möchten. Hat Nils etwas angestellt?«

»Das wissen wir nicht. Aber wir überprüfen derzeit einige Besucher des Cat Noir.«

»Cat Noir? Dann hat Alina Sie auf Nils gehetzt?«

Das Mädchen setzte ein gehässiges Grinsen auf. »Hören Sie. Alina ist eifersüchtig. Nils trifft sich zurzeit lieber mit mir, und das passt ihr nicht.«

»Tut er Ihnen weh?«, fragte Laura und deutete auf die dunkelblauen Flecken an ihren Unterarmen.

Wosniak schüttelte heftig den Kopf. »Hören Sie, er tut nichts, was ich nicht will. Außerdem zahlt er sehr gut und er kocht mir jedes Mal etwas Leckeres zu essen.« Sie rutschte nervös auf ihrem Sitz hin und her.

»Sind Sie immer in seiner Wohnung oder treffen Sie sich auch woanders?«, wollte Laura wissen.

Maria Wosniak nickte. »Entweder im Club oder hier. Hören Sie, Nils ist ein guter Mann. Er hat mit dem Tod von Sandra Kästner nichts zu tun. Er ist sehr traurig deswegen.«

Laura sah zur Frontscheibe hinaus. Maria Wosniak wusste verdammt gut Bescheid. Sie musterte die zierliche Blondine kritisch.

»Mit wem war Nils Lorenzo am Abend ihres Verschwindens zusammen?«

Die Frau blickte sie verständnislos an. »Mit Alina. Aber das wissen Sie doch bestimmt schon, oder? Sie waren im Club. Ich kann Ihnen den Eintrag im Gästebuch zeigen. Außerdem habe ich die beiden selbst gesehen.«

Laura seufzte. »Könnten Sie mir das Gästebuch besorgen?«

Wosniak schwieg, nach einer Weile schüttelte sie den Kopf. »Das darf ich nicht. Aber ich kann die Seiten abfotografieren. Nur müssen Sie Nils dafür in Ruhe lassen.«

»Wenn das sein Alibi bestätigt und Sie Ihre Aussage auch vor Gericht wiederholen, dann brauchen Sie sich diesbezüglich keine Sorgen zu machen. Ich frage mich eher, woher ich wissen soll, dass die Seiten echt sind.«

Laura kniff die Augen zusammen und sah die Frau kritisch an. In diesem Fall schienen sämtliche Betroffene zu lügen. Egal, wen sie befragte, niemand sprach auf Anhieb die Wahrheit.

»Also gut. Begleiten Sie mich zum Club. Ich gehe

hinein, knipse die Seiten ab und komme wieder raus.«
Maria Wosniak wirkte fest entschlossen.

Laura wog ihre Alternativen ab und stimmte schließlich zu. »Ich fahre Ihnen hinterher.«

* * *

Laura rannte. So schnell, wie sie konnte. Das Laufen befreite ihren Kopf und vertrieb die endlosen Gedankenspiralen, die ins Nichts führten oder nur sinnlose Wiederholungen abspulten. Ihre Lungen brannten. Trotzdem beschleunigte sie weiter. Sie musste das Gefühl loswerden, abermals in einer Sackgasse gelandet zu sein. Maria hatte das Gästebuch abfotografiert. Sie hatte hierzu weniger als drei Minuten gebraucht. Die kurze Zeitspanne ließ keine Zeit für Manipulationen. Nils Lorenzo hatte demnach den ganzen Abend und die Nacht im Club mit Alina verbracht, ebenso wie Benjamin Frenzel, während Sandra Kästner und auch Sylvia Lorenzo definitiv nicht auf der Gästeliste standen.

Ein Zweig knackte unter Lauras Schuhen, und sie bog ab, hinein in den Waldweg. Der würzige Duft nach dem kräftigen, frischen Grün der Bäume berauschte sie. Sie holte tief Luft. Dann vibrierte ihr Handy. Ohne anzuhalten, blickte sie auf das Display und las Taylors Nachricht. Lächelnd schob sie das Telefon zurück in die Hosentasche. Er hatte nur vier Worte geschrieben: Verstehe dich, vermisse dich. Dafür liebte sie ihn. Er drängte sich nicht auf, sondern ließ ihr Freiraum. Er wusste, dass sie sich heute Nacht nicht entspannen konnte und Zeit für sich brauchte. Sie musste nachdenken. Die neuen Erkenntnisse und Indizien ordnen und endlich den roten Faden entwirren, der sich zweifellos durch die drei Mordfälle zog.

Er war da, auch wenn sie ihn nicht sehen konnte. Sie stolperte über eine Wurzel, die ihr in der Dunkelheit entgangen war, und mäßigte das Tempo. Einen verstauchten Knöchel konnte sie überhaupt nicht gebrauchen. Es genügte, dass Max im Krankenhaus lag.

Laura schaute zu den Baumwipfeln auf, die hoch oben im Wind rauschten. Sie fragte sich unwillkürlich, wie ein Baum es so lange am selben Fleck aushielt. Ob sich die dicken Stämme danach sehnten, wie sie durch die Nacht zu laufen oder wenigstens wie die Blätter im Wind zu tanzen? Wie fühlte es sich an, zur Bewegungslosigkeit verdammt zu sein? Automatisch schweiften ihre Gedanken zu den drei Videos. Zu den mit Paketband gefesselten Opfern, zu der Hilflosigkeit, die sie in den letzten Momenten ihres Lebens empfunden haben mussten. Was verband sie miteinander? Alle drei hatten eine Lebensversicherung abgeschlossen. Sie sah im Geiste die Unterlagen vor sich und das blaue Logo, das auf den Dokumenten prangte. Ein Unternehmenslogo, das Zuverlässigkeit und Sicherheit ausstrahlen sollte. Abrupt hielt sie an und beugte sich einen Augenblick keuchend vor. Ihr Kopf war leer, bis auf einen einzigen Gedanken. Laura atmete tief ein und füllte ihre Lungen mit Sauerstoff. Dann sprintete sie erneut los.

25

Sechs Jahre zuvor

Durchhalten! Er wusste nicht, wie oft er dieses Wort in den letzten Stunden stumm vor sich hergebetet hatte. Obwohl es keinerlei Wirkung zu entfalten schien, konnte er nicht aufhören, es im Geist aufzusagen. Er war gefangen in einem Käfig aus Schmerz, der schwer auf seinen Schultern lastete und ihn zu ersticken drohte. Die ständige Wiederholung dieses einen Wortes half ihm zumindest, nicht ohnmächtig zu werden. Sie fuhren seit Stunden durch heißen Sand. Die Wüste brannte wie ein Backofen. Die Luft war so aufgeheizt, dass ihn das Luftholen schmerzte. Vielleicht hatte er Fieber. Langsam zweifelte er an der Wirksamkeit des Antibiotikums. Er konnte einfach nicht mehr auseinanderhalten, ob die Hitze vom Fieber oder von der Sonne kam. Sunny saß neben ihm und jauchzte bei jedem Hügel, den Glatze mit dem Jeep hinunterbrauste. Alle hatten Spaß, nur ihm kam das Frühstück fast wieder hoch.

»Ich muss was trinken«, murmelte er und tastete unter

seinem Sitz nach der Flasche. Sie war leer. Kraftlos ließ er sie aus dem Auto fallen.

»Hast du noch Wasser?«, fragte er Sunny, doch sie hörte ihn gar nicht. Sein Blickfeld verkleinerte sich ruckartig. Ihm wurde ganz schwummrig. Der Jeep schien sich plötzlich im Kreis zu drehen.

»Wasser«, hauchte er und krallte sich am Türgriff fest. Sunny sah ihn an. »Black? Alles in Ordnung?« Sie sprang von der Ladefläche auf und trommelte auf das Fahrerdach. »He, Glatze. Halt mal an.«

Der Jeep stoppte. Trotzdem drehte sich alles. Erst als er eine Wasserflasche an den Lippen spürte, wurde es ein wenig besser. Gierig trank er.

»Mann, gehts dir wirklich gut? Sollen wir umkehren?« Locke musterte ihn mit besorgtem Blick.

Er schüttelte den Kopf. »Es geht schon wieder.« Das Lächeln fiel ihm schwer, doch seine Freunde schien es zu überzeugen. Glatze schlug ihm auf die Schulter.

»Jetzt bloß nicht schlappmachen. Wir haben noch eine große Strecke vor uns und die Nacht möchte ich in einer herrlichen Oase verbringen.« Er warf ihm einen prüfenden Blick zu. »Können wir weiter?«

Er nickte, obwohl er am liebsten umgekehrt wäre. Die Wunde pochte glühend heiß.

»Sicher?«, fragte Glatze zweifelnd.

»Ja, verdammt«, knurrte er. »Bring uns endlich zu dieser gottverdammten Oase, damit ich mich abkühlen kann.«

26

Laura stürmte die Treppen zu ihrem Appartement hinauf, öffnete die Tür und griff nach dem Autoschlüssel. Es dauerte weniger als fünfzehn Minuten, bis sie das LKA erreicht hatte. Es war zwei Uhr nachts, doch sie fühlte sich kein bisschen müde. Noch immer sah sie das Logo des Lebensversicherers vor sich. Es handelte sich um ein sehr großes und bekanntes Unternehmen, deshalb hatte Laura sich anfangs nicht darüber gewundert, dass die Opfer beim selben Anbieter ihre Versicherung abgeschlossen hatten. Aber beim Joggen war ihr noch ein weiteres Detail in den Sinn gekommen, dem sie bisher keine Beachtung geschenkt hatte. Sie war sich jedoch unsicher und wollte es so schnell wie möglich überprüfen. Ungeduldig wartete sie auf den Fahrstuhl und sprang hinein, als er endlich kam. Als die Türen sich in ihrer Etage wieder öffneten, hastete sie im Eiltempo durch den langen Flur in ihr Büro. Die Akten lagen auf dem Schreibtisch, so wie sie sie vor wenigen Stunden zurückgelassen hatte. Sie klappte die Ordner zu Sandra Kästner und Maja Fuhrmann auf. Lauras Puls beschleunigte sich.

Als sie die Unterlagen von Hannes Northen prüfte, hielt sie die Spannung kaum noch aus.

»Bingo«, stieß sie hervor und schrieb die Adresse ab. Es gab also eine Verbindung. Laura schlug sich mit der flachen Hand gegen die Stirn und fragte sich, warum ihr dieser Punkt nicht eher aufgefallen war. Die drei Mordopfer hatten denselben Versicherungsmakler. Das konnte kein Zufall sein. Sie fuhr ihren Computer hoch und tippte den Namen ein. Marcel Schindlers Homepage erschien bereits als drittes Suchergebnis auf ihrem Bildschirm. Sie studierte die Seite des vielleicht Dreißigjährigen, der mit zahlreichen Referenzen prahlte. Die Vermittlung von Lebensversicherungen zählte zu seinen Hauptgebieten. Auf mehreren Seiten pries er verschiedene Modelle an und lockte mit etlichen Rabatten. Laura sprang zurück zur Suchmaske. Marcel Schindler hatte in etlichen Businessportalen sein Profil angelegt. Laura scrollte in der Ergebnisliste weiter nach unten und klickte eine Zeitungsanzeige an. Zuerst dachte sie, sie hätte sich vertan. Doch als sie das Alter überprüfte, stockte ihr der Atem. Ungläubig überflog sie die Zeilen, die unmissverständlich mitteilten, dass Marcel Schindler vor zwei Wochen gestorben war. Sie ging noch einmal zurück auf die Suchmaske und gab den Namen und das Geburtsdatum ein. Das Ergebnis änderte sich nicht. Marcel Schindler war tot. Sämtliche Alarmglocken begannen in ihrem Kopf zu läuten. Hatten sie hier ein viertes Todesopfer? Sie spürte die Verzweiflung dumpf in sich aufsteigen. Das durfte einfach nicht wahr sein. Endlich hatte sie eine Gemeinsamkeit gefunden, die kein Zufall sein konnte, und dann war der Mann, der vielleicht Licht ins Dunkel hätte bringen können, tot. Dieser Fall ging Laura wirklich an die Nieren. Egal, wo sie nachforschte, sie schaffte es nicht, die losen Enden zusammenzufügen. Sie änderte ihre Suchanfrage und hielt nach Pressemitteilungen Ausschau. Möglicherweise hatte ein Lokalblatt über den Tod des Maklers berichtet. Sie raufte sich die Haare und las die wenigen Zeilen. Marcel Schindler hatte sich von der Dachterrasse des Hochhauses gestürzt, in dem sich sein Büro befand. Die Ermittlungen wurden zwischenzeitlich eingestellt. Die Polizei ging von einem Suizid aus. Der Körper war über fünfzig Meter in die Tiefe gefallen und bis zur Unkenntlichkeit entstellt. In Schindlers Wohnung fand die Polizei einen kurzen Abschiedsbrief. Zum Inhalt konnte Laura nichts finden. Müde rieb sie sich die Augen und warf einen Blick auf die Uhr. Es war bereits nach drei. Sie würde bis zum nächsten Morgen warten müssen und dann die Akte von der Kriminalpolizei anfordern.

* * *

»Finanziell ging es ihm nicht besonders gut«, stellte Taylor fest. Laura hörte, wie er die Unterlagen wieder auf den Tisch fallen ließ. »Die Homepage sieht professionell aus. Niemand käme auf die Idee, dass Marcel Schindler aus Geldnöten in seinem Büro gewohnt hat.«

Laura nickte gedankenversunken. Sie stand vor einem schmalen Bett im Nebenzimmer und betrachtete das Sammelsurium aus leeren Bierflaschen, Konservendosen und vertrocknetem Brot.

»Die Miete hat er aber pünktlich bezahlt«, rief sie und zog die Bettdecke beiseite. Auf dem fleckigen Laken fand sich ein Sachbuch über Börsenspekulationen. Sie nahm das Buch auf und blätterte darin.

»Komisch. Er hat sich intensiv mit Finanzprodukten beschäftigt. Macht irgendwie gar nicht den Anschein, als ob er sich umbringen wollte.« Sie legte das Buch zurück und öffnete den Kleiderschrank, der eigentlich nicht mehr als ein hoher Spind war. Die Polizei hatte Schindlers Büro nach seinem Tod zwar durchsucht, doch Laura wollte sich ein eigenes Bild verschaffen. Sie konnten froh sein, dass die Räumlichkeiten noch nicht entrümpelt worden waren. Schindlers Mutter wollte sich darum kümmern, hatte bisher jedoch nicht die Kraft aufgebracht. Laura hatte nur kurz am Telefon mit ihr gesprochen. Die Mutter glaubte nicht an einen Selbstmord, aber das ist wohl auch schwer zu verstehen, wenn ein nahestehender Mensch sich dafür entschied. Freiwillig in den Tod zu gehen, war für die meisten unvorstellbar. Allerdings kannte Laura zahlreiche Fälle, in denen die Person einfach keinen anderen Ausweg mehr gesehen hatte. Wenn sie sich das kleine Zimmer ansah, in dem Schindler gehaust hatte, konnte sie das Elend spüren, das sein Leben ausgemacht hatte. Die Mutlosigkeit steckte in jeder Faser der trostlosen Unterkunft, die gleichzeitig als Büro gedient hatte.

»Hast du die Kundendateien gefunden?«, fragte Laura und schloss den Spind, der lediglich einen Anzug, zwei Jeans, Unterwäsche und ein paar T-Shirts beherbergte.

»Ja, Kästner, Fuhrmann und Northen haben alle drei vor fünf Jahren ihre Versicherung abgeschlossen. Damals hat Schindlers Geschäft offenkundig noch gebrummt. Es sind mehr als hundertfünfzig Kunden in dem Jahr aufgeführt. Dafür gab es sicherlich ordentlich Provision.«

»Hundertfünfzig«, stöhnte Laura und ging zu Taylor. »Das sind viele. Darf ich mal sehen?«

»Klar. Komm zu mir«, säuselte er und legte den Arm um ihre Schulter. »Ich habe dich heute Nacht vermisst. Warst du noch laufen?«

Laura kicherte, als sie sein Dreitagebart am Hals

kitzelte. »Ich bin sechs Kilometer durch die Nacht gerannt, und dann kam mir die Lebensversicherung in den Sinn.«

»Du bist verrückt«, murmelte Taylor und drückte ihr einen Kuss auf die Wange. Sofort rauschte eine Adrenalinwelle durch ihre Blutbahn. Unter ihrer Bauchdecke kribbelte es verdächtig.

»Wir müssen diesen Fall lösen«, flüsterte sie heiser, ohne ihn wegzuschieben. »Sandra Kästner hat als Erste eine Lebensversicherung abgeschlossen.« Lauras Finger glitt über die Liste. Viel weiter unten entdeckte sie Maja Fuhrmann und Hannes Northen, die mehr als zwei Monate später unterschrieben hatten.

»Wir sollten alle Kunden zwischen fünfundzwanzig und fünfunddreißig Jahren herausfiltern. Das ist die Altersgruppe, auf die es unser Täter abgesehen haben könnte. Zumindest bis jetzt.« Sie überflog die Liste. »Puh. Das sind verdammt viele Namen. Ich werde Simon Fischer bitten, Schindlers Kunden zu überprüfen.«

Sie blickte Taylor prüfend an. »Hast du eine Lebensversicherung?«

Er schüttelte den Kopf. »Nein. Wen sollte ich damit auch absichern?« Er warf ihr einen Blick zu und zwinkerte. »Wenn wir heiraten und Kinder bekommen, schließe ich natürlich sofort eine ab.«

Laura grinste verlegen und ignorierte Taylors Worte über Hochzeit und Nachwuchs. So weit wollte sie gar nicht denken. Trotzdem hatte er einen wichtigen Punkt angesprochen. »Ich verstehe, dass Hannes Northen seine Familie abgesichert hat. Aber bei Sandra Kästner und Maja Fuhrmann kann ich es nicht nachvollziehen. Warum sollte jemand seine Mutter als Begünstigte aufnehmen? Es ist doch eher selten, dass die Kinder vor ihren Eltern sterben. Und dasselbe gilt für das Kinderheim, das von Maja Fuhrmann bedacht wurde.«

Taylor nickte. »Ja, da hast du recht. Zumal das Geld ja im Normalfall auch erst in ferner Zukunft ausgezahlt wird und es dann womöglich gar nichts mehr bringt.«

»Ob die beiden Frauen ahnten, dass sie nicht mehr lange leben würden?«, fragte Laura nachdenklich.

»Ich weiß nicht. In diesem Fall hätten sie das Geld besser in einen Bodyguard gesteckt oder wären ausgewandert. Niemand lässt sich freiwillig umbringen.«

Laura schob die Unterlagen in eine Plastikbox. »Also gut. Diese Dokumente soll Simon Fischer prüfen. Lass uns hoch aufs Dach gehen, ich will sehen, wie Marcel Schindler in den Tod gesprungen ist.« Laura wartete, bis Taylor noch ein paar Fotos gemacht hatte, und rief den Fahrstuhl. Das Büro lag in der zweiten Etage. Ein Sturz aus dem Fenster wäre höchstwahrscheinlich nicht tödlich gewesen. Laura lauschte dem Summen des Lifts und stellte sich vor, wie Schindler diesen letzten Weg genommen hatte. Im fünfzehnten Stockwerk hielten sie an. Die Türen öffneten sich surrend. Auf dieser Etage gab es keine Büroflächen mehr. Sie befanden sich in einem gläsernen Kubus. Durch die Tür geradeaus ging es direkt auf die Dachterrasse. Stühle und Tische standen herum, daneben ein paar vertrocknete Kübelpflanzen. Die Terrasse wirkte trotz des warmen Sonnenscheins trostlos. Laura fuhr mit dem Finger über die dicke Schmutzschicht auf einer Tischplatte. Hier oben machte es sich selten jemand gemütlich. Kein Wunder, dass Schindler diesen Ort für seinen Freitod gewählt hatte. Er war einsam und niemand hielt ihn auf. Sie ging an das Geländer und sah nach unten.

»Das ist verflucht tief«, stellte sie fest und trat einen

kleinen Schritt zurück. »Von wo ist er gesprungen?«, fragte sie Taylor, der die Polizeiakte in der Hand hielt und aufmerksam darin blätterte. Er ließ die Akte sinken und zeigte in südliche Richtung.

»Da vorne. Er ist auf dem Bürgersteig aufgeschlagen, vor dem Schaufenster einer Reinigung.« Taylor begab sich zu der Stelle und blickte hinunter. »Die Brüstung ist hier ganz schön niedrig. Ist nicht besonders schwierig, darüberzusteigen.«

»Kann ich noch einmal den Abschiedsbrief lesen?«

Taylor drückte ihr die Akte in die Hand. Laura studierte den einzigen handgeschriebenen Satz: ‚Ich will nicht mehr.‘

»Warum hat er keinen Gruß an seine Mutter hinterlassen? Irgendetwas wie: ‚Es tut mir leid‘ oder ‚Ich liebe dich‘ oder eine Andeutung, warum er sich das Leben genommen hat. Ich weiß nicht, es wirkt überhaupt nicht verzweifelt. Klingt nicht richtig echt.«

Taylor zuckte mit den Achseln. »Du meinst, der Abschiedsbrief ist gefälscht? Vielleicht war er einfach nur nicht sonderlich mitteilsam.«

Laura dachte nach. Sie kannte eigentlich nur Versicherungsvertreter, die unaufhörlich redeten. War es nicht jedem Menschen wichtig, die allerletzte Botschaft im Leben für die Nachwelt verständlich rüberzubringen? Dazu reichte ein knapper Satz wohl kaum aus. Sie blätterte um und überflog den Obduktionsbericht, der minutiös die körperliche Zerstörung infolge des tödlichen Aufpralls aufführte. Marcel Schindler war regelrecht zerschmettert worden. Kein Knochen hatte mehr an der richtigen Stelle gesessen. Identifiziert werden konnte er nur, weil sein Ausweis in der Hosentasche steckte. In dem Hochhaus lebten und arbeiteten über dreihundert

Menschen. Niemand hatte etwas bemerkt, bis er tot auf dem Gehweg lag. Ein Fremdverschulden konnte nicht nachgewiesen werden.

»Lass uns die Kundenliste überprüfen. Vielleicht bringt uns das weiter«, sagte Laura und ging zurück zum Fahrstuhl. Ihr Handy klingelte. Als sie Simon Fischers Nummer aufleuchten sah, hob sie schnell ab.

»Es ist ein neues Video aufgetaucht.«

»Verdammt«, fluchte Laura und sah Taylor mit ernster Miene an. »Wir sind unterwegs.«

* * *

Angespannt erreichte Laura Simon Fischers Büro. Taylor lief neben ihr her.

»Ist es wieder ein Mann?«

Simon Fischer sah erstaunt auf. »Woher wissen Sie das?«

Laura schlug die Akte auf und tippte auf das Bild des Versicherungsvertreters Marcel Schindler.

»Ich schätze, wir kommen zwei Wochen zu spät. Der Mann ist längst unter der Erde.«

Fischer studierte das Foto und schüttelte langsam den Kopf. »Das ist er nicht. Dieses Mal wurde das Video übrigens nicht vollständig hochgeladen. Ich hatte gehofft, dass es durch den Abbruch einfacher gewesen wäre, den Upload zu lokalisieren, aber es ist leider nicht gelungen.« Er klickte auf das Dreieckssymbol, das den Film startete.

Laura erlebte ein Déjà-vu. Das Video erinnerte sie an Sandra Kästner. Derselbe Bettler, derselbe Becher, nur eine andere Fußgängerzone. Die Kamera filmte erst eine Weile. Der Bettler war weder zu sehen noch zu hören, aber am rechten Rand des Bildes erkannte Laura dunklen Stoff.

Vermutlich steckte das Gerät wieder in einer Tasche. Als sich ein Mann mit Glatze näherte, hörte sie den Bettler.

»Eine kleine Spende bitte.«

Laura wünschte sich instinktiv, der Mann würde ein paar Münzen hervorholen und in den Becher werfen. Aber er schien den Bettler nicht einmal zu bemerken und marschierte schnurstracks an ihm vorbei, den Blick starr auf sein Handy gerichtet. Vielleicht las er seine E-Mails oder einen spannenden Bericht aus der Zeitung. Er sah nicht ein einziges Mal auf. Der erste Abschnitt endete und nach einer kurzen Atempause ging das Video weiter. Laura seufzte, denn es war völlig klar, was jetzt folgte. Abermals der Bettler, nun vor einem Supermarkt. Der Glatzkopf erschien, und Laura ballte die Fäuste, als könne sie so den Mann dazu bringen, dem Bettler ein Almosen zu geben. Doch wie nicht anders zu erwarten, wiederholte sich die Szene. Der Glatzkopf starrte zwar nicht auf sein Handy, dafür jedoch in die Ferne. Er ging vorbei, und Laura machte sich auf das Schlimmste gefasst.

»Bitte, ich habe Hunger«, jammerte der Bettler. Der Glatzkopf war längst aus dem Bild verschwunden. Das Video brach nicht ab. Lauras Blick klebte am Bildschirm. Ganz plötzlich tauchte der Mann wieder auf. Sie sah fassungslos mit an, wie er tatsächlich eine Münze in den Becher fallen ließ. Der Film stoppte nur eine Sekunde später. Der Monitor blieb schwarz.

»Lebt er noch?«, fragte Laura.

Simon Fischer hob zweifelnd die Achseln. »Ich weiß es nicht. Leider wurde das Video nicht vollständig hochgeladen. Es bricht an dieser Stelle einfach ab. So etwas passiert oft, wenn man über anonyme Server agiert oder eine schlechte Internetverbindung hat.«

»Aber er hat dem Bettler Geld gegeben«, bemerkte

Laura. »Das ist doch der Test. Dieser Mann hat ihn bestanden.«

»Wir müssen ihn identifizieren und finden. Erst dann wissen wir, ob er noch lebt oder womöglich in Gefahr schwebt.« Taylor tippte auf den Bildschirm. »Taucht sein Foto in irgendeinem Internetprofil auf?«

»Nein. Ich habe das bereits geprüft, leider ohne Ergebnis. Bei Hannes Northen war es sehr leicht. Der Mann mit Glatze scheint hingegen nicht sonderlich aktiv im Netz zu sein.« Simon Fischer rieb sich angestrengt die Schläfen und fuhr durch die ohnehin zerzausten Haare. »Ich könnte aber herausfinden, um welche Fußgängerzonen es sich handelt. Vielleicht kann sich ein Ladenbesitzer oder Verkäufer an den Glatzkopf erinnern. Bestenfalls gibt es in den umliegenden Läden Überwachungskameras, auf die wir Zugriff bekommen.«

»Das ist eine gute Idee«, pflichtete Laura ihm bei und schob ihm die Kundenliste des Versicherungsvertreters über den Tisch. »Können Sie diese Personen überprüfen? Uns interessiert insbesondere, ob es Verbindungen zu den ersten drei Opfern gibt.«

Lauras Handy klingelte. Ein Kollege aus Team zwei versuchte sie zu erreichen. Sie hob ab.

»Die Fahndung nach Sebastian Brandner hatte Erfolg. Er wurde in Hamburg am Hauptbahnhof gefasst. Wir haben ihn endlich!«

27

»Okay. Ich gebe zu: Ich habe gelogen.« Der Literaturstudent sah sie mit glühend roten Wangen an. Der Bus kam gerade in die Haltestelle eingefahren und öffnete quietschend die Türen, jedoch machten sie beide keine Anstalten, einzusteigen.

Rebecca starrte auf das Buch über Aristoteles. »Wenn Sie das Buch bereits besitzen, warum bitten Sie mich dann um eine Empfehlung?« Sie realisierte, dass es ihm gar nicht um das Buch ging, sondern tatsächlich um sie. Trotzdem, er war viel zu jung. Student, gut aussehend, durchtrainiert. Ihr Blick glitt vom Buch zu seinem T-Shirt und huschte sofort wieder zurück, als sie die gut ausgeprägten Brustmuskeln bemerkte. Nervös schob sie die Brille den Nasenrücken hinauf.

»Ich ... Also ich wollte Sie wirklich zu einem Kaffee einladen, aber ich wusste nicht so recht, wie ich es am besten anstelle, damit Sie nicht gleich Nein sagen.« Er stotterte leicht, was Rebecca verlegen machte. Sie schwieg, weil sie keine Ahnung hatte, was sie erwidern sollte.

»Verstehen Sie mich nicht falsch. Ich wollte nur nicht

aufdringlich erscheinen.« Er seufzte tief. »Wahrscheinlich war das nicht besonders geschickt von mir.« Sein Blick senkte sich auf seine Schuhspitzen. »Die Wahrheit ist, ich wollte Sie unbedingt näher kennenlernen, und mir ist klar, dass eine Frau wie Sie vor einem jüngeren Mann, der noch dazu Ihr Student ist, bestimmt zurückschreckt.« Er sah wieder auf. »Würden Sie mit mir trotzdem einen Kaffee trinken gehen?«

Rebecca wusste nicht, wie ihr geschah. Alle möglichen Gefühle stürzten auf sie ein. Ohne dass sie es wollte, nickte sie. Und als ihr klar wurde, was sie gerade getan hatte, reagierte sie panisch. Sie verabschiedete sich knapp und stob davon. Sie wusste gar nicht, wohin. Vielleicht einfach zur nächsten Bushaltestelle. Auf jeden Fall brauchte sie erst mal Abstand. Ruhe. Was auch immer. Sie war verwirrt und hatte keine Ahnung, warum. Es war doch nur ein Kaffee. Völlig unverbindlich. Aber in seinen Augen hatte sie etwas gesehen, wovon ihr schwindlig wurde. Er log nicht. Er meinte es ernst. Wann war sie das letzte Mal zu einem Date eingeladen worden? Sie wusste es nicht mehr. Es war Jahre her. Irgendwann im Studium. Bevor, ja, bevor dieses schreckliche Unglück passierte. Danach war alles anders. Die Sonne hatte ihre Helligkeit verloren. Jeder Tag war trüb. Nichts konnte ihr wirklich Freude schenken. Seitdem hielt sie sich versteckt. Zuerst hinter dem Studium, dann hinter ihrer Arbeit. Sie hatte sämtliche Kontakte abgebrochen. Wollte nur noch für sich sein. Wahrlich tickte ihre biologische Uhr, daran musste sie denken, als sie um die nächste Straßenecke abbog. Immerhin überschritt sie bald die dreißig. Ihr genetischer Code war auf Fortpflanzung getrimmt. Je älter sie wurde, desto drängender wurde ihr Bedürfnis, ein Kind zu bekommen. Rebecca hastete die Straße entlang und versuchte, ihre Gefühle unter Kontrolle zu bringen.

Ein Auto näherte sich von hinten, doch Rebecca schenkte dem Wagen keine Beachtung. Sie war viel zu sehr mit sich selbst beschäftigt. Plötzlich kam sie sich dumm und töricht vor. Sie war davongelaufen wie ein Kleinkind. Hals über Kopf und ohne die Situation zu klären, so wie man es von einer Dozentin erwarten durfte. Sie hätte einfach Nein sagen können. Oder auch Ja. Aber Weglaufen? Das war überhaupt keine Lösung.

Hinter ihr ertönten feste Schritte, und einen Moment lang dachte sie, der junge Mann wäre ihr gefolgt. Ihr fiel auf, dass sie noch nicht einmal seinen Namen kannte. Sogar zu dieser Frage hatte es nicht gereicht. Sie machte sich verrückt wegen eines Studenten, von dem sie nicht einmal wusste, wie er hieß, geschweige denn wo er wohnte oder wie seine Telefonnummer lautete. Wie konnte sie nur so neben sich stehen?

Jemand war jetzt ganz dicht hinter ihr. Sie spürte den heißen Atem im Nacken. Überrascht drehte sie sich um.

Ein feuchtes Tuch landete auf ihrem Mund und erstickte ihren Schrei im Keim. Etwas drang beißend in ihre Atemwege ein, die Welt wurde dunkel. Im letzten Licht sah Rebecca ein fremdes Gesicht, das ihr plötzlich auf merkwürdige Weise bekannt vorkam. In ihrem Kopf ratterte es, doch bevor ihre Gehirnzellen das Bild zuordnen konnten, verlor sie das Bewusstsein.

28

»Dann können wir Sebastian Brandner also nicht wegen der Morde belangen?« Joachim Beckstein klang mutlos. »Na ja, immerhin wandert er aufgrund des Angriffs auf Ihren Partner hinter Gitter. Verdammt. Wir haben drei Tote. Ein grausames Video, das im Internet kursiert, und vermutlich ein viertes Opfer, das wir nicht kennen. Kein Mensch weiß, wie viele Tote es noch geben wird, und wir haben nicht mal einen Verdächtigen. Müssten wir den Täter nicht schon längst geschnappt haben?«

Laura zuckte mit den Achseln. Sie hatte bereits vermutet, dass Brandner nicht der gesuchte Täter war. Er hatte der Polizei die Passwörter zu seinen Laptops gegeben. Es fanden sich keinerlei brauchbare Hinweise. Keine Verschlüsselungssoftware, keine Spur von den Videos, noch nicht einmal ein Videobearbeitungsprogramm, das er beispielsweise zur Unkenntlichmachung des Nummernschildes von Maja Fuhrmanns Wagen benötigt hätte. Außerdem konnte er für die letzten beiden Morde glaubhafte Alibis vorweisen. Die Kollegen, die Brandner festnahmen, hatten die Überwachungskameras des Hamburger Hauptbahnhofs ausgewertet. Bereits am Tag nach seinem Angriff auf Max war Brandner dort als Drogendealer tätig gewesen. Mehrfach täglich war er von den Kameras aufgezeichnet worden. Er hätte nicht gleichzeitig in Berlin morden können. Der Überfall auf Max hatte wie ein Schuldeingeständnis ausgesehen und Laura in die falsche Richtung gelenkt. Viele andere Details hatten ins Bild gepasst, wie Brandners Nähe zu dem Internetcafé, von dem aus das erste YouTube-Video veröffentlicht worden war, oder seine Kleidung und Statur, die der des Täters glichen. Trotzdem hatte sich dieser Verdacht inzwischen definitiv als falsch erwiesen.

»Glauben Sie mir, ich bin Tag und Nacht mit nichts anderem als diesem Fall beschäftigt. Wir haben es mit einem besonders raffinierten Täter zu tun. Es ist, als würden wir ein Phantom jagen. Außerdem werden uns ständig Steine in den Weg gelegt. Noch nicht einmal einen Durchsuchungsbeschluss für das Cat Noir haben wir bekommen. Vielleicht wären wir dort längst auf eine hilfreiche Fährte gestoßen. Wie soll ich denn so etwas erreichen?« Laura spürte die Bitterkeit, die fahl auf ihrer Seele lastete und auch in ihrer Stimme nicht zu überhören war. Beckstein bekam nicht einmal mehr einen seiner cholerischen Anfälle trotz ihrer Widerworte. Unerwartet warf er ihr sogar einen eher mitleidigen Blick zu. Fast so, als wollte er ihr klarmachen, dass ihre Zeiten als erfolgreiche Spezialermittlerin des LKA vorüber wären.

»Hören Sie. Es gibt eine neue Spur«, hob sie erneut an, weil sie Becksteins Schweigen nicht ertragen konnte. »Alle Opfer haben eine Lebensversicherung abgeschlossen, und zwar beim selben Makler. Dieser Sache gehen wir im Augenblick nach.«

»Und?«, fragte Beckstein. »Haben Sie den Mann verhört?«

Laura schüttelte den Kopf. »Er ist tot.«

Beckstein gluckste hysterisch. »Was soll ich der Innensenatorin mitteilen? Dass Ihre neue Spur sich längst wieder erledigt hat?«

»Nein. Natürlich nicht.« Laura erhob sich, obwohl Beckstein das Gespräch noch nicht für beendet erklärt hatte. »Lassen Sie mich weiterarbeiten.«

Beckstein nickte stumm und Laura schlich frustriert aus seinem Büro. Dass sie ihren Vorgesetzten einmal dermaßen kraftlos erleben musste, hatte sie nicht erwartet. Normalerweise glich Beckstein einem Vulkan, der sofort ausbrach, sobald man ihn anheizte. Laura ging in ihr Büro und blieb grübelnd vor der Tafel stehen. Sie nahm einen Stift und schrieb den Namen des Versicherungsmaklers dazu. Für den Glatzkopf aus dem Video malte sie ein großes X. Dann kam ihr ein Gedanke. Was, wenn Marcel Schindler gar keinen Selbstmord begangen hatte? Was, wenn er vom selben Täter ermordet worden war wie die anderen? Das Video vom Glatzkopf brach kurz vor Ende ab. Der Upload hatte nicht richtig funktioniert. Ob es vielleicht auch ein Video über den Tod von Marcel Schindler gab, bei dem jedoch etwas schiefgegangen war, sodass es nicht auf YouTube erschien? Sie drehte sich um, ihr Blick blieb an den Kisten aus dem Büro des Versicherungsvertreters hängen. Nachdenklich räumte sie die Unterlagen aus und ging sie durch. Kontoauszüge, die das finanzielle Desaster des Maklers veranschaulichten. Ein altes Fotoalbum aus Schindlers Studienzeiten. Kundenlisten mit Telefoneinträgen, wobei hinter den meisten Namen ein roter Strich stand. Die wenigsten waren mit einem Haken versehen, vermutlich kennzeichnete Schindler so potenzielle Interessenten. Und dann fand Laura noch einen Bildband über Tunesien. Der Buchdeckel zeigte die Sahara unter blauem Himmel. Der feinkörnige Sand rief eine Assoziation in Laura hervor. Maja Fuhrmann war mit Wüstensand erstickt worden. Sie öffnete das Buch und hielt den Atem an.

»Das gibt es doch nicht«, entfuhr es ihr, und sie griff nach dem unscheinbaren silbergrauen Gegenstand, der in einer eigens dafür herausgeschnittenen Vertiefung in den Buchseiten steckte – ein USB-Stick. Gespannt schob sie ihn in ihren Computer und pochte ungeduldig mit den Fingern auf die Schreibtischplatte, bis die Dateien endlich angezeigt wurden. Sie öffnete die erste Datei, eine Tabellenkalkulation, und studierte den Zahlenwirrwarr auf ihrem Bildschirm. Zunächst dachte sie, es wäre ein Kontoauszug, aber dann sah sie, dass es eine Übersicht der Maklerprovisionen war. Die Aufstellung gliederte sich in Anfangs- und Bestandsprovisionen auf, wobei letztere jährlich ausgezahlt worden waren. Laura klickte auf die nächste Liste. Derselbe Zahlenwirrwarr, nur um ein Jahr versetzt, erschien. Sie konnte nichts Besonderes daran erkennen, also klickte sie sich weiter durch die Dateien. Als das Nacktbild einer Frau vor ihr aufpoppte, ging sie zurück zum Verzeichnisbaum und zählte zehn Bilddateien. Laura öffnete sie alle auf einmal. Nach und nach poppten anstößige Fotos auf. Sie zeigten eine schwarzhaarige Frau in flagranti mit einem Mann. Die Bilder waren nicht sehr scharf. Laura vergrößerte einen Ausschnitt und sah, dass die Bettszenen durch eine Fensterscheibe aufgenommen worden waren. Bei dem Mann handelte es sich nicht um Marcel Schindler. Doch als Laura ihn erkannte, stockte ihr der Atem. Die Fotos wurden vor gerade einmal acht Wochen gemacht, sofern sie nicht manipuliert waren.

Der Mann auf diesen Aufnahmen war der Glatzkopf aus dem neuesten Video. Der Mann, der überlebt haben könnte. In Lauras Kopf überschlugen sich die Gedanken. Die ersten drei Opfer hatten jeweils eine Lebensversicherung bei Marcel Schindler abgeschlossen, und nun tauchten Sexbilder eines möglichen vierten Opfers in den Unterlagen des Versicherungsvertreters auf.

Laura klickte auf die letzte Provisionsübersicht, die genau in den Zeitraum fiel, als die Fotos entstanden. Zwei Zahlungen in unbedeutender Höhe waren dort aufgeführt. Eine Provision für einen neuen Versicherungsabschluss hatte es nicht gegeben. Sie betrachtete nachdenklich den nackten Mann auf den Fotos. Der vielleicht Dreißigjährige hatte einen durchtrainierten Oberkörper und wirkte völlig enthemmt. Ob er und die Frau eine Affäre hatten und Schindler den Glatzköpfigen erpresst hatte, um seinen Kontostand aufzubessern? Warum sonst versteckte er die Fotos auf einem USB-Stick in einem Buch? Doch wer war dieser Mann? Laura zoomte sein Gesicht heran und hatte plötzlich eine Idee. Der Täter, dem sie auf der Spur war, schien keinen bestimmten Opfertypen zu bevorzugen. Die Frauen und Männer unterschieden sich äußerlich in jeglicher Hinsicht, auch zwischen den Berufen existierten keine wirklichen Parallelen. Aber sie waren im selben Alter, Ende zwanzig oder Anfang dreißig. Sie nahm das Fotoalbum zur Hand und schlug die erste Seite auf. Ein Foto zeigte Marcel Schindler als Abiturient auf dem Abschlussball. Das Klassenfoto studierte Laura genau. Den Mann, der sich mit der Schwarzhaarigen amüsierte, entdeckte sie nicht. Sie blätterte weiter. Das Album enthielt etliche Schnappschüsse von Studentenpartys. Schindler schien damals ein recht sorgloses Leben geführt zu haben. Er grinste auf jeder Aufnahme wie ein Honigkuchenpferd und hatte immer ein Glas in der Hand. Der Alkoholpegel leuchtete in seinen glasigen Augen. Auf dem allerletzten Bild lachten sieben junge Leute in die Kamera. Laura starrte darauf und tastete nach ihrem Handy. Sie wählte Taylors Nummer.

»Wo steckst du?«, fragte sie, ohne den Blick vom Buch zu nehmen.

»Bei Simon Fischer. Wir werten gerade Schindlers Kundendaten aus. Warum?«

»Ich habe etwas gefunden. Du musst sofort ins Büro kommen.« Sie legte auf und verharrte regungslos, bis Taylor da war.

»Das gibt es doch gar nicht«, murmelte er fassungslos. »Die haben sich alle gekannt.«

Laura nickte und betrachtete das lächelnde Gesicht von Sandra Kästner, die neben Maja Fuhrmann stand. Daneben grinsten Hannes Northen, Marcel Schindler und der Glatzkopf in die Kamera. Nur die Frau mit der dicken Hornbrille und den jungen Mann mit pechschwarzen Haaren kannte Laura nicht.

»Zieh mal das Foto raus. Vielleicht stehen Namen auf der Rückseite«, bat Taylor.

Laura löste das Bild vorsichtig aus der Folientasche. »Tatsächlich, da stehen sieben Namen. Sunny, Biene, Schlange, Locke, Glatze, Eule und Black. Freunde für immer.«

»Bloß Spitznamen, Mist.« Taylor rieb sich das Kinn. »Die Frage ist nur, wer ist wer und wie lauten die echten Namen der drei Personen, die wir noch nicht kennen.« Er tippte auf den Glatzkopf, die Frau mit der Brille und den Schwarzhaarigen.

Laura schürzte die Lippen. »Glatze und Glatzkopf passt ja. Das bringt uns nur nicht weiter. Wir brauchen seinen

richtigen Namen. Ob er auch auf der Kundenliste steht?«
Sie griff zum Telefon und rief Simon Fischer an.

»Haben Sie sich die Kundenliste schon angesehen?«,
fragte sie, bevor Simon überhaupt seinen Namen nennen
konnte. »Ist einer von ihnen vielleicht der Glatzkopf auf
dem Video?«

»Tut mir leid. Sieht nicht so aus. Ich habe allerdings
noch nicht zu jedem Namen ein Foto auftreiben können,
da die Technik streikt. Ich musste einige Passbilder auf
dem Schriftweg anfordern. Ich habe nichtsdestotrotz
gerade eine ganz andere Entdeckung gemacht. Dieser
Glatzkopf war kurz vor dem Tod des Versicherungsmaklers in dem Hochhaus.«

29

Sechs Jahre zuvor

»O b wir uns verfahren haben? Es wird schon dunkel.« Sunnys Stimme klang verunsichert. Der Spaß war ihr vor ungefähr zwei Stunden abhandengekommen. Black merkte es daran, dass sie seitdem nicht mehr lächelte. Locke und Glatze hatten die Oase bisher nicht gefunden. Seit Stunden kurvten sie in der Wüste herum, ohne auch nur einen dürren Strauch gesehen zu haben. Allmählich wurde die Fahrt in dem offenen Wagen ungemütlich.

»Anhalten!« Eule klopfte auf das Fahrerdach. Der Jeep wurde langsamer und kam schließlich zum Stehen.

»Was ist los?« Locke beugte sich aus dem Fenster und warf Eule einen finsteren Blick zu.

»Wann sind wir endlich da? Es wird gleich dunkel. Ich habe keine Lust, in der Wüste zu schlafen.«

Er kannte die Antwort, bevor Locke sie aussprach.

»Wir haben uns verfahren. Ist nicht weiter wild. Aber wir brauchen noch eine Weile.«

»Wisst ihr denn überhaupt, wo wir sind?«, fragte Sunny zweifelnd.

»Genau. Ihr habt doch keine Ahnung, oder? Da vorne sind Reifenspuren. Hier waren wir schon mal.« Biene sprang auf und deutete auf zwei parallele Streifen im Sand, die allerdings nicht von ihnen stammen mussten.

Locke winkte ab. »Jetzt mal keine Panik, Mädels. Wir haben alles im Griff.« Locke sah ihn fragend an. »Wie geht es dir, Black?«

»Alles im grünen Bereich.« Das war nicht einmal richtig gelogen. Seit ein paar Stunden ging es ihm besser. Das Antibiotikum entfaltete scheinbar endlich seine volle Wirkung. Trotz der extremen Temperaturen war ihm nicht mehr so heiß. Und auch seine Fußsohle pochte nicht mehr so wild. Im Augenblick spürte er einen dumpfen, oberflächlichen Schmerz, der nur noch halb so schlimm war.

»Okay. Dann fahren wir weiter.« Locke schob sich in den Wagen zurück.

»Ich habe aber keine Lust mehr. Den ganzen Tag hocken wir schon in diesem verfluchten Jeep. Mir tut alles weh. Ich muss mich auch mal bewegen«, jammerte Sunny. Doch niemand ging auf ihr Klagen ein. Der Jeep fuhr an. Der Motor ratterte. Die schweren Reifen knirschten im Wüstensand und zeichneten weiter ihre Spuren, die bald verweht sein würden. Glatze gab Gas und steuerte mit Schwung den nächsten Hügel hinauf. Biene lugte durch das Rückfenster in die Fahrerkabine.

»Komisch. Locke hat den Kompass überhaupt nicht in der Hand. Wie wollen die denn wissen, wo es langgeht?« Den letzten Halbsatz kreischte sie fast.

»Reg dich nicht auf«, brummte er. »Notfalls richten wir hier unser Lager ein. Wir haben doch Zelte mit und das Wasser reicht noch etliche Tage.«

»Und wenn wir hier nie wieder rausfinden?« Bienes Panik schien sich auf Sunny und Eule zu übertragen. Beide starrten ihn mit weit aufgerissenen Augen an, so als ob er eine Lösung für dieses Problem hätte.

»Hier gibt es nicht mal Handyempfang«, fügte Eule mit zitternder Stimme hinzu.

Er zuckte mit den Schultern. Woher sollte der Empfang auch kommen? Weit und breit war kein Sendemast zu sehen. Der Wagen fuhr eine Düne hinauf, dann schoss er abwärts, viel zu schnell.

»Wir schaffen das schon ...« Doch mit einem Mal blieb ihm der Satz im Hals stecken. Die Vorderräder blockierten. Die Hinterräder des Jeeps hoben sich in die Luft. Sie wurden mit Wucht nach vorn geschleudert. Er knallte mit dem Kopf gegen eine harte Kante. Sofort wurden sie zur Seite geworfen. Diesmal krachte er mit dem Ellenbogen auf die Ladefläche. Arme, Beine, Köpfe. Alles wirbelte durcheinander. Der Wagen überschlug sich und landete kopfüber im Sand.

»Sunny?«, fragte er, aber seine Frage wurde von einem ohrenbetäubenden Knall verschluckt.

Jemand kroch neben ihm vorbei.

»Sunny?«

Er wusste nicht, ob er ihren Namen wirklich rief oder nur dachte. Er roch einen Hauch ihres Parfums. Und er nahm noch etwas wahr. Feuer! Verdammt. Panik wallte in ihm auf. Der verflixte Jeep hatte Feuer gefangen. Rauch quoll ihm in Mund und Nase. Seine Augen brannten. Er hörte Schreie, versuchte, sich unter dem Wagen hervorzuhieven, doch er hing mit dem Bein fest. Es war eingeklemmt. Hände griffen nach ihm und zogen so kräftig an seinen Armen, dass seine Sehnen zu reißen drohten.

»Holt mich hier raus«, schrie er, wobei er seine eigene

Stimme nicht hören konnte. Das Feuer fraß die Luft und die Geräusche.

»Hilfe!«

Die Hände zogen fester. Jemand kreischte. Die Hände ließen ihn wieder los.

30

»Ich will es noch einmal sehen.« Laura kroch beinahe in den Bildschirm hinein. Sie traute der Sache nicht und vor allem wollte sie nicht schon wieder einer falschen Fährte folgen.

»Er ist es, Laura«, brummte Taylor.

»Ich muss es trotzdem noch mal sehen. Beckstein nimmt mich auseinander, wenn wir etwas behaupten, was am Ende nicht stimmt.«

»Kein Problem.« Simon Fischer startete das Überwachungsvideo erneut.

»Stopp«, rief Laura aufgeregt und kniff die Augen zusammen. »Es ist fünfzehn Uhr und zehn Minuten, als er aus der Tiefgarage kommt.« Sie schlug die Seite in der Polizeiakte auf. Im Bericht stand, dass Marcel Schindler um fünfzehn Uhr vierzig tot auf den Bürgersteig aufgeschlagen war.

»Wie können wir sichergehen, dass er wirklich das Gebäude mit Schindlers Büro betreten hat?«

Simon Fischer rollte mit den Augen und hielt die Aufnahme an. »Sehen Sie seine Schritte? Er geht nach links, dort ist der Hauseingang. Wo sollte er sonst hingegangen sein?«

»Überallhin«, erwiderte Laura. »Er könnte in den nächsten Supermarkt, in eine Apotheke oder auch in eine andere Etage des Bürogebäudes gegangen sein.«

»An solche Zufälle glaube ich nicht«, wandte Taylor ein. »Der Glatzkopf war da, als Schindler vom Dach in den Tod gestürzt ist. Auf alle Fälle müssen wir dem nachgehen.«

Laura nickte zögerlich. »Aber was haben die beiden denn eine halbe Stunde lang gemacht?«

»Möglicherweise hatten sie einen Streit. Der Glatzkopf wurde von Schindler erpresst, und der hat ihn vom Dach gestoßen. Problem erledigt.« Taylor griff die Computermaus und startete das Video erneut an der Stelle, als der Glatzkopf die Tiefgarage wieder betrat. »Er kommt genau fünf Minuten nach dem Sturz zurück. Lass uns hinfahren und testen, wie lange man vom Dach bis ins Erdgeschoss und zur Garage braucht. Ich wette, es sind exakt oder weniger als fünf Minuten.«

»Warum hat die zuständige Kripo das eigentlich nicht überprüft?«, fragte Simon Fischer und blickte Taylor an.

Der zuckte mit den Achseln. »Überlastung, keine Zeugen, in Schindlers Wohnung lag ein Abschiedsbrief und die Kollegen der Kripo haben keinen Simon Fischer in ihrem Team.« Er grinste schief.

Laura sah ihm an, dass er sich für die schlampige Arbeit seiner Kollegen schämte. Wäre er nicht für Max eingesprungen, wäre dieser Selbstmord womöglich sogar auf seinem Schreibtisch gelandet. Vielleicht hätten sie dann schon längst eine andere Spur verfolgt. Aber das alles blieben nur unbedeutende Spekulationen.

»Wir müssen herausfinden, wer das ist. Gibt es denn

nicht noch irgendeine Möglichkeit? Ich möchte ungern eine Fahndung nach dem Glatzkopf herausgeben.« Laura seufzte und rieb sich erschöpft die Schläfen. »Anhand dieser Überwachungsaufnahmen können wir ihm jedenfalls nicht nachweisen, dass er Schindler vom Dach gestoßen hat.« Laura sah, wie der Glatzkopf rasch die Garage betrat. Er blickte dabei mehrfach nervös nach links und rechts. Die Reinigung, vor deren Fenstern Schindlers Körper aufprallte, lag auf der Gebäuderückseite. Kein Mensch achtete auf diesen Hauseingang. Es war ein Segen, dass Simon Fischer auf die Überwachungskamera der angrenzenden Tiefgarage geachtet hatte und dass die Aufnahmen vom dortigen Sicherheitsdienst vier Wochen lang archiviert wurden.

Simon Fischer schüttelte den Kopf. »Ich habe das Programm zur Gesichtserkennung zweimal durchlaufen lassen und sämtliche Internetseiten nach diesem Mann abgesucht. Ich habe ihn nicht gefunden.«

»Und was ist mit den anderen beiden Gesichtern?« Laura deutete auf das Foto mit den sieben jungen Menschen. »Wer ist der Schwarzhaarige und wer die Frau mit der Brille?«

»Tut mir leid. Bisher nichts.«

»Können wir die Suche nicht irgendwie eingrenzen? Der Glatzkopf ist bestimmt verheiratet«, fragte Laura. Es musste so sein, denn ansonsten hätte ihn Marcel Schindler kaum mit Sexaufnahmen erpressen können. Und Geld musste er ebenfalls besitzen, andernfalls hätte Schindlers Vorgehensweise keinen Sinn.

»Ehrlich gesagt konnte ich auch die Frau auf den Fotos, mit der dieser Glatzkopf Sex hatte, noch nicht identifizieren. Theoretisch könnte es sogar seine Ehefrau sein. Vielleicht wurde er gar nicht erpresst und Schindler war nur ein Spanner.«

Simon Fischers Worte saßen. Laura nickte frustriert, denn Simon hatte vollkommen recht. Sie wussten im Grunde nichts. Eine Erpressung war reine Spekulation. Alles konnte ganz harmlos sein. Marcel Schindler hatte womöglich tatsächlich Selbstmord begangen, auch wenn der Glatzkopf ihn zuvor besucht hatte. Falls er überhaupt in Marcel Schindlers Büro gewesen war. Sie hatten ja nur gesehen, dass er die Tiefgarage nebenan benutzte. Es gab zig Büros und Wohnungen in diesem Hochhaus. Ihnen blieb nichts anderes übrig, als sämtliche Bewohner und Angestellte nach dem glatzköpfigen Mann zu befragen. Parallel mussten sie prüfen, ob der Glatzkopf auf Schindlers Kundenliste stand. Und es gab noch etwas, was Laura so rasch wie möglich wissen wollte.

»Lass uns bei Sandra Kästners Mutter beginnen. Sie kann sich doch vielleicht an die Freunde ihrer Tochter erinnern. Vermutlich finden wir so am schnellsten heraus, wer die Personen auf dem Foto sind. Wenn Renate Kästner uns nicht weiterhelfen kann, versuchen wir es bei Northens Ehefrau und anschließend im Kinderheim, in dem Maja Fuhrmann aufgewachsen ist.« Sie musterte die Gesichter der sieben Freunde und blieb an den unbekannten hängen. »Hoffentlich ist niemand von ihnen in Gefahr.« Sie sah Taylor an, der die Lippen stumm zusammenpresste.

Sein Gesichtsausdruck war eindeutig. Er bewertete die Lage genauso wie sie.

Sie sprang auf. »Wir müssen uns beeilen.«

31

Sechs Jahre zuvor

» **V**erflucht, jetzt mach schon. Der Wagen explodiert.«
Sand rieselte auf ihn. Decken wurden geschlagen.

»Es klappt nicht. Die Flammen schlagen hoch.«

»Schnell, nimm auch eine Decke!«

»Mist!«

»Holt ihn doch raus.«

Er hörte die Stimmen aus weiter Ferne. Flammen fraßen an seinem Bein. An dem, was nicht feststeckte. Er schrie längst nicht mehr. Apathisch lag er unter dem Autowrack und ergab sich seinem Schicksal. Die Schmerzen lähmten ihn. Er wollte nur noch, dass es aufhörte. Wieder zerrten Hände an ihm. Die Flammen schienen gelöscht oder er spürte sie einfach nicht mehr.

»Es hat keinen Zweck. Er ist tot. Wir müssen hier weg.«

Tot. Das Wort hallte in seinem Kopf wider. War er tot? Er spulte einen Moment zurück, bis zu dem Punkt, an dem

244

Glatze den verdammten Jeep hoch auf die Düne gesteuert hatte, um dann in irrsinnigem Tempo wieder hinunterzuschießen. Alles war so schnell gegangen. Er, Schlange und die drei Mädels wurden auf der offenen Ladefläche hin und her geschleudert. Dann überschlug sich der Wagen und krachte die Düne hinunter, wo er schließlich liegen blieb. Sunny und er wurden unter dem Jeep begraben. Er wusste nicht, wo die anderen waren. Vermutlich wurden sie hinausgeschleudert. Sunny konnte sich befreien, doch er steckte unter dem schweren Fahrzeug fest.

»Woher willst du das wissen? Er darf nicht tot sein«, kreischte eine Frauenstimme.

Wer hatte das gesagt? Sunny? Biene? Er konnte die Stimmen nicht zuordnen. Er bewegte die Lippen, wollte ihnen zurufen, dass er noch lebte. Aber es kam kein Ton heraus. Hände rüttelten an ihm. Sterne blitzten vor seinen Augen auf. Dann wurde alles schwarz um ihn herum. Erst nach einer Weile kehrten die Stimmen zurück.

»Ich kann keinen Puls fühlen. Wir können nichts mehr für ihn tun.«

Ein paar Finger umfassten sein Handgelenk und arbeiteten sich dann vor bis zu seinem Hals.

»O nein.« Jetzt war er sicher, dass es Sunny war, die das sagte: »Er atmet nicht.«

»Verdammte Scheiße, was machen wir denn jetzt?« Das war Eule, die Panik war ihr anzuhören.

»Er darf nicht tot sein!«, schluchzte Sunny.

»Du bist wie ein Verrückter gefahren«, schrie Biene. »Du bist an allem schuld.«

»Aber ich konnte doch nichts dafür. Der verdammte Wagen hat sich überschlagen. Keine Ahnung, warum. Wir sind über so viele Dünen gefahren. Ich weiß überhaupt nicht, was passiert ist. Ich kann nichts dafür, verflucht noch mal.« Jemand rüttelte an seinem Bein, vermutlich Glatze, der nach seinen letzten Worten weinte wie ein kleiner Junge.

»Hilfe«, flüsterte er, so laut er konnte, aber niemand hörte ihn. Die Ohnmacht schwappte über ihn wie ein sanftes Tuch. Wieder nahm er die Stimmen nur noch aus großer Ferne wahr.

»Er ist tot. Wir haben keinen Wagen mehr und keine Ahnung, wo wir sind. Wir müssen los, bevor wir auch draufgehen. Unsere Vorräte sind endlich. Es ist dunkel und die Nächte in der Wüste können kalt werden.« Das war typisch für Schlange. Ganz der Jurist, der die Dinge emotionslos analysierte.

»Wir können ihn doch nicht hier liegen lassen.«

»Was willst du denn tun? Eine Leiche durch die Wüste schleppen?«

Schweigen.

»Wir müssen den verdammten Wagen anheben. Dann können wir ihn rausziehen.« Der Vorschlag kam von Locke. Das Auto bewegte sich. Hände zerrten erneut an ihm. Alles ohne Erfolg.

»Wir versuchen das jetzt zum hundertsten Mal. Merkt ihr denn nicht, dass das zwecklos ist? Wir kriegen ihn da nicht raus. Er bewegt sich nicht mehr. Er atmet nicht mehr. Wir sollten los und Hilfe holen.« Aus Schlange sprach die Stimme der Vernunft.

»Ich bleibe bei ihm«, jammerte Sunny.

»Er ist tot. Verdammt. Wir müssen uns selbst retten. Wenn du hierbleibst, wirst du verdursten.«

»Aber das können wir nicht machen.«

»Willst du sterben? Hier in der Wüste verrecken? Wir haben noch Wasser für drei Tage, dann kannst du dich neben das Autowrack legen und ebenfalls den Abgang machen.«

»Und wenn er doch noch lebt?«

Jemand lachte bitter. »Er hat keine Vitalzeichen mehr, außerdem die ganzen Brandwunden. Sieh dich an. Deinen halben Arm hat es doch auch erwischt.«

»Wir haben uns alle verbrannt. Alles, was wir jetzt noch tun können, ist, Hilfe zu holen, da hat Schlange recht. Wir können nicht weiter hier herumstehen.«

»Aber wir sind doch Freunde. Wenigstens einer muss bei ihm bleiben.«

»Und wer soll das sein? Was, wenn wir nicht zurückfinden?«

Schweigen.

»Wir müssen jetzt gehen. Komm, Sunny. Wir holen Hilfe, damit er geborgen werden kann.«

Erneut versuchte er, etwas zu sagen. Doch er war viel zu benommen. Sein Körper reagierte nicht auf die Befehle, die er aussandte. Hilfe, dachte er. Ich lebe doch noch. Lasst mich nicht allein.

Als er irgendwann wieder zu sich kam, lauschte er in das sanfte Säuseln des Wüstenwindes hinein. Die Stimmen seiner Freunde waren verschwunden. Stunden mussten vergangen sein. Es war dunkel und kalt. Er fühlte sich wie ein Geist, der kurz davorstand, seine menschliche Hülle zu verlassen. Für immer. Sie hatten ihn einfach zurückgelassen. Sie wollten nur noch sich selbst retten. Er schloss die Augen und sah Sunnys Gesicht vor sich. Warum war sie gegangen? Wie konnten sie es ertragen, ihn hier zum Sterben zurückzulassen? Wie konnten sie damit weiterleben? Die Verzweiflung fraß sich tief in sein erschöpftes Herz. Er sah sich selbst, wie er in die Luft aufstieg und dem schwarzen Himmel entgegenflog.

32

»**D**as ist so lange her. Ich kann mich kaum erinnern.« Renate Kästner saß zusammengesunken auf ihrem Sofa. Sie sah aus, als wäre sie in den letzten Tagen um mindestens zehn Jahre gealtert. Der Tod ihrer Tochter nahm sie unverkennbar stark mit, was auch nicht verwunderlich war. Zudem war Sandra Kästner ihr einziges Kind gewesen.

»Lassen Sie sich Zeit«, sagte Laura, obwohl es ihr unter den Nägeln brannte.

»Also Sandra hatte da diesen Freundeskreis im Studium. Es war ein bunt zusammengewürfelter Haufen aus allen möglichen Studienrichtungen. An den hier erinnere ich mich gut, der war ein paarmal bei uns. Hannes Northen. War ein kluges Köpfchen, hat Jura studiert und der hier mit dem Lockenschopf ist Marcel Schindler, Germanistikstudent. Er hat jedoch, soweit ich mich erinnern kann, immer nur Versicherungen verkauft. Sandra hat die Lebensversicherung bei ihm abgeschlossen.«

Laura nickte und verzichtete darauf, zu erwähnen, dass Schindler nicht mehr lebte.

»Wer ist das?« Laura zeigte auf den Schwarzhaarigen. Renate Kästner seufzte. »Das ist Black, Informatikstudent. Er ist tot.« Sie schüttelte den Kopf. »Eine sehr traurige Geschichte ist das. Sandra hat nicht gerne darüber gesprochen. Es hat sie traumatisiert.«

»Ich verstehe nicht ganz«, sagte Laura. »Können Sie das vielleicht genauer erklären?«

Renate Kästner nickte. »Sie haben zusammen eine Reise unternommen, alle, wie sie hier auf dem Foto zu sehen sind. Das ist am Hauptbahnhof, bevor sie zum Flughafen losgefahren sind. Sie waren so aufgeregt und voller Vorfreude.« Wieder schüttelte sie den Kopf. »Sie sind nach Tunesien geflogen. Dort hatten sie sich ein Ferienhaus für drei Wochen gemietet. Aber schon nach zwei Wochen waren sie wieder hier, ohne ihn.« Renate Kästners Finger zitterte, als sie über den jungen Mann auf dem Foto strich. »Sandra war sehr verliebt in ihn. Er hat sie immer Sunny genannt.«

Sunny war also der Spitzname von Sandra Kästner, dachte Laura und machte sich schnell eine Notiz.

»Wie lautet denn Blacks echter Name?«

Renate Kästner rieb sich das Kinn. »Ich glaube, er hieß Lucas. Ja, Lucas Böckenstedt.«

Laura warf Taylor einen Blick zu. Der griff sofort zum Handy und erhob sich, um draußen zu telefonieren. Simon Fischer wartete an seinem Arbeitsplatz, damit der Name unverzüglich überprüft werden konnte.

»Danach durfte sie nie wieder jemand Sunny nennen. Sie hat alle Bilder aus dieser Zeit verbrannt. Kurz darauf hat sie auch die Lebensversicherung abgeschlossen. Sie wusste ja jetzt, wie schnell es zu Ende gehen kann, und wollte mich absichern. Sie war so ein gutes Mädchen.« Renate Kästner strich liebevoll über das Foto.

»Sie wollten eine mehrtägige Wüstentour machen und hatten einen Autounfall. Der Wagen brannte. Black war sofort tot. Sie mussten ihn zurücklassen. Als die Polizei Monate später das Autowrack entdeckte, war nichts mehr von ihm übrig.« Sie wischte sich eine Träne aus dem Auge. »Nach diesem Unfall war nichts mehr wie vorher. Die Kinder kamen halb verhungert zurück aus der Wüste. Sie hatten sich verfahren und mussten fast zwei Tage durch die Hitze laufen, bis sie die Oase fanden, die sie eigentlich aufsuchen wollten. Der Kompass war defekt gewesen. Deswegen hatten sie die Orientierung verloren. Sie konnten der Polizei nicht mal sagen, in welcher Richtung das Autowrack lag. Beinahe hätte ich mein Mädchen damals schon verloren. Es ist nicht zu fassen, dass das Schicksal erneut zugeschlagen hat. Sie hat doch schon so viel durchgemacht.«

»Wer ist dieser Mann?« Laura zeigte auf den Glatzkopf.

»Ich muss nachdenken. Nachdem sie zurück aus Tunesien waren, haben sie sich nie wiedergesehen. Es war einfach zu schrecklich für sie.« Frau Kästner schloss die Augen für einen Moment. »Marvin. Weiter weiß ich nicht.«

»Was hat er denn studiert?«

»Irgendetwas mit Literatur. Nein. Warten Sie mal. Das war Eule. Sie hat Literatur studiert. Er wollte Maschinenbauer werden.«

Laura kritzelte den Namen und den Studiengang in ihr Notizheft.

»Und wie heißt Eule in Wirklichkeit?« Laura starrte auf die große Brille des jungen Mädchens und ärgerte sich, dass sie nicht selbst auf den Spitznamen gekommen war. Er passte zu ihr wie die Faust aufs Auge.

»Rebecca. Den Nachnamen kenne ich leider nicht. Ich habe sie nie persönlich kennengelernt.«

Laura fragte Renate Kästner noch nach den anderen Namen, obwohl sie diese bereits kannte. Renate Kästner konnte fehlerfrei die Vornamen nennen. Bei den Nachnamen war sie sich nicht immer sicher. Aber auf diese Weise hatten sie endlich eine Menge an brauchbaren Informationen erhalten.

»Ich danke Ihnen. Bitte halten Sie sich weiter zu unserer Verfügung«, bat Laura und verabschiedete sich.

Taylor, der immer noch im Flur telefonierte, unterbrach sein Gespräch kurz, als er sie aus dem Wohnzimmer kommen sah.

»Wir haben fast alle Namen«, sagte sie und zog ihn mit sich ins Treppenhaus.

»Der Glatzkopf heißt Marvin und die Frau mit der Brille Rebecca. Leider haben wir die Nachnamen noch nicht. Aber womöglich stehen sie auf der Kundenliste.«

Taylor gab Simon Fischer am Telefon die Namen durch, die ihnen nun bekannt waren.

»Bingo. Das sind sie«, rief Simon so laut in Taylors Handy, dass sogar Laura es hörte. »Marvin Gerdes und Rebecca Lohfink. Beide Vornamen stehen nur ein Mal auf der Kundenliste.«

»Diesen Marvin schnappen wir uns zuerst. Ich will wissen, was er bei Marcel Schindler wollte, und wer weiß, vielleicht ist das der Kerl, den wir die ganze Zeit suchen.« Laura spürte plötzlich, dass sie dicht dran waren. Endlich hatten sie eine heiße Spur.

»Simon Fischer ist übrigens noch etwas aufgefallen. In Hannes Northens Obduktionsbericht steht, dass er eine alte, vernarbte Brandwunde am linken Bein hat. Sie korrespondiert mit Maja Fuhrmanns Verletzung.«

Laura nickte und Taylor startete den Wagen. »Die hatten einen Autounfall, der Wagen fing Feuer.« *Feuer, das*

Wort geisterte wie eine Fata Morgana durch ihren Geist. »Warte mal«, sagte sie, und Taylor drückte so heftig auf die Bremse, dass sie nach vorn fiel.

»Ich glaube, ich weiß jetzt, was die Morde miteinander verbindet. Marvin Gerdes muss unser Mann sein. Womöglich hat er das Video von sich nur hochgeladen, um den Verdacht von sich abzulenken. Er war mit seinen Freunden in der Wüste und jetzt stirbt einer nach dem anderen einen ähnlichen Tod.«

»Das verstehe ich nicht«, murmelte Taylor. »Was hat ein brennender Fahrstuhl mit Ersticken oder Giftstichen zu tun?«

»Okay vielleicht passt das Wort *ähnlich* nicht. Ich meinte Folgendes: ein Autounfall in der Wüste, der Wagen brennt. Der ganze Sand. Überall. Der Mörder hat Sahara-Sand verwendet, um Maja Fuhrmann zu ersticken. Und Skorpione gibt es dort auch reichlich. Der Androctonus australis ist in Nordafrika weit verbreitet. Es hat alles mit dieser verdammten Wüste zu tun.«

Taylor starrte Laura ungläubig an. »Möglicherweise bringt er sie um, weil er sich wünscht, sie wären alle zusammen dort gestorben.«

Laura hob den Zeigefinger. »Dann wäre Rebecca Lohfink in akuter Gefahr!« Sie rief umgehend Simon Fischer an und ließ sich ihre Nummer durchgeben.

Als Nächstes wählte sie mehrmals hintereinander Rebecca Lohfinks Handynummer.

»Sie geht nicht ran.«

33

»Bitte tun Sie mir nichts«, flüsterte sie heiser und undeutlich, denn der Knebel hatte ihre Schleimhäute vollkommen ausgetrocknet. Das riesige Ding schmerzte in ihrem Mund. Arme, Beine und Oberkörper konnte sie nicht bewegen. Er hatte sie mit Paketband auf einer Liege fixiert, als wäre sie eine Geisteskranke, die bei ihren Anfällen Gefahr lief, sich selbst zu verletzen. Warum passierte das mit ihr? Sie war doch schon einmal knapp dem Tod entgangen. Die Angst lähmte sie. Bilder des Autounfalls stiegen in ihr auf. Sie hörte die Schreie, sah Sunny vor sich, die verzweifelt an Blacks Bein zog. Sie selbst hatte nur regungslos dagestanden, unfähig, etwas zu tun. Vielleicht hatte sie es einfach nicht verdient weiterzuleben. Genauso wenig wie die anderen, die ohne Rücksicht auf Blacks Zustand den Ausflug unternommen hatten und die sie seit dem Unfall gemieden hatte wie der Teufel das Weihwasser. Ein bitteres Lächeln schlich sich trotz all der Trockenheit ihre Kehle hinauf. Oder hatte jemand ihre Todessehnsucht gespürt? Hatte gesehen, dass die Leichtigkeit ihres Daseins für immer dahin war? Sie hätten Black niemals liegen lassen dürfen. Sunny hatte es unaufhörlich wiederholt. Ihre verzweifelten Worte hallten noch heute jede Nacht in ihren Ohren. Doch Locke und Schlange wussten, dass sie den Leichnam nicht mitnehmen konnten. Also waren sie der Stimme der Vernunft gefolgt. Blacks schweren Körper hätten sie keine fünf Kilometer weit tragen können, und sie waren fast zwei Tage gegangen, bis sie endlich die rettende Oase erreicht hatten. Aber wie sollte sie mit ihrer Schuld leben? Sie hatte Black selbst zum Arzt geschafft, weil er krank war. Hätte sie zu diesem Zeitpunkt vernünftig gehandelt, wären sie gar nicht erst aufgebrochen. Alle waren unter dem umgestürzten Wagen hervorgekrochen, nur Black nicht. Denn er war zu schwach. Angeschlagen von der Wunde an seinem Fuß, die sich entzündet hatte und Giftstoffe durch seine Blutbahn pumpte. Er hätte an diesem Tag nicht sterben müssen. Sie alle trugen die Schuld daran. Sie wusste selbst nicht, warum sie ausgerechnet jetzt darüber nachdachte. Es war Jahre her. Sie hatte gelernt, es zu verdrängen.

»Bitte tun Sie mir nichts.« Rebecca röchelte mehr, als dass sie sprach. Panisch sah sie sich um. Aber sie konnte die Umgebung nicht erkennen. Seit dieser Mistkerl sie betäubt und in sein Auto gezerrt hatte, war es dunkel um sie gewesen. Erst an die Liege gefesselt und mit dem Knebel im Mund war sie wieder zu sich gekommen. Obwohl sie nichts sah, spürte sie seine Nähe. Etwas schlich um sie herum. Sie fühlte den Luftzug, wenn er sich bewegte.

»Du hättest auf mich hören sollen«, flüsterte plötzlich eine Stimme an ihrem Ohr. Sie war so leise, dass sie kaum wahrnehmbar war, doch sie war da.

»Worauf?«, nuschelte sie verzweifelt. Sie wollte hier

raus. Der Überlebensinstinkt hatte die Kontrolle übernommen, genau wie damals an diesem grauenvollen Tag in der Sahara.

»In der Wüste«, antwortete er und schob sie auf der Liege durch den Raum.

»Wir wären doch alle gestorben«, krächzte sie hilflos. Er verstand ganz sicher kein Wort. Ihre Zunge klebte wie zähe Knetmasse am Knebel. Unverständliches Gebrabbel war alles, was sie zustande brachte.

»Ich habe dir eine neue Chance gegeben, aber du wolltest sie nicht nutzen.«

Sie begriff nicht. Was redete er da bloß? Welche Chance?

»Du bist genauso herzlos wie früher. Nichts um dich herum ist für dich wichtig. Menschen, die Hilfe brauchen, lässt du einfach links liegen.«

Sie schüttelte den Kopf, er irrte sich. Sie kümmerte sich um andere Menschen. Wie oft hatte sie ihren Studenten Nachhilfe gegeben, sich in ihrer Freizeit mit ihnen getroffen und ihnen die wunderbare Tiefe der Literatur aufgezeigt. Wie kam er dazu, ihr Hilfsbereitschaft abzusprechen? Er musste sich irren. Sie brabbelte fortwährend, während die Liege weitergeschoben wurde. Doch er verstand sie nicht. Sein Mund war nicht mehr neben ihr. Er würde nichts mehr sagen. Es waren die letzten Worte, die sie in ihrem Leben gehört hatte. Rebecca wusste es, als das Licht anging und sie blendete wie damals die Sonne in der unerträglichen Hitze der Wüste.

34

»Ich möchte mit Marvin Gerdes sprechen«, sagte Laura und verzichtete zunächst darauf, ihren Dienstausweis zu zeigen. Sie wollte Gerdes nicht aufschrecken. »Herr Gerdes ist schon gegangen.« Der Blick der Empfangsdame wanderte demonstrativ zu einer Wanduhr, die sich rechter Hand befand. »Wir schließen gleich«, fügte sie hinzu.

Auf die Uhrzeit hatte Laura gar nicht geachtet. Es war bereits kurz vor sechs. Kein Wunder, dass der Glatzkopf Feierabend machte. Sie sah sich in dem fast ringsum verglasten Autohaus um. Mindestens dreißig auf Hochglanz polierte Neuwagen schmückten die beeindruckende, jedoch nach Gummi stinkende Halle. Gerdes, der sein Maschinenbaustudium nach dem Autounfall in Tunesien abgebrochen hatte, konnte sich über die Entwicklung seiner Karriere nicht beklagen. Ihm gehörte das Autohaus. Allein die Autos in der Ausstellungshalle waren schon ein Vermögen wert.

»Verstehe. Kein Problem. Ich bin wohl spät dran. Fährt Herr Gerdes eigentlich immer noch seinen schwarzen

BMW?«, fragte Laura und lächelte der Dame freundlich zu.

Die erwiderte ihre Geste und hob vielsagend die Augenbrauen.»Immer schwarz. Manchmal frage ich mich, wie er den Kunden diese ganzen Trendfarben andreht. Er hasst silbern, weiß oder alles andere, was nicht mindestens anthrazit ist. Kann ich ihm denn etwas ausrichten?«

Laura schüttelte den Kopf.»Nicht nötig. Danke. Ich versuche es morgen wieder.«

Sie verließ das Autohaus und rief Taylor an, der gerade zu Rebecca Lohfinks Adresse unterwegs war.

»Neuigkeiten?«, fragte sie und stieg in ihren Wagen.

»Sie ist seit mindestens einem Tag nicht in ihrer Wohnung gewesen. Ich habe eben mit ihrer Nachbarin gesprochen. Die hat einen Schlüssel und sieht ab und an nach dem Rechten.«

»Hört sich nicht gut an. Wir treffen uns dann gleich vor Marvin Gerdes' Haus. Ich warte auf dich«, sagte Laura und legte auf. Sie machte sich große Sorgen um Rebecca Lohfink. Bisher hatte sie zwar niemand als vermisst gemeldet, aber das bedeutete nichts. Sie lebte allein. Zudem hielt die junge Dozentin nur an zwei Tagen in der Woche Vorlesungen an der Universität. In der restlichen Zeit arbeitete sie als Autorin für einen bekannten Verlag, meist von zu Hause aus. So schnell konnte sie also keiner vermissen, zumal sie in ihrem Job auch oft wegen Lesungen oder anderen Literaturpro-jekten unterwegs war. Die Uhr tickte. Laura spürte es an dem unangenehmen Ziehen in ihrer Magengrube. Am liebsten würde sie Marvin Gerdes sofort festnehmen. Allerdings fehlten ihnen nach wie vor handfeste Beweise. Alles, was sie im Moment hatten, beruhte auf schwachen Indizien. Sie durften nicht vorschnell handeln. Sie mussten klug vorgehen, wenn sie den Täter überführen wollten.

Laura lehnte sich im Autositz zurück und schloss die Augen. Sieben Freunde lächelten vor ihrer Urlaubsreise in die Kamera. Fünf von ihnen waren tot. Einer starb in Tunesien. Drei wurden grausam ermordet. Einer sprang von einem Hochhausdach in den Tod. Es blieben nur zwei übrig: Rebecca Lohfink und Marvin Gerdes. Vielleicht noch der oder die Unbekannte, die das Foto vor dem Berliner Hauptbahnhof geschossen hatte. Laura vermutete, dass es sich um einen zufälligen Passanten handelte, der den sieben Freunden einen Gefallen getan hatte. Doch sicher wusste sie es nicht. Sie musste noch einmal mit Simon Fischer sprechen.

Er ging sofort ans Telefon.

»Kern hier. Haben Sie die Flugdaten überprüft?«

»Ja, die Airline hatte noch alle Passagierdaten abrufbar. Die sieben Tickets wurden am selben Tag gebucht, bereits ein halbes Jahr vor Abflug. Der Urlaub war also langfristig geplant und fand nicht spontan statt. Die Sitzplätze lagen zusammen in zwei Reihen. Ich habe die angrenzenden Plätze geprüft. Diese Tickets wurden wesentlich früher oder später gekauft.«

Laura nickte, obwohl Simon Fischer das gar nicht sehen konnte. Es waren also sieben Personen. Eine achte schien es nicht zu geben, jedenfalls keine, die mitgereist war. Trotzdem bedeutete das nicht zwangsläufig, dass es nicht doch ein Außenstehender auf die Freunde abgesehen hatte. Kurz kam ihr Sandra Kästners Ex-Freund in den Sinn, aber ihr fiel kein Motiv ein. Außerdem hatten sich die beiden zu diesem Zeitpunkt noch gar nicht gekannt, und Christian Böhnke hatte zudem ein hieb- und stichfestes Alibi. Genauso wie die anderen Verdächtigen, die sie bisher im Visier gehabt hatte. Lauras Gedanken gingen wieder zu Marvin Gerdes. Sie sah sein verunsichertes Gesicht vor sich, als er nach dem vermeintlichen Besuch des Versicherungsmaklers zurück in die Tiefgarage gekehrt war. Lag das an Schuldgefühlen oder an Verzweiflung oder guckte der Mann immer so? Laura hatte die Polizeiakte über Marcel Schindler durchgewälzt. Auf der Leiche, an der Kleidung und auch auf dem Abschiedsbrief wurden keine fremden Fingerabdrücke oder DNS-Spuren nachgewiesen. Es deutete tatsächlich alles auf einen Suizid hin, bis auf das Überwachungsvideo, das Simon Fischer entdeckt hatte. Wer also konnte ein Motiv haben, all diese Menschen umzubringen? Freunde, die ein Autounfall mit Todesfolge verband? Und warum wurden die Morde – wenn man von Schindler einmal absah – so inszeniert, dass sie unweigerlich an die tunesische Wüste erinnerten? Da die Lebensversicherungen alle unterschiedliche Begünstigte auswiesen, fiel Geld als Motiv weg. Aus Lauras Sicht blieben nur zwei Möglichkeiten: Jemand wollte den Unfalltod von Lucas Böckenstedt alias Black rächen. Jemand, der den Überlebenden die Schuld am Tod des jungen Studenten gab. Jemand, der bewies, dass die sechs übrigen Studenten nicht hilfsbereit genug waren, auch viele Jahre später nicht. Sie ignorierten Bedürftige. Hatten sie Lucas Böckenstedt damals womöglich nicht geholfen? Hätte er überleben können? Doch wer sollte dieser Rächer sein? Lucas Böckenstedt war Einzelkind gewesen. Sein Vater starb, als er fünf Jahre alt war, und die Mutter, kurz nachdem er sein Studium aufgenommen hatte. Auch sonst gab es niemanden weiter in seinem Umfeld. Jedenfalls keine Person, die momentan ins Auge fiel. Es würde schwierig werden, nach sechs Jahren noch etwas herauszufinden.

Die zweite Möglichkeit war für Laura deshalb die naheliegende: Der Täter musste aus dem Kreis der sieben stammen. Rebecca Lohfink kam für Laura nicht infrage, da die Person auf den Videos ein Mann war. Es handelte sich um einen Täter, der die Wüste hautnah als Bedrohung, ja als tödlich erlebt hatte und der dieses Gefühl bei seinen Opfern ebenfalls wachrufen wollte. Er wollte sie quälen. Es war jemand, der das Trauma dieses Urlaubs nie überwunden hatte. Der keine Ruhe fand. Jemand, der zeigen wollte, dass jede Person auf diesem Foto den Tod verdient hatte. Denn mit Ausnahme des Glatzkopfes scherte sich keiner von ihnen um Hilfsbedürftige. Vielleicht war die mutmaßliche Erpressung durch Marcel Schindler der Auslöser gewesen. Das Verhalten des Versicherungsmaklers hatte womöglich alles ins Rollen gebracht. Marvin Gerdes fühlte sich in die Enge getrieben und tötete Schindler. Damit nahm das Unglück seinen Lauf. Er testete nach und nach die verbliebenen Freunde und stellte fest, dass sie keinen Deut besser waren. Er tötete auch sie, denn sie hatten den Test nicht bestanden. Er drehte außerdem ein Video von sich selbst, um die Polizei von seiner Person abzulenken und sich als Opfer darzustellen. Der Schlüssel zur Aufklärung dieses Falles lag in der Vergangenheit. Es musste damals etwas passiert sein, das die Freunde auseinandergebracht hatte. Schweißte der Tod eines Gruppenmitglieds normalerweise nicht zusammen?

»Laura Kern? Hallo, sind Sie überhaupt noch dran?«

»Wer hat eigentlich damals den Unfall gemeldet?«, fragte sie.

»Besonders viele Informationen gibt es über den Tod von Lucas Böckenstedt nicht.« Laura hörte, wie ihr Kollege auf der Tastatur seines Computers klimperte.

»Ich sehe hier nur, dass die tunesische Polizei das Autowrack erst nach fast einem halben Jahr Suche geborgen hat. In Deutschland hat Marvin Gerdes mit der Polizei gesprochen. Er wollte, dass Druck auf die tunesische Polizei gemacht wird. Die hatten sich wohl nicht sonderlich viel Mühe gegeben. Sein Vater hat ihm einen Anwalt besorgt. In Tunesien kam es aber zu keiner Anklage. Der Fall wurde als Unfall eingewertet. Auch die Regulierung des Autoschadens wurde von Gerdes' Vater übernommen.«

»Und sonst ist niemand vorstellig geworden?«

»Nein.«

»Danke. Ich melde mich wieder.« Laura legte auf und startete den Motor.

* * *

Die Frau auf den kompromittierenden Fotos war nicht Gerdes' Ehefrau. Vor Laura stand eine kleine, etwas stämmig wirkende Person mit kurzen Haaren und einem gutmütigen Lächeln. Ihr Bauch wölbte sich deutlich hervor. Laura schätzte, dass sie mindestens im achten Monat schwanger war. Aus dem Hintergrund erklang das Lachen eines Kindes. Die perfekte Familienidylle, wäre da nicht Lauras Hintergrundwissen gewesen. Das Einfamilienhaus wirkte kleiner und durchschnittlicher, als Laura es nach dem pompösen Autohaus erwartet hatte.

»Guten Abend, mein Name ist Laura Kern, ich komme vom LKA. Das ist mein Kollege Taylor Field von der Kriminalpolizei Berlin. Wir möchten gerne mit Marvin Gerdes sprechen.«

Die Augen der Frau weiteten sich. Nervös rieb sie sich über den Bauch.

»Schatz, kannst du mal bitte kommen?« Ihre unnatürliche hohe Tonlage führte dazu, dass es nur einen Wimpernschlag dauerte, bis Marvin Gerdes neben ihr in der Tür stand.

»Was kann ich für Sie tun?«, fragte er heiser.

Laura sah es in seinen Augen. Für den Bruchteil einer Sekunde blitzte blanke Panik in ihnen auf. Dann hatte er sich wieder unter Kontrolle. Sie stellte sich erneut vor und zeigte ihm ihren Dienstausweis.

»Können wir irgendwo ungestört reden?«, bat sie, denn sie wollte seine schwangere Frau keinesfalls beunruhigen. Jedenfalls nicht, bevor sie genügend Beweise hatten.

»Wir können uns gerne in meinem Arbeitszimmer unterhalten. Worum geht es?« Gerdes war jetzt ganz der Autoverkäufer. Charmant, geschmeidig, ohne Ecken und Kanten. Nur seine Stimme klang merkwürdig rau und leise.

Als wenn er Lauras Gedanken lesen könnte, fügte er hinzu: »Ich leide derzeit unter einer Kehlkopfentzündung und darf eigentlich nicht viel sprechen. Wundern Sie sich also bitte nicht über meinen Flüsterton.« Er lächelte aufgesetzt und lotste sie durch den Flur nach links in sein Büro. »Setzen Sie sich doch. Möchten Sie etwas trinken?« Gerdes deutete auf zwei Stühle vor einem modernen Glasschreibtisch, der eher in sein Autohaus als in dieses Zimmer passte. An den Wänden hingen zahlreiche Fotografien von Oldtimern. Auf einem Regal standen Familienfotos. Gleich daneben entdeckte Laura eine Spiegelreflexkamera und die dazugehörigen Utensilien. Ein weiteres kleines Indiz, schoss es ihr durch den Kopf. Sie beschloss, Gerdes sofort in die Enge zu treiben. Oft waren die spontanen Reaktionen die echten. Wenn sie zu lange zögerte, gab sie Gerdes Zeit, sich ein Lügengebäude aufzubauen.

»Wir ermitteln in dem Mordfall Marcel Schindler und benötigen diesbezüglich Ihre Aussage.«

Volltreffer. Die Röte, die plötzlich Gerdes' Gesicht vollständig überzog, machte auch vor seiner Glatze nicht halt. »Mordfall?«, flüsterte er. »Ich dachte, er hätte sich vom Dach gestürzt.«

»Wie kommen Sie denn darauf?«, fragte Taylor streng, der Lauras Vorgehensweise direkt erkannt hatte.

»Ich habe es in der Zeitung gelesen.« Gerdes rieb sich nervös die Hände.

Laura schwieg und sah ihm dabei geradewegs in die Augen. Er senkte den Blick und zwinkerte heftig. Als die Stille unerträglich wurde, hielt Gerdes es nicht länger aus, und er sprach weiter: »Wir hatten uns ein paarmal getroffen.« Er sah auf. Laura sah seine Wangenknochen malmen. »Deshalb sind Sie doch hier, oder? Sie befragen jeden, der zu ihm Kontakt hatte.«

»Wir gehen einem konkreten Verdacht nach«, erwiderte Laura eiskalt.

Gerdes wurde stocksteif. In seiner Miene stand der Schock.

»Konkreter Verdacht?« Sein Flüsterton schaffte es in die nächsthöhere Oktave. »Wie ... wie soll ich das verstehen?«

»Wir benötigen Ihre Aussage«, wiederholte Laura, und Taylor nickte dazu. »Wann haben Sie Marcel Schindler zuletzt gesehen?«

Gerdes kratzte sich hinterm Ohr. Offenbar dachte er fieberhaft über seine Antwort nach.

»Wir haben uns ungefähr eine Woche bevor er starb getroffen. Ich habe eine neue Versicherung für meinen Wagen bei ihm abgeschlossen.«

»Zudem haben Sie vor ein paar Jahren eine Lebensversicherung, mit Ihrer Ehefrau als Begünstigter, bei Marcel Schindler abgeschlossen. Das wissen wir bereits.«

Gerdes' Augen wurden immer größer. »Also mehr war da eigentlich nicht.«

Laura schwieg hartnäckig. Taylor setzte ein finsteres Gesicht auf.

»Du meine Güte, was wollen Sie denn hören?« Gerdes blickte zur Tür, als wolle er prüfen, ob sie auch wirklich geschlossen war. »Wir erwarten ein zweites Kind. Meine Frau ist hochschwanger. Sie darf sich nicht aufregen.«

Laura rührte sich nicht. Taylor schien zu Stein verwandelt.

»Also gut. Ich war am Tag, an dem er sich umbrachte, in seinem Büro. Als ich wieder ging, lebte er noch.«

Laura schob wortlos eins von den kompromittierenden Fotos über den Tisch. Gerdes' Reaktion war Antwort genug. Er drehte das Bild mit zitternder Hand um und schnappte nach Luft.

»Ich liebe meine Frau«, flüsterte er heiser und tippte mehrfach auf das Foto. »Das war eine Ausnahme. Doch Locke hat mich damit erpresst. Ich dachte verdammt noch einmal, dass wir Freunde seien. Dieser verfluchte Mistkerl. Er besaß nicht einen Funken Anstand.«

Laura holte tief Luft. Endlich. Endlich hatten sie ihn. Sie beugte sich über den Schreibtisch und zischte: »Und da haben Sie Ihren Freund ganz einfach beseitigt?«

Gerdes schlug die Hände vors Gesicht. »So war es nicht. Ich wollte nur, dass er aufhört. Ich habe ihm so oft unter die Arme gegriffen. Außerdem hatte ich nicht so viel Geld, wie er wollte. Der war drauf und dran, meine Familie zu zerstören. Meine Frau darf sich nicht aufregen. Wenn sie dieses Bild gesehen hätte ...« Er schüttelte verzweifelt den Kopf. »Nicht auszumalen.«

»Haben Sie Marcel Schindler vom Dach des Hauses gestoßen?«, fragte Taylor leise.

Gerdes sah ihn an. Angst loderte in seinen Augen auf. »Nein. Wirklich nicht. Ich gebe zu, dass ich nicht besonders freundlich zu ihm gewesen bin an diesem Tag. Aber ich habe ihn nicht vom Dach gestoßen.«

Laura beugte sich weiter über den Tisch. »Sie hätten sich bei der Polizei melden müssen.«

»Ich weiß«, jammerte Gerdes. »Aber ich hatte Angst, dass meine Affäre dann auffliegt oder dass ich in Schwierigkeiten gerate. Ich kann mir doch selbst ausrechnen, wie das aussieht. Ich war einer der Letzten, der Locke lebend gesehen hat.«

»Wenn Sie nichts zu verbergen haben, wäre das überhaupt kein Problem gewesen«, erwiderte Laura.

Gerdes senkte den Blick. Auf seiner Stirn standen Schweißperlen.

»Wenn Locke nur nicht so ein verdammter Egoist gewesen wäre. Das war schon damals so.« Er krempelte seinen Ärmel hoch und deutete auf die vernarbte Haut an seinem Unterarm. »Wir hatten vor Jahren mal einen Autounfall. Es hat gebrannt, und Locke war der Erste, der abhauen wollte.«

Laura horchte auf. Endlich waren sie beim eigentlichen Thema angekommen.

»Ein Autounfall?«, fragte sie ruhig. »Wer war denn alles an diesem Unfall beteiligt?«

Gerdes seufzte. »Ein paar Freunde, die ich aus dem Studium kannte.« Er machte eine wegwerfende Handbewegung. »Ich habe den Wagen gefahren. Die Vorderräder sind im Sand stecken geblieben, als wir eine Düne hinabfuhren. Wir waren offroad in der Wüste unterwegs. Der Wagen überschlug sich und einer von uns überlebte diesen Unfall nicht. Wir mussten seinen Leichnam zurücklassen, weil er unter dem Wrack eingeklemmt war ...« Gerdes unterbrach sich, denn in diesem Moment flog die Tür auf. Seine Ehefrau erschien schnaufend in der Tür. »Das Baby kommt«, hauchte sie kraftlos und sank schwer atmend zu Boden.

Taylor sprang geistesgegenwärtig auf und fing die Frau in letzter Sekunde auf. Unter ihr breitete sich eine rote Lache aus.

»Das Baby«, krächzte sie und verdrehte die Augen.

»Liebling! Himmel.« Gerdes stürzte panisch zu seiner Frau.

Laura rief sich notdürftig alles ins Gedächtnis, was sie zu spontanen Geburten gelernt hatte.

»Wir müssen sie in die Rückenlage bringen!« Eilig schob sie mit einer Hand das Kleid der werdenden Mutter nach oben. Mit der anderen Hand wählte sie den Notruf und stellte das Telefon auf laut. Sie zerriss entschlossen die Unterhose der Frau und konnte in dem Moment bereits den Kopf des Babys ausmachen. Laura hatte keine Ahnung, was sie machen sollte. Was, wenn das Kind feststeckte? Wenn sie hilflos mit ansehen musste, wie Mutter und Kind vor ihren Augen starben? Endlich hob jemand ab. Laura war unendlich dankbar.

»Ich bin Ermittlerin beim LKA und mit meinem Partner hier bei einer Frau, die gerade ihr Baby bekommt. Was soll ich tun? Ich kann den Kopf sehen. Es ist alles voller Blut.«

»Das ist gut«, sagte eine beruhigende Stimme am anderen Ende. »Dann liegt das Kind richtig. Winkeln Sie ihre Beine an. Umgreifen Sie mit der rechten gespreizten Hand den Damm der Mutter und legen Sie die linke auf das Köpfchen. Üben Sie leichten Druck aus. Sie müssen den Kopf bremsen. Er muss ganz langsam und gleichmäßig herauskommen.«

Laura schluckte. Im Leben hätte sie sich nicht träumen lassen, was sie jetzt tat. Sie legte die Hand auf den schleimigen und blutverschmierten, winzigen Schädel und drückte vorsichtig. »Er kommt«, stieß sie aus und ließ den Kopf langsam gegen den Widerstand ihrer Hand herausgleiten.

»Prüfen Sie, ob die Nabelschnur um den Hals liegt, wenn der Kopf komplett draußen ist.«

Laura wurde übel. Sie tastete eine feste, blutige Schlaufe. »Hier ist etwas«, flüsterte sie. Nur ganz kurz sah sie zu Taylor und Gerdes, die beide in einer Art Schockstarre verharrten und auf das viele Blut starrten. Im Wohnzimmer hörte sie das ältere Kind schreien, das sich vermutlich noch im Laufgitter befand.

»Dehnen Sie die Nabelschnur und ziehen Sie diese vorsichtig über den Kopf. Schreit da noch ein anderes Kind? Ihr Partner soll sich darum kümmern. Sie schaffen das alleine.«

Laura nickte und befreite das Baby von der Schlinge. Taylor erwachte aus seiner Starre und rannte nach nebenan. Gerdes hatte die Hand seiner Frau ergriffen und murmelte ihr unablässig kurze Sätze zu.

»Nehmen Sie den Kopf jetzt so, als würden Sie dem Kind die Ohren zuhalten. Verbleiben Sie so. Der Notarzt ist jede Sekunde bei Ihnen. Bis zur nächsten Wehe haben Sie ein wenig Zeit.«

Laura starrte auf das winzige Köpfchen. Ihre Finger umklammerten das zerbrechliche Leben, das zwischen ihren Händen pulsierte. Gerdes' Frau stöhnte. Sie kam wieder zu sich.

»Alles wird gut«, sagte Laura, wobei sie in diesem

Augenblick gar nicht wusste, wem sie eigentlich Mut zusprach. Sich selbst oder der werdenden Mutter. Ihre Hände begannen zu zittern. Aus der Ferne hörte sie das Martinshorn, das gegen das Gebrüll von Gerdes' kleinem Sohn ankämpfte, den Taylor offenbar nicht beruhigen konnte. Laura schwitzte aus jeder einzelnen Pore. Als endlich die schweren Schritte des Notarztes durch den Flur hallten, fühlte sie sich selbst der Ohnmacht nahe. Doch sie hielt das kleine Köpfchen weiter fest und versuchte irgendwie, Zuversicht auszustrahlen, so wie es ihr unter diesen Umständen eben möglich war.

»Das sieht gut aus.« Der Notarzt nickte Laura freundlich zu. Er schien völlig unaufgeregt.

»Tief einatmen«, wies er die werdende Mutter an und nahm das Köpfchen in die Hände.

Laura sank erschöpft und gleichzeitig erleichtert zur Seite.

»Pressen!«

Sie nahm die Stimme des Arztes nur noch aus weiter Ferne wahr, den Blick starr auf ihre blutigen Finger gerichtet. Es war die erste Geburt, bei der sie dabei war. Noch immer fühlte sie das glitschige heiße Köpfchen in den Händen.

»Alles in Ordnung?« Die Hand eines Sanitäters legte sich auf ihre Schulter. Sie nickte. »Ja. Ich gehe mal ins Bad.«

Sie erhob sich und marschierte mit wackligen Beinen ins Badezimmer. Aus dem Augenwinkel nahm sie im Vorbeigehen wahr, wie eine Helferin sich zusammen mit Taylor um den kleinen Schreihals kümmerte. Das ganze Haus schien plötzlich erfüllt von Schweiß, Blut und Desinfektionsmittel. Ein Schwall Übelkeit überfiel Laura. Sie stützte sich auf dem Waschbecken ab und blickte in den

Spiegel. Ihre Haare standen in alle Richtungen ab. Sie sah aus, als wäre sie in einen Orkan geraten. Ihre Wange war blutverschmiert. Sie drehte den Wasserhahn auf und befreite sich von Schleim und Blut. Ganz langsam beruhigte sich ihr Atem. Sie glättete die Haare, so gut es ging, und begab sich zurück ins Büro. Dort stellte sie erleichtert fest, dass das Baby da war. Das kleine Wesen schmiegte sich in die Arme seiner Mutter, die glücklich lächelte. Laura hielt einen Augenblick inne und bewunderte das winzige Leben, das so unverhofft auf die Welt gekommen war.

»Danke«, flüsterte Gerdes' Frau. »Ist sie nicht wunderschön?«

»Ja, das ist sie«, erwiderte Laura und sah zu Marvin Gerdes, der seinen Sohn auf dem Arm trug und immer noch versuchte, den Kleinen zu beruhigen.

»Sieh doch mal, deine kleine Schwester ist da«, flötete er und deutete auf das Neugeborene. Dann fiel sein Blick auf Laura und sein Gesicht wurde ernst.

»Hören Sie, es tut mir wirklich leid. Ich ...«

»Nein, ist schon gut«, unterbrach Laura ihn. »Wir können unsere Unterhaltung zu einem späteren Zeitpunkt fortsetzen.« Sie meinte es so, wie sie es sagte.

Gerdes nickte. »Eines muss ich aber noch loswerden. Ich weiß selbst nicht, warum ich ausgerechnet jetzt darauf komme. Vielleicht liegt es an ihr.« Sein Blick ging wieder zu seiner neugeborenen Tochter. »Das Leben ist so schön, und auch wenn der natürliche Kreislauf es irgendwann beendet, so muss es doch einen würdigen Abschluss geben. Das hat mich damals am meisten kaputtgemacht.«

»Was meinen Sie?«, fragte Laura, die keine Idee hatte, worauf der Mann hinauswollte.

»Sie haben Lucas Böckenstedts Leichnam nie gefunden. Als die tunesische Polizei das Auto fand, war es fast vollständig von Wüstensand begraben. Es hatte einige Stürme gegeben. Von Black war nichts mehr übrig. Die Tiere haben ihn aufgefressen oder verschleppt. Stellen Sie sich das mal vor. Locke hat das nie gestört.« Er schüttelte den Kopf. »Und die anderen, bis vielleicht auf Sunny, auch nicht. Glaube ich zumindest.«

In Lauras Kopf klingelte es. Verdammt. Entsetzt schlug sie die Hand vor den Mund. Das war es, was sie die ganze Zeit übersehen hatte. Plötzlich ergab alles einen Sinn.

35

Er betrachtete sie über die Kamera. Sie hatte ihn noch mehr enttäuscht als die anderen. Warum? Nachdenklich rieb er sich das vernarbte Kinn. Weil sie dem Bettler kein Geld gegeben hatte? Weil sie ihn in ihrer letzten Stunde nicht einmal erkannte? Weil sie einfach alles vergessen hatte, obwohl sie die Klügste von allen war?

Vielleicht lag es ein wenig an allem. Ohne sie würde er längst nicht mehr leben. Eule hatte ihn damals zum Arzt begleitet und wie eine Löwin darauf gedrängt, dass er sich behandeln ließ. Er hätte sie gerne am Leben gelassen, doch es ging nicht. Er konnte keine Ausnahme machen. Sie hatte seinen Test nicht bestanden. Trotzdem wollte er plötzlich, dass sie wusste, wer er war und warum sie sterben musste. Er erhob sich und stieg die Treppe empor. Ein Luftzug wehte aus dem Keller herauf. Für einen Moment hüllte ihn Majas Parfüm ein, das noch immer in der Luft lag. Gut, womöglich bildete er sich das auch nur ein. Seine Nase funktionierte nicht mehr so gut, seit sie Bekanntschaft mit dem Feuer gemacht hatte. Leise öffnete er die Tür. Das Haus war alt und heruntergekommen. Aber es erfüllte seinen Zweck. Außerdem kam er sich hier nur halb so kaputt vor. Sein zerschundener Körper hätte nicht in einen Neubau gepasst. Obendrein konnte er keine neugierigen Nachbarn gebrauchen, die sich am Ende noch fragten, wie er seinen Lebensunterhalt bestritt. Ein Ton in seiner Hosentasche unterbrach seine Gedanken. Motte lud ihn zu einem neuen Spiel ein. Er lehnte ab. Für heute hatte er genug. Er musste sich um Eule kümmern. Jedenfalls wenn er noch mit ihr sprechen wollte, bevor sie starb. Lange hielt sie es in der grellen Hitze nämlich nicht mehr aus.

Wieder meldete sich sein Handy. Motte beschwerte sich. Doch er vertröstete ihn auf morgen. Er verdiente sein Geld mit Onlinespielen. Die Summe, die dieser Job jeden Monat in seine Kasse spülte, war erheblich. Er konnte sich tagelang, ja ganze Nächte hindurch in einer fremden Welt bewegen. Einer Welt, in der er ein Superheld war. In der niemand ihn ignorierte, nur weil hässliche Narben sein Gesicht entstellten. Er schämte sich in der Öffentlichkeit, in der er sich ausschließlich mit langen Ärmeln, langen Hosenbeinen und Kapuze bewegte. Nicht nur sein Gesicht war von Narben überzogen, sondern auch seine Kopfhaut. Glatze machte er alle Ehre. Obwohl sein Schädel eher einer Mondlandschaft mit tiefen Kratern und lang gezogenen Tälern glich. Egal. Er machte ein paar Schritte und knipste das Licht an. Dann stellte er die Sonnenbank ab. Sofort hörte er Eule erleichtert aufstöhnen. Die sollte sich bloß nicht zu früh freuen. Plötzlich war da wieder dieses Bild in seinem Kopf. Er sah Biene auf dem großen Tisch im Keller sterben. Die Erinnerung ließ seine Knie weich werden. Er hatte nicht gewusst, dass ihr Körper im Todeskampf so stark zappeln würde. In seinen Online-Spielen ging das einfacher. Dort war der Tod nicht mehr als ein kurzes Flackern auf dem Bildschirm. Er machte zwar Geräusche, aber er entleerte die Blase nicht, er zappelte nicht und er stank auch nicht. Er rümpfte die Nase. Der Geruch von Angst lag in der Luft. Doch dieses Mal stammte er von Eule, die lautstark gegen den Deckel der Sonnenbank klopfte.

Er öffnete den Verschluss, und die Klappe sprang auf. Eule lag da wie eine Mumie im Sarg. Der Knebel war völlig durchnässt. Er verzog das Gesicht, zog ihn jedoch nicht heraus. Erst einmal musste sie sich beruhigen. Rebecca blickte ihn mit zusammengekniffenen Augen an. Die Strahlung des Solariums hatte bereits Spuren hinterlassen. Ihre Pupillen glänzten nicht mehr. Das Gesicht glühte rot. Er schob seine Kapuze herunter und beugte sich über sie.

»Warum hast du mein Flüstern nicht gehört?«, fragte er, wobei er seine Enttäuschung nicht verbergen konnte. »Hast du mich nur zum Arzt gebracht, um mich anschließend verrecken zu lassen?«

Sie reagierte nicht. Er fragte sie noch einmal und war schon drauf und dran, den Deckel wieder zuzuknallen, doch dann rollte sie plötzlich mit den Augen. Ihre Lippen bewegten sich mühsam. Aus ihrer Kehle drang ein unverständlicher Laut.

»Jetzt weißt du, wie es sich anfühlt, in sengender Hitze zu liegen. Ohne Hoffnung auf Rettung. Alleingelassen und von allen verraten. Ich habe noch gelebt und ihr seid gegangen.« Er schloss die Augen, und auf einmal lag er wieder unter dem Auto begraben, im heißen Sand, der ihn wie eine Herdplatte langsam garte. Er hörte Sunny, die Einzige, die ihn nicht zurücklassen wollte, es aber trotzdem getan hatte.

»Einen ganzen Tag habe ich unter dem Wrack gelegen. Nur die Wasserflasche, die ihr vergessen hattet mitzunehmen, hat mich am Leben erhalten. Und der Jeep, der mir Schatten vor der Sonne gespendet hat. Jede Faser meiner verdammten Haut tat weh. Habt ihr denn nicht gemerkt, dass ich noch am Leben war?«

Eule schüttelte heftig den Kopf. Er lachte verächtlich. Jetzt, im Angesicht des Todes, da tat es ihr leid. So war es bei den anderen auch gewesen. »Sunny war als Erste dran. Sie hat mir das Herz gebrochen, indem sie einfach über mich hinweggekrochen ist, obwohl die Flammen kamen. Erst als sie selbst in Sicherheit war, wollte sie mir helfen, wobei sie nur darüber geredet hat. Am Ende ist sie abgehauen. So wie ihr alle.«

Eule riss entsetzt die Augen auf.

»Hast du gedacht, ich lasse euch einfach so davonkommen? Wir waren Freunde. Für immer. Das dachte ich jedenfalls.« Er machte eine Pause und genoss ihre Angst. Sie sollte fühlen, was er gefühlt hatte. Sie sollte dieselbe Panik durchleben, die er durchstehen musste, nachdem er allein wieder zu sich gekommen war. Er hatte sich nach stundenlangem Kampf befreien können. Sein Bein hatte unter dem Autowrack festgehangen, aber der Wüstensand war beweglich und gab irgendwann nach. Das Antibiotikum in seiner Hosentasche rettete ihm vermutlich das Leben. Er war völlig orientierungslos durch die Hitze gelaufen. Nur ein lumpiges T-Shirt bot seinem Kopf ein wenig Schutz. Die Hitze und die Entbehrungen würde er sein Leben lang nicht vergessen. Maja Fuhrmann hatte genau aus diesem Grund spüren müssen, wie es war, Sand zu schlucken. Auch er wäre beinahe erstickt, als ihn ein heftiger Wüstensturm erfasst hatte. Ein Tunesier griff ihn auf und nahm ihn mit. Er konnte nicht mehr sagen, ob er

Stunden oder Tage durch die Wüste geirrt war. Der freundliche Mann nahm ihn mit nach Hause, versorgte seine Verbrennungen, die zum Glück nicht so schlimm waren, wie sie sich angefühlt hatten. Die Familie gab ihm zu essen, zu trinken und ein Lager. Er wähnte sich in Sicherheit. Nach ein paar Tagen ging es ihm schon wieder so gut, dass er von seinem Bett aufstehen konnte. Er bewegte sich nur wenige Meter von der Hütte seines Gastgebers weg, als er völlig unerwartet auf einen hochgiftigen Skorpion trat, der ihn stach. Wie durch ein Wunder überlebte er, weil der Tunesier ihn sofort in ein Krankenhaus brachte. Er bekam davon überhaupt nichts mehr mit. Er kämpfte fast eine Woche lang um sein Leben. Als er aufwachte, war er ein anderer Mensch. Lucas Böckenstedt war unter dem Autowrack gestorben.

Er löste Eules Fessel von ihrer linken Hand, nahm ihre Finger und strich mit ihnen über seine vernarbte Wange. »So fühlt sich Leid an. Und du hattest nicht einmal ein paar Münzen für einen armen Bettler übrig. Du nicht, Sandra nicht und Maja und Hannes auch nicht. Glatze hat es als Einziger geschafft.« Er schwieg einen Moment und wartete, bis sie seinen letzten Satz begriff. Er bedeutete nämlich, dass sie es nicht schaffen würde.

»Wie fühlt es sich in der Hitze an, schlaue Rebecca?« Er flüsterte wieder und sog ihre Furcht in sich auf. Dieses Hochgefühl verschaffte ihm kein Computerspiel. Rache war etwas zutiefst Menschliches. Sie konnte durch keinen anderen Kick ersetzt werden. Eine Träne lief aus Eules Auge. Er verspürte Mitleid. Doch nur für einen Moment. Lucas Böckenstedt war tot. Der hätte Eule jetzt vielleicht gerettet, aber sein neues Ich wollte das nicht. Rigoros schlug er den Deckel zu, bevor er es sich anders überlegen konnte.

36

»Es gibt nirgendwo einen Lucas Böckenstedt. Jedenfalls keinen, der in Berlin und Umgebung lebt. Ich habe sämtliche verfügbaren Datenbanken und das halbe Internet durchsucht.« Simon Fischer zuckte mit den Achseln. »Woher wollen Sie denn wissen, dass er noch am Leben ist?«

Laura tippte auf ein Blatt Papier. »Er wurde für tot erklärt. Jemand, der aufgrund eines Unglücksfalls verschollen ist, kann nach einem Jahr für tot erklärt werden. Bei einem Flugzeugabsturz sogar schon nach drei Monaten. Sein Leichnam wurde nie gefunden. Suchen Sie weiter. Irgendwie muss er wieder nach Deutschland gekommen sein.«

Simon Fischer verzog das Gesicht. »Ich mag Sie. Wirklich. Aber es gibt keinen Lucas Böckenstedt. Echt nicht. Keinen Flug. Keine Schiffsreise. Keinen Bus. Keine laufende Sozialversicherung. Gar nichts.«

»Ich hab's. Suchen Sie nach Black. Das war sein Spitzname.«

Simon Fischer stöhnte, schaute kurz Hilfe suchend zu

Taylor, der neben Laura stand, und bearbeitete dann seine Tastatur.

»Nichts. Ist ja auch kein deutscher Name.«

Laura sah Simon an und hob den Zeigefinger. »Gute Idee. Versuchen Sie es mit Schwarz.«

»Davon gibt es Hunderte.« Simon runzelte die Stirn.

»Dann nehmen Sie doch seinen Vornamen dazu: Lucas Schwarz«, schlug Taylor vor.

»Okay.« Simon klang genervt, tippte jedoch weiter auf seiner Tastatur. Er hatte mehrere Fenster auf dem Bildschirm geöffnet und durchsuchte parallel verschiedene Datenbanken. Einwohnermeldeämter, Vermisstendatenbanken. Flugdaten. Polizeiberichte. Schufa. Alles, worauf er Zugriff bekam.

»Es sind immer noch zu viele«, verkündete er nach einer Weile.

»Hat er womöglich weitere Vornamen?«

Simon schüttelte den Kopf. »Nein. Auf seiner Geburtsurkunde gibt es nur einen.«

»Hm. Und wenn wir alle Fluggäste mit dem Nachnamen Schwarz auf sein Alter eingrenzen? Vielleicht auf zwanzig bis dreißig Jahre. Dann sollte sich die Liste reduzieren.« Laura ging davon aus, dass er sein ungefähres Alter beibehalten hatte, denn das ließ sich auch nicht mit gefälschten Papieren manipulieren. Jedenfalls nicht um mehr als ein paar Jahre. Ungeduldig starrte sie auf den Bildschirm.

»Einhundert Fluggäste in den letzten sechs Jahren. Und jetzt?«

Laura grübelte. Das waren verdammt viele Namen. Zu viele, um sie in kurzer Zeit zu prüfen. Rebecca Lohfink schwebte höchstwahrscheinlich in Lebensgefahr. Dann hatte sie einen Einfall.

»Wie lautet denn der Vorname seines Vaters?«

»Johann, wieso?«

»Probieren Sie den mal.« Es war zumindest das Naheliegendste, was ihr einfiel. Simon widmete sich erneut seinen Datenbanken.

»Das glaube ich jetzt nicht.«

»Was?« Laura und Taylor beugten sich gleichzeitig vor. Auf dem Bildschirm herrschte ein Wirrwarr von verschiedenen Texten. Simon Fischer tippte mit dem Finger auf eine Zeile und drehte sich zu ihnen um.

»Ich bin echt beeindruckt. Ein Johann Schwarz befindet sich auf der Passagierliste eines Fluges von Tunis nach Berlin. Das Ticket wurde bar gezahlt. One way.«

Laura starrte auf den Namen. »Das könnte er sein. Dieser Mann ist ein Jahr und zwei Monate nach dem Unfall von Tunesien nach Berlin geflogen. Suchen Sie seine Adresse raus. Und ich brauche sein genaues Alter.«

Simon nickte. »Ja, sein Alter und ein Foto. Alles, was die Maschine so hergibt.«

Während Simon auf die Tastatur einhämmerte, dachte Laura nach. War es möglich, dass Lucas Böckenstedt sich eine neue Identität verschafft hatte? Sie versuchte sich auszumalen, wie es sich anfühlte, mitten in der Wüste alleingelassen zu werden. Eine grausame Vorstellung! Hitze, Durst, Hunger und totale Hoffnungslosigkeit. Wie um Himmels willen hatte er es aus dieser Hölle herausgeschafft? Und warum hatte er sich bei niemandem mehr gemeldet? Stand er unter Schock, sodass er vielleicht das Gedächtnis verloren hatte? Die Frage verneinte Laura. Es musste etwas anderes dahinterstecken. Falls sich hinter Johann Schwarz überhaupt Lucas Böckenstedt verbarg. Laura wusste, dass es eine gewagte Spekulation war. Doch wer sonst sollte es auf die sechs verbliebenen Freunde abgesehen haben? Inzwischen waren sie fast alle tot, Rebecca Lohfink war verschwunden und Marvin Gerdes hatte ein Alibi zumindest für den Abend, als Hannes Northen alias Schlange getötet wurde. Die Kollegen hatten es gerade bestätigt. Sowohl Gerdes' Affäre als auch der Kellner eines Restaurants bestätigten seinen Aufenthaltsort zum fraglichen Zeitpunkt. Für die anderen beiden Zeitpunkte verbürgte sich seine Ehefrau. Gerdes konnte es nicht gewesen sein, wenn man von dem Tod des Versicherungsmaklers einmal absah. Laura hatte Beckstein gebeten, eine neue Untersuchung des Selbstmordes in die Wege zu leiten. Es blieb nur einer übrig: Black alias Lucas Böckenstedt. Niemand sonst besaß ein stärkeres Motiv als der einstige Student, der von seinen Freunden verlassen worden war. Rache gehörte seit jeher zu den Emotionen, die einen Menschen dazu bringen konnten, einen anderen zu töten. Warum hätte sich der Täter andernfalls so viel Mühe gegeben und den Tod in der Wüste nachgestellt? Feuer, Sand, Skorpionstiche. Laura graute bei der Vorstellung, was er wohl mit Rebecca Lohfink in genau diesem Augenblick anstellte. Sperrte er sie in ein Terrarium mit Giftschlangen, von denen es in Tunesien zweifellos diverse Arten gab? Oder ließ er sie qualvoll verdursten? Es gab zahlreiche Möglichkeiten. Jede einzelne davon war grauenvoll.

»Ich glaube langsam wirklich, dass Sie richtigliegen«, meldete sich Simon Fischer wieder und holte Laura zurück aus ihrer Gedankenwelt an den Schreibtisch im Landeskriminalamt.

»Der Typ ist dreißig, die Körpergröße könnte passen und er fährt einen schwarzen BMW. Nach diesem Fahrzeug haben wir doch im Zusammenhang mit Sandra

Kästner gesucht. Sehen Sie sich das Passfoto an. Wenn der Mann keinen Unfall hatte, fresse ich einen Besen.«

»Das muss er sein!« Laura sah sich den von Narben entstellten Mann an. Von der einst schwarzen Haarpracht war nichts mehr übrig. Laura nahm das Foto der sieben Freunde zur Hand und verglich die beiden Abbildungen. »Können Sie das Foto vergrößern?«, fragte sie Fischer und kniff die Augen zusammen. Die beiden Männer sahen sich nicht sonderlich ähnlich. Das lag vermutlich an der Glatze. Simon hatte jedoch eine Idee und zauberte flink ein schwarzes Toupet auf den Schädel der entstellten Person.

»Können Sie Augenbrauen hinzufügen?«, bat Laura, die sich noch nicht sicher war, denn auch Nase und Mund wirkten unter den vielen Narben extrem verzerrt. Sie schaute in die dunklen Augen des Mannes, in denen sich unendlicher Schmerz, aber auch eine enorme Härte abzeichneten. Von dem Lächeln, das vor dem schrecklichen Unfall auf seinen Lippen lag, war nichts mehr zu erahnen. Trotzdem handelte es sich um dieselben Augen. Dunkel, ja fast schwarz blickten sie in die Kamera.

»Das muss er sein«, flüsterte Laura. »Haben wir eine Adresse?«

Simon Fischer zeigte auf den Bildschirm und Laura prägte sich die Adresse ein. »Wir fahren sofort los«, sagte sie an Taylor gerichtet. »Ich fordere nur noch schnell Verstärkung an.«

37

Das Haus lag abgelegen am Stadtrand, gleich in der Nähe der Fabrikhalle, in der sie Sandra Kästners Leiche gefunden hatten. Es gab nur wenige Zufahrtsstraßen, die sie allesamt abgesperrt hatten. Wenn Johann Schwarz ihr Mann war und sich in seinem Haus aufhielt, dann saß er in der Falle. Die Frage war nur, ob Rebecca Lohfink bei ihm war oder nicht. Laura wusste, dass die Chancen der jungen Frau rapide sanken, falls er sie woanders versteckt hielt. Sie konnten nicht jedes abgeschiedene oder verwaiste Gelände in Berlin nach ihr absuchen. Sie dachte an die Strandbar, in der Maja Fuhrmanns Leiche von einer Putzfrau entdeckt wurde, und an Hannes Northen, dessen zerstochener Körper in einem geschlossenen Teil des Berliner Tierparks gelegen hatte. Nur Simon Fischer hatten sie es zu verdanken, dass die Leiche des Anwalts überhaupt geortet worden war, genau wie im Fall von Sandra Kästner, deren Überreste ansonsten womöglich nie gefunden worden wären.

Sie liefen an ein paar leer stehenden Gebäuden vorbei. Nur ein Einsiedler konnte es in dieser Gegend aushalten.

Jemand, der nicht beobachtet werden wollte und sein eigenes Süppchen kochte. Taylor lief voraus. Laura hielt die Waffe in der Hand. Hinter ihr folgte das Einsatzkommando. Schwarz gekleidete Männer mit Helm, schweren Stiefeln und dem Gewehr im Anschlag. Sie wollten Lucas Böckenstedt um jeden Preis lebend, damit er ihnen den Aufenthaltsort von Rebecca Lohfink verriet. Das Leben der Geisel hatte absolute Priorität. Laura tippte darauf, dass er sie in seinem Keller festhielt. Denn Maja Fuhrmann war in einem Keller mit Wüstensand erstickt worden. Simon Fischer hatte anhand seiner IP-Adresse herausgefunden, dass der Täter unter seinem Spitznamen Black als Gamer im Internet Geld verdiente. Er kannte sich dort bestens aus.

Laura stolperte über einen Stein und schob ihre Gedanken beiseite. Es war schon lange dunkel, sie musste sich jetzt ganz auf den Einsatz konzentrieren. Sie schwitzte bereits. Den Einsatzkräften hinter ihr erging es unter den Helmen mit Sicherheit nicht besser. Als Erstes stießen sie auf einen schwarzen BMW, der hinter einem löchrigen Zaun unter einer alten Kiefer parkte. Der Strahl einer Taschenlampe erfasste den dunklen Lack. Der Einsatzleiter gab ein Zeichen. Sie verteilten sich. Das Haus lag noch gut fünfzig Meter entfernt, versteckt hinter Bäumen und Dickicht, die im Schein der Lampen gespenstig aufleuchteten. Schon auf dem Satellitenbild hatten sie festgestellt, dass der Zugriff schwierig werden könnte. Das Gelände war einfach viel zu unübersichtlich. Der Verdächtige konnte theoretisch hinter jedem Baum auf sie lauern.

Laura suchte hinter einem dicken Stamm Schutz. Taylor war neben ihr. Minutenlang starrten sie in die Dunkelheit und warteten auf eine Bewegung. Erst nach einer Ewigkeit gab der Einsatzleiter das Zeichen zum

Weitergehen. Bis zum Gebäude waren es vielleicht noch zwanzig Meter. Taylor blieb abrupt stehen und zeigte nach oben. Laura folgte seinem Blick und fluchte. Zwischen den Zweigen blinkte eine Kamera. Verdammt. Böckenstedt hatte sie höchstwahrscheinlich bereits gesehen. Sie gab dem Leiter des Einsatzkommandos ein Signal. Als dieser die Kamera sah, gab er umgehend den Befehl zum Zugriff. Jetzt war ihre Tarnung egal. Es ging um jede Sekunde. Sie mussten den Täter fassen, bevor er sich aus dem Staub machen konnte. Die Einsatzkräfte stoben auseinander, kreisten das Haus ein und positionierten sich an den Fenstern. Einer kletterte auf das Dach der angrenzenden Garage. Taylor und Laura rannten mit weiteren Polizisten zur Haustür. Ein kräftiger Tritt genügte, und sie flog auf. Während Taylor geradeaus lief und ein paar Kollegen die Treppe hinaufstürmten, sprang Laura mit zwei Einsatzkräften in den Keller. Muffige, abgestandene Luft schlug ihr entgegen, als sie eine morsche Tür aufriss. Ihre linke Hand tastete nach Licht, in der anderen hielt sie die Waffe ausgestreckt vor sich. Nichts. Sie fand keinen Schalter. Hektisch holte sie ihre Taschenlampe hervor. Der bläuliche Strahl tauchte den Keller in unheimliches Licht. Laura sah ein paar Regale, auf denen sich Unmengen an Konservendosen stapelten, einen großen Stromkasten und eine Waschmaschine, die ihre besten Jahre längst hinter sich hatte. Über ihr zogen sich ein paar Reihen Wäscheleine entlang. Der Keller schien höher als der aus dem Video. Auch den Tisch, auf dem Maja Fuhrmann gelegen hatte, konnte sie nicht ausmachen. Von oben hörte sie die Rufe der Kollegen, die einen Raum nach dem anderen sicherten. Am Ende des Kellers bemerkte sie einen schmalen Durchgang. Dahinter öffnete sich ein schwarzes Loch. Vorsichtig näherte sich Laura und leuchtete hinein.

Die Decke war viel niedriger. Über ihrem Kopf blieben vielleicht noch dreißig Zentimeter Luft. Ein großer Tisch, der eine ungute Erinnerung in ihr wachrief, stand in der Mitte des Raumes. Sie musterte die Kanten und sah Reste von Paketband. Treffer, dachte sie und blickte sich mit donnerndem Herzen um. Sie entdeckte ein Kamerastativ. Und einen ganzen Sack voller hellem Sand. In einem Terrarium lungerte ein fetter Skorpion mit hässlichem Stachel. Der Trichter, mit dessen Hilfe das zweite Opfer erstickt wurde, lag direkt neben einem Gasbrenner. Demselben wie im allerersten Video.

»Hier unten«, rief sie, und sofort stürmten weitere Einsatzkräfte die Treppe herunter.

»Gesichert«, brüllte ein Kollege und betrat den niedrigen Raum. Dahinter tauchte Taylor auf.

»Er ist nicht hier«, rief Laura verzweifelt. In ihrem Kopf ratterte es. Der Verdächtige musste sie über die Kamera vor dem Haus gesehen haben. Wo konnte er so schnell hin sein? Er müsste doch da sein, sein Wagen stand oben. Oder war er längst verschwunden? Vielleicht gab es irgendwo einen geheimen Ausgang? Aufmerksam blickte sie sich um und rannte zurück in den ersten Kellerraum. Sie stürzte auf ein Regal zu und rüttelte daran.

»Hilf mir, Taylor. Hier muss es irgendwo rausgehen.« Sie drehte sich zu einem der Polizisten um. »Gehen Sie hoch und sehen Sie hinter jeden Schrank. Möglicherweise ist er irgendwie unbemerkt hinausgekommen.« Der Mann trampelte los und erteilte sofort knappe Befehle.

Taylor nahm sich ein Regal in der Ecke vor. Ein Brett krachte herunter und jede Menge Konservendosen polterten blechern zu Boden. Sie versuchten es mit den restlichen Regalen, fanden jedoch nichts. Laura blieb vor dem Stromkasten stehen. Sie öffnete ihn und sah einen

Internetrouter, von dem mehrere Kabel ausgingen. Jedes war fein säuberlich beschriftet. Wohnzimmer, Arbeitszimmer, Schlafzimmer, Küche. Offensichtlich war jeder Raum des Hauses mit Internetzugang ausgestattet. Lauras Blick blieb am letzten Kabel hängen.

»Dachboden«, las Taylor vor und lief los. Laura stürmte hinterher.

»Wir müssen nach oben«, rief sie. »Vielleicht gibt es da eine Luke oder eine Falltür.«

»Da ist es«, rief Taylor und deutete im Korridor auf eine Luke an der Decke, die kaum sichtbar war. Laura blickte sich um. Es schien keine Leiter zu geben.

»Lucas Böckenstedt«, brüllte sie. »Kommen Sie herunter. Sie sind umzingelt.«

Die Antwort kam als Salve von Schüssen durch die Luke. Laura warf sich hinter einen Pfeiler. Die Kugeln verfehlten sie nur um wenige Zentimeter. Taylor war neben ihr. Sofort preschten die Männer des Einsatzkommandos vor und gingen in Stellung. Ihre Gewehre zielten auf die Luke. Laura hörte, wie der Leiter des Sondereinsatzkommandos Befehle erteilte. Sie konzentrierte sich ganz auf die Luke.

»Kommen Sie herunter«, wiederholte Laura.

Nichts tat sich.

Plötzlich zersplitterte Glas. Ein Schuss hallte durch die Luft. Etwas Schweres plumpste zu Boden und gleichzeitig wurde eine neue Salve von Schüssen abgefeuert. Dann war es still.

»Verdammt. Böckenstedt?«, rief Laura und sprang auf. Über ihrem Kopf hörte sie Schritte. Etwas wurde beiseitegeschoben. Die Luke öffnete sich. Ein Polizist erschien in der Öffnung und schob das Visier seines Helmes hoch.

»Wir brauchen einen Notarzt«, brüllte er und verschwand aus Lauras Sichtfeld.

Sie sah sich um. »Hilf mir hoch«, bat sie Taylor, der sofort seine Hände ineinander verschränkte, sodass Laura darauf klettern konnte. Sie zog sich hoch und hievte sich auf den Dachboden. Lucas Böckenstedt lag auf dem Boden. Der Polizist presste seine Hände auf die Wunde an seinem Bauch.

»Tut mir leid. Ich bin von außen durch das Dachfenster rein und habe ihm zuerst ins Bein geschossen. Er stürzte, konnte aber trotzdem seine Schrotflinte auf mich abschießen. Ich musste ihn kampfunfähig machen.«

Laura ging in die Hocke und tastete nach Böckenstedts Puls, der nur sehr schwach zu fühlen war.

»Black? Wo ist Rebecca?«, fragte sie und der Verletzte öffnete flackernd die Lider. Seine Lippen bewegten sich und Laura ging mit dem Ohr näher heran.

»Danke, dass es vorbei ist«, flüsterte er und schloss die Augen.

»Verdammt. Bleiben Sie wach«, stieß Laura aus und machte dem Notarzt Platz, der gerade über die herbeigeschaffte Leiter den Dachboden bestieg. Der Arzt und zwei Sanitäter hatten das Kommando im Rettungswagen begleitet und in sicherer Entfernung vor dem Haus gewartet. Er stürzte auf den Verletzten zu. Laura warf dem entstellten Mann, der über und über mit Narben bedeckt war, einen letzten kurzen Blick zu. Sie konnte kein Mitleid mit ihm empfinden. Ihre Gedanken galten einzig und allein Rebecca Lohfink. Sie sah sich um. Der Dachboden war voll ausgebaut. Eine Couch, ein Tisch, ein Schrank und noch etwas.

»Rebecca Lohfink?«, fragte sie und stürzte zu einer großen Truhe in der Ecke. Doch der Deckel ging nicht auf.

Sie bemerkte grelles Licht, das durch die Ritzen drang. Was zur Hölle war dieses Ding? Sie schielte durch den Schlitz und sofort schrillten sämtliche Alarmglocken in ihrem Kopf. Das war eine Sonnenbank. Sie konnte eine Frau darin liegen sehen. Himmel, dachte sie und hoffte, dass Rebecca Lohfink noch lebte. Wie lange steckte sie bloß schon in dem Ding? Der Deckel war heiß und durch ein Vorhängeschloss gesichert. Sie konnte auf Anhieb weder den Stecker noch Tasten zur Bedienung entdecken. Das Gerät hatte der Täter offenbar selbst gebaut.

»Verdammt«, schrie sie und stürmte zurück zur Luke.

»Taylor, schalte im Keller den Strom aus, schnell! Die Frau steckt in einer laufenden Sonnenbank fest.« Dann wandte sie sich an einen Polizisten: »Los, holen Sie Werkzeug, einen Bolzenschneider oder etwas in der Art!«

Der Mann nickte und schrie seinem Kollegen etwas zu. Laura rannte zurück zum Solarium und zerrte abermals mit aller Kraft am Deckel der Sonnenbank. Endlich gingen die Röhren darin aus. Ein Polizist kam mit einer großen Zange durch die Luke herauf und öffnete das Vorhängeschloss. Der Deckel sprang auf. Laura stockte der Atem. Eine puterrote Frau lag darin.

Sie wandte sich sofort an den Arzt, der zusammen mit den Rettungssanitätern dabei war, Lucas Böckenstedt zu behandeln. »Ich brauche Sie sofort hier!«, schrie sie und traute sich nicht einmal, die Frau anzufassen. Sie war von oben bis unten verbrannt. Immerhin trug sie Jeans und T-Shirt.

»Rebecca. Können Sie mich hören?«, fragte Laura, doch die Frau reagierte nicht. »Wir sind von der Polizei. Sie sind in Sicherheit. Halten Sie durch.«

Der Arzt schritt eilig durch den Dachboden. »Du meine Güte. Sie muss ins Krankenhaus. Wir legen ihr noch schnell eine Kanüle. Sie braucht dringend Flüssigkeit.«

Laura machte Platz und ging zurück zu Lucas Böckenstedt. Taylor hockte neben ihm. Die Rettungskräfte hatten sich bereits erhoben und liefen zur Sonnenbank hinüber.

»Er ist tot«, sagte Taylor und stand ebenfalls auf.

»Was ist mit der Frau? Wird sie es schaffen?«, rief er dem Arzt zu. Der Mann blickte auf und Laura erkannte sofort den Zweifel in seinen Augen.

»Ich weiß es nicht«, erwiderte er, und sie fühlte augenblicklich einen dicken, kalten Klumpen im Magen.

EPILOG

Ein paar Tage später

»Ich komme mir so ziemlich nutzlos vor«, maulte Max, der auf seinem Krankenhausbett saß und sich von einer Schwester den Verband am Unterarm wechseln ließ. »Wahrscheinlich tauscht Beckstein mich jetzt gegen Taylor aus. Ihr habt den Mistkerl in wenigen Tagen geschnappt.«

»Das glaube ich nicht«, erwiderte Taylor. Er stand in der Tür und schmunzelte. Dann trat er ein und ging auf Max zu. »Mein Chef würde sich lieber grillen lassen, als dass ich ins LKA wechseln dürfte.« Er klopfte Max freundschaftlich auf die Schulter. »Außerdem wäre ich ganz sicher kein Ersatz für dich. Laura hat dich echt vermisst.« Er zwinkerte ihr zu, und sie musste grinsen. Taylor hatte das Talent, immer die richtigen Worte zu finden.

»Wie geht es Rebecca Lohfink?«, fragte Max und zog den Arm weg, als die Schwester die Wunde desinfizieren wollte.

»Sie müssen schon stillhalten«, schimpfte sie und

schnappte nach dem verletzten Arm. Der Hundebiss heilte nur schlecht. Eine kräftige Narbe würde Max wohl zurückbehalten. Dasselbe galt für den Messerstich in seinem Bauch. Der Wechsel dieses Verbandes stand ihm noch bevor. Laura war vor einer halben Stunde gekommen. Seit sie Rebecca Lohfink befreit hatten, besuchte sie ihren Partner jeden Tag.

»Sie ist über den Berg. Aber ihre Verbrennungen sind schwerwiegend. Heute Morgen wurde sie in eine Spezialklinik verlegt. Vermutlich muss Haut transplantiert werden.« Laura fuhr unwillkürlich über die Narben unter ihrem Schlüsselbein. Sie wusste, was das bedeutete. Zum ersten Mal fühlte sie beinahe so etwas wie Dankbarkeit für ihre Narben. Denn im Gegensatz zu Rebecca, deren Gesicht komplett verbrannt war, konnte Laura ihre Narben zumindest unter der Kleidung verstecken.

»Dieser Mistkerl. Er ist viel zu leicht davongekommen«, fluchte Max und bedankte sich bei der Schwester, die mit dem Verband fertig war und sich später um seinen Bauch kümmern wollte. »Wie kommt man nur auf so kranke Ideen? Er hat den Autounfall doch überlebt. Darauf hätte er stolz sein können. Stattdessen igelte er sich ein und sann auf Rache. Was hatte er davon? Das hat ihm sein altes Leben auch nicht wieder zurückgebracht.«

Laura zuckte mit den Achseln. »Das werden wir wohl nie herausfinden. Die Kollegen haben sein gesamtes Haus auf den Kopf gestellt. Seit er aus Tunesien zurückgekehrt ist, hat er jeden seiner Freunde akribisch beobachtet. Er hat sich lange Zeit gelassen und sorgfältig geplant, bis er zur Tat geschritten ist. Deshalb war es auch so schwer, den Mann zu fassen. Er hat an keinem der Tatorte verwertbare Spuren hinterlassen.«

»Aber sechs Jahre, ist das nicht ein bisschen lang?«

Max beharrte auf seinem Standpunkt.

Taylor schüttelte den Kopf. »Er wollte sechs Menschen umbringen. Dafür braucht man Zeit. Zudem war er nach seiner Rückkehr zunächst völlig mittellos und musste erst einmal wieder auf die Füße kommen. Der Mann hat pedantisch auf sein Ziel hingearbeitet.«

»Aber alle Freunde umzubringen. Das verstehe ich nicht. Die hatten doch sowieso ein riesig schlechtes Gewissen.«

Laura zuckte mit den Schultern. »Aus seiner Sicht hat es vermutlich einen Sinn ergeben. Er war von Rache zerfressen. Jeder bekam eine zweite Chance von ihm. Aber nur Gerdes hat sie genutzt und blieb unbehelligt. Ich schätze, dass Böckenstedt sogar geglaubt hat, seine Vorgehensweise wäre fair.« Laura setzte sich auf den Rand des Bettes und strich Max über den gesunden Arm. »Hauptsache, du kommst bald wieder auf die Beine.«

Max lächelte kurz, dann wurde er ernst. »Mir war echt nicht bewusst, wie leicht man sich in Nordafrika gefälschte Papiere besorgen kann. Es ist doch Wahnsinn, dass niemand bemerkt hat, dass der Kerl gar nicht tot war. Und was hat er überhaupt über ein Jahr lang in Tunesien getrieben?«

Laura seufzte. Max würde nicht aufhören, zu fragen, bis er den Fall bis ins letzte Detail verstanden hatte. »Ehrlich gesagt wissen wir es nicht. Fest steht nur, dass er den Flug bar bezahlt hat. Wahrscheinlich kam er irgendwo unter und hat sich mit Gelegenheitsjobs durchgeschlagen. Alles, was wir wissen, ist, dass er über drei Wochen im Krankenhaus lag. Dort wurden ein giftiger Skorpionstich und seine Verbrennungen behandelt. Der Arzt konnte sich an einen deutschen Patienten namens Johann Schwarz erinnern. Danach verliert sich seine Spur. Erst als er wieder in Deutschland war, konnten wir sein Leben nachvollziehen. Zuerst lebte er von Aushilfsjobs und dann baute er sich eine Parallelwelt als Online-Gamer auf. Davon hat er zum Schluss nicht schlecht gelebt. Er konnte sich am Ende sogar das Haus und einen BMW leisten. Aber seine Rachegelüste haben ihn nie losgelassen. Wir haben bei ihm Tausende Fotos seiner Freunde gefunden. In all den Jahren hat er ihr Leben ganz genau verfolgt. Er wusste, wann sie sich wo aufhielten, und hatte es ziemlich leicht, sie zu überwältigen. Er hatte alles perfekt geplant. Aber ich glaube, das Töten hat ihm letztendlich nicht die Befriedigung verschafft, die er sich erhofft hatte. Rebecca Lohfink hat ausgesagt, dass er mit ihr geredet hat, während sie in seiner Gewalt war. Sie wusste, wer er war. Für einen Augenblick hatte sie sogar gehofft, er würde sie wieder gehen lassen. Aber da war etwas Böses in ihm. Etwas, was ihn unter Kontrolle hatte.« Laura seufzte. Sie kannte die Dunkelheit, die Rebecca Lohfink in den Augen ihres früheren Freundes gesehen hatte.

»Schon gut«, unterbrach Max. »Ich sehe es ein. Der Fall ist fast lückenlos abgeschlossen und ich habe nichts mehr dazu beizutragen. Was ist denn mit diesem Gerdes? Hat er den Makler vom Dach gestoßen?«

Laura sah den Mann vor sich, wie er überglücklich seine neugeborene Tochter streichelte. »Die Polizei hat den Fall noch einmal geprüft. Es wurden keine Beweise gefunden, die an dem Selbstmord von Marcel Schindler zweifeln lassen. Er war praktisch pleite und außerdem depressiv. Der Abschiedsbrief war zwar kurz, aber nachweislich von seiner Hand verfasst.« Sie zuckte mit der Schulter. »Es gab einen heftigen Streit zwischen Gerdes und Schindler. Gerdes hat wohl damit gedroht, Schindler bei allen seinen Kunden schlechtzumachen, wenn er nicht aufhört, ihn zu erpressen. Die beiden haben einander öfter bei Geschäften geholfen. Autokäufer schlossen bei Schindler ihre Kfz-Versicherung ab. Was auch immer letztendlich in Marvin Gerdes den Ausschlag gegeben hat, Schindler ist jedenfalls unmittelbar nach seinem Besuch auf das Dach gegangen und hinuntergesprungen. Böckenstedt hatte ihn übrigens als Letzten auf der Liste. Schindler ist ihm mit seinem Suizid zuvorgekommen.«

Max schüttelte betroffen den Kopf. »Habt ihr inzwischen eigentlich die undichte Stelle identifiziert, durch die der Einsatz im Cat Noir vereitelt wurde?«

Laura verzog das Gesicht. »Die interne Untersuchung läuft. Es hat sich wohl der Verdacht gegen einen Kollegen verhärtet. Aber das ist noch nicht offiziell.«

»Verstehe.« Max blickte dann zwischen Laura und Taylor hin und her. »Na los«, sagte er und wedelte mit den Händen. »Jetzt geht schon. Ich habe genug erfahren und will nicht schuld daran sein, dass ihr keine Zeit zum Turteln habt.« Er drehte sich demonstrativ um.

»Danke«, sagte Laura und gab ihm einen Kuss auf die Wange. »Wir sehen uns morgen.«

* * *

»He«, flüsterte Laura vor dem Krankenhaus in Taylors Ohr. »Du wolltest mir noch etwas erzählen.«

»Was?«, fragte er und grinste. »Du weißt doch längst, dass ich in einer Spezialeinheit des FBI tätig war, bevor ich nach Deutschland gekommen bin.«

Laura legte den Kopf schief. »Ich weiß aber nicht genau, in welcher.«

Taylors Grinsen verbreiterte sich. »Aus deinem Interesse schließe ich, dass dir etwas an mir liegt.« Er sah ihr tief in die Augen. »Ich gehörte zum HRT, dem Hostage Rescue Team oder Geiselrettungstruppe. Ich habe da eine Menge gelernt, allerdings auch eine Menge schlimmer Dinge gesehen. Es ist unfassbar, was Menschen einander antun können.«

»Und bei einem deiner Einsätze wurdest du verletzt?« Sie deutete auf seinen Rücken.

Taylors Gesicht verdüsterte sich sofort. Laura biss sich erschrocken auf die Unterlippe.

»Es ist nicht so einfach«, erklärte er zögerlich und schlang die Arme um ihre Taille. »Hat das nicht noch ein wenig Zeit? Wir haben tolles Wetter. Vielleicht schnappen wir uns ein paar Snacks und machen ein Picknick?«

Doch Laura wollte wissen, was mit ihm geschehen war. Sie musste es wissen. Sein Gesichtsausdruck ließ sie nicht mehr los. Deshalb zog sie ihn mit sich auf eine Bank, die ein wenig abseits unter ein paar Bäumen stand.

»Hör zu, Taylor. Du bist seit Langem der einzige Mann, mit dem ich mir vorstellen kann, zusammen zu sein. Ich will alles über dich erfahren. Egal, wie schlimm es ist.«

»Aber du hast mir doch auch noch nicht alles erzählt.«

Sie schüttelte langsam den Kopf und sagte ernst: »Gut gekontert, aber ich habe zuerst gefragt.« Sie strich mit den Fingern über die Narben auf seinem Rücken. »Bitte erzähl es mir«, bat sie leise. »Ich muss es einfach wissen.«

Er sah sie nicht an. Sein Blick war starr auf einen Punkt am Boden gerichtet. Er seufzte. »Also gut.« Er verschränkte die Hände ineinander und seufzte erneut. »Es ist schon länger her, vor meiner Zeit bei der HRT. Ich habe versucht, jemanden zu retten. Aber ich habe es nicht geschafft.« Jetzt sah er auf, und Laura bemerkte, dass seine Augen glänzten.

»War es jemand, der dir nahestand?«

Taylor nickte unmerklich. »Ja«, erwiderte er und konnte eine Träne nicht unterdrücken. »Sie war meine Schwester. Sie hat heimlich auf dem Dachboden geraucht. Die Wandverkleidung fing Feuer. Meine Eltern waren nicht da und ich kam gerade von einem Baseballspiel nach Hause. Ich war noch ein Teenager.« Er starrte wieder auf den Punkt am Boden. »Ich habe es nicht geschafft, sie da rauszuholen. Als ich ankam, brannte schon der halbe Dachstuhl. Ich bin sofort rein, aber die Flammen kamen mir bereits auf der Treppe entgegen. Alles war voller Rauch. Ich konnte Teresa nicht finden. Kurz darauf kam die Feuerwehr. Sie haben mich gewaltsam aus dem Haus gezerrt. Ich wäre am liebsten mit ihr verbrannt. Eigentlich hätte ich eine halbe Stunde früher zurück sein müssen. Aber ich hatte noch mit meinen Kumpels herumgealbert. Wenn ich nur wie geplant nach Hause zurückgekehrt wäre, hätte ich ihren Tod verhindern können. Ich fühle mich immer noch schuldig.« Er stieß einen tiefen Seufzer aus. »Deshalb sind wir nach Deutschland gekommen. Keiner von uns konnte dortbleiben. Ganz Amerika erinnert schmerzhaft an sie.« Er sah nicht mehr auf, sondern saß stumm da.

»Es war ja nicht deine Schuld«, sagte Laura und verstummte ebenfalls, obwohl das Schweigen sie beinahe auffraß. Aber sie wusste, dass sie seinen Schmerz mit Worten nicht heilen konnte. Lautlos rückte sie näher an Taylor heran und legte ihm den Arm um die Schulter. Taylor erwiderte ihre Umarmung und presste sie eng an sich.

»Ich mag dich wirklich, Laura Kern«, flüsterte er und küsste sie so lange, dass sie fast keine Luft mehr bekam.

ENDE

NACHWORT DER AUTORIN

Liebe Leserin, lieber Leser,

ich möchte mich ganz herzlich dafür bedanken, dass Sie meinen Roman gelesen haben. Ich hoffe, Ihnen hat die Lektüre gefallen und Sie hatten ein spannendes Leseerlebnis.

Die Figuren in meinem Buch sind übrigens frei erfunden. Ich möchte nicht ausschließen, dass der eine oder andere Charakterzug Ähnlichkeiten mit denen heute lebender Personen haben könnte, dies ist jedoch keinesfalls beabsichtigt.

Wenn Sie an Neuigkeiten über anstehende Buchprojekte, Veranstaltungen und Gewinnspiele interessiert sind, dann tragen Sie sich in meinen Newsletter oder meine WhatsApp Liste ein:

- Newsletter: www.catherine-shepherd.com

- **WhatsApp: 0152 0580 0860** (bitte das Wort „Start" senden)

Sie können mir auch gerne bei Facebook, Instagram und Twitter folgen:

- **www.facebook.com/Puzzlemoerder**
- **www.twitter.com/shepherd_tweets**
- **Instagram: autorin_catherine_shepherd**

Natürlich freue ich mich ebenso über Ihr Feedback zum Buch an meine E-Mail-Adresse:

kontakt@catherine-shepherd.com

Zum Abschluss habe ich noch eine persönliche Bitte an Sie. Wenn Ihnen dieses Buch gefallen hat, würde ich mich über eine kurze Rezension bei Amazon freuen. Keine Sorge, Sie brauchen hier keine »Romane« zu schreiben. Einige wenige Sätze reichen völlig aus. Sollten Ihnen übrigens andere Rezensionen zu meinem Buch gefallen, dann dürfen Sie den Rezensenten gerne loben, indem Sie unter der Bewertung auf „Ja, hilfreich" klicken.

Sollten Sie bei *Leserkanone, LovelyBooks* oder *Goodreads* aktiv sein, ist natürlich auch dort ein kleines Feedback sehr willkommen. Ich bedanke mich recht herzlich und hoffe, dass Sie auch meine anderen Romane lesen werden.

Ihre Catherine Shepherd

WEITERE TITEL VON CATHERINE SHEPHERD

DER PUZZLEMÖRDER VON ZONS

ZONS-THRILLER 1

»*Der Puzzlemörder von Zons*« ist der erste Roman von Catherine Shepherd, direkt nach seiner Veröffentlichung erreichte er die Nr. 1 der deutschen Amazon-Bestsellerliste. Mit mittlerweile über 35.000 verkauften Exemplaren gehört der Thriller zu den E-Book-Bestsellern des Jahres 2012 bei Amazon. Auch die Taschenbuchausgabe erreichte im lokalen Buchhandel die Spitze der Bestsellerliste.

»Der Mörder Dietrich Hellenbroich erinnert in seiner schaurigen Sammelwut an den Grenouille, die Hauptfigur aus Patrick Süskinds Bestseller ›Das Parfum‹. Die den Roman durchziehende Symbolik wiederum ähnelt den Dan-Brown-Bestsellern.«

— WESTDEUTSCHE ZEITUNG

Zum Inhalt:

Eine Begegnung von Vergangenheit und Gegenwart, die Sie nicht vergessen werden ...

Zons 1495: Eine junge Frau wird geschändet und verstümmelt aufgefunden. Offensichtlich ist sie Opfer eines perversen Ritualmörders geworden. Eigentlich ist das kleine mittelalterliche Städtchen Zons, das genau zwischen Düsseldorf und Köln am Rhein liegt, immer ausgesprochen friedlich gewesen. Doch seitdem der Kölner Erzbischof Friedrich von Saarwerden dem Städtchen die Zollrechte verliehen hat, taucht immer mehr kriminelles Gesindel auf. Bastian Mühlenberg von der Zonser Stadtwache ist geschockt von der Brutalität des Mordes und verfolgt die Spur des Puzzlemörders – nicht ahnend, dass er selbst bereits in dessen Fokus geraten ist ...

Gegenwart: Die Journalismus-Studentin Emily kann ihr Glück kaum fassen! Sie darf eine ganze Artikelserie über die historischen Zonser Morde schreiben. Doch mit Beginn ihrer Recherchen scheint der mittelalterliche Puzzlemörder von Zons wieder lebendig zu werden, als eine brutal zugerichtete Frauenleiche in Zons aufgefunden wird. Kriminalkommissar Oliver Bergmann nimmt die Ermittlungen auf. Erst viel zu spät erkennt er den Zusammenhang mit der Vergangenheit. Verzweifelt versucht er, die Puzzleteile zusammenzufügen, doch der Täter ist immer einen Schritt voraus ...

»Der Autorin Catherine Shepherd gelingt es in ihrem Thriller meisterhaft, die Begegnung zwischen Historie und Gegenwart zu inszenieren. Ein packendes Werk, von der ersten bis zur letzten Minute!«

ERNTEZEIT*

ZONS-THRILLER 2

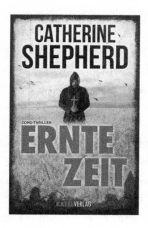

Zons 1496: Während Bastian Mühlenberg von der Zonser Stadtwache auf der Spur eines uralten Schatzes ist, den der Erzbischof von Saarwerden bei Errichtung der Stadtmauern tief unter der Erde von Zons verborgen hat, treibt ein brutaler Mörder mit einer goldenen Sichel sein blutiges Spiel mit seinen Opfern. Scheinbar wahllos verschwinden »unbescholtene« Bürger und alles, was von ihnen übrig bleibt, sind ihre toten Zungen, die sichtbaren Zeichen ihrer Sünden. Drei silberne Schlüssel, behütet von Pfarrer Johannes und der St.-Sebastianus-Schützenbruderschaft, führen Bastian in ein verschlungenes Labyrinth unterhalb von Zons, wo ein düsteres Geheimnis auf ihn wartet ...

Gegenwart: Ein menschlicher Fußknochen wird in den

Rheinauen von Zons gefunden. Kommissar Oliver Bergmann kann zunächst keine Leiche finden. Doch dann überschlagen sich die Ereignisse. Oliver verfängt sich in einem schier undurchdringbaren Netz aus Verdächtigen und Vermissten. Die nagelneue Salzsäureanlage im Chemiepark Dormagen gerät ebenso in sein Visier wie geldsüchtige Banker, eine goldene Mordwaffe und Gandhis »sieben Todsünden der Moderne«. Als die Journalismus-Studentin Emily und ihre beste Freundin Anna in ernsthafter Gefahr schweben, erkennt Oliver verzweifelt, dass ihm nicht mehr viel Zeit bleibt ...

»In ihrem zweiten Roman lässt Autorin Catherine Shepherd erneut Vergangenheit und Gegenwart zu einem atemberaubenden Thriller verschmelzen. Wem der »Puzzlemörder von Zons« gefallen hat, wird die neue Geschichte nicht mehr aus der Hand legen können. Shepherd führt Sie auf eine unglaublich spannende Reise!«

*Früher unter dem Titel »Der Sichelmörder von Zons« erschienen

KALTER ZWILLING

Der dritte Thriller von Catherine Shepherd führt Sie in die Tiefen menschlicher Abgründe. Eine weitere Begegnung von Vergangenheit und Gegenwart, die Sie nicht vergessen werden.

Zons 1496: Ein schrecklicher Fluch beendet Elisas junges Leben, noch bevor sie ihre neugeborenen Zwillingssöhne in den Armen halten kann. Bastian Mühlenberg von der Zonser Stadtwache ahnt zunächst nichts von dem düsteren Familiengeheimnis, das auf den Brüdern lastet. Als der Schmied mit gefälschten Goldgulden zerstückelt vor der Stadtmauer aufgefunden und das friedliche Städtchen von einer neuen Mordserie erschüttert wird, nimmt Bastian Mühlenberg die Spur des Mörders auf. Stück für

Stück wird er in eine unheilvolle Verschwörung hineingezogen, die das Leben seiner Familie bedroht ...

Gegenwart: Der grausame Mord an einer Prostituierten führt Kommissar Oliver Bergmann zu seinem dritten großen Fall nach Zons. Offensichtlich ist der Mörder ein kaltblütiger Psychopath, der ein perverses Machtspiel mit seinen Opfern treibt. Währenddessen schreibt Journalismus-Studentin Emily unter Anleitung von Professor Morgenstern, dem Leiter einer psychiatrischen Klinik vor den Toren von Zons, eine Reportage über die menschlichen Abgründe psychopathischer Persönlichkeiten. Als ein Universitätsprofessor aus Köln, keine dreißig Kilometer von Zons entfernt, auf martialische Weise ermordet wird, meint Oliver Bergmann, ein Muster aus der Vergangenheit zu erkennen. Ein über fünfhundert Jahre alter Fluch scheint zu neuem Leben erwacht ...

Kalter Zwilling wurde mit dem Indie-Autoren-Preis 2014 der Leipziger Buchmesse (Platz Nr. 2) ausgezeichnet.

AUF DEN FLÜGELN DER ANGST

ZONS-THRILLER 4

Der vierte Thriller von Catherine Shepherd führt Sie auf einen trügerischen Pfad, auf dem nichts so ist, wie es scheint. Eine weitere Begegnung von Vergangenheit und Gegenwart, die Sie nicht mehr loslassen wird ...

Zons 1497: Bastian Mühlenberg von der Zonser Stadtwache steht vor einem Rätsel. Am Morgen nach dem Geburtstagsfest von Pfarrer Johannes schwimmt eine tote Frau im Burggraben. Vom Täter fehlt jede Spur. Als kurz darauf vor den Toren von Zons ein Bote brutal ermordet wird, beginnt eine atemlose Jagd. Bastian entdeckt ein Geheimnis hinter den Steinen der Stadtmauer. Eine geheimnisvolle dunkle Flüssigkeit führt ihn auf eine gefährliche Reise, denn auch der Mörder ist auf der Jagd nach dem teuflischen Elixier ...

Gegenwart: Die alleinerziehende junge Mutter Saskia nimmt an einer klinischen Studie teil. Doch statt der erhofften Befreiung von ihren Ängsten erlebt sie, wie sie sich von Tag zu Tag schlechter fühlt, und kann am Ende nicht mehr zwischen Wahn und Wirklichkeit unterscheiden. Während Saskia von unerklärlichen, grausamen Bildern verfolgt wird, ermittelt Kommissar Oliver Bergmann in einer neuen Mordserie. Ein Stadtrat wird in seiner Zonser Wohnung ertränkt, wenig später führt ein Anruf die Polizei zu einer weiteren Leiche. Die einzige Verbindung zwischen den Opfern ist eine seltene Droge in ihrem Blut. Obwohl alles auf ein männliches Täterprofil hindeutet, hat Oliver starke Zweifel. Erst im letzten Moment erkennt er den wahren Zusammenhang, der ihn Jahrhunderte zurück ins Mittelalter führt ...

TIEFSCHWARZE MELODIE

ZONS-THRILLER 5

Mit ihrem fünften Roman lässt Catherine Shepherd Sie in die düstere Dimension der Musik eintauchen. Halten Sie sich fest, denn dieser Thriller wird Sie nicht wieder loslassen.

Zons 1497: Eine junge Novizin wird gekreuzigt in der Kirche aufgefunden. Stadtsoldat Bastian Mühlenberg entdeckt eine Rose ohne Blütenblätter bei der Leiche des Mädchens. Noch bevor er ihrem Mörder auf die Spur kommt, muss eine weitere Frau ihr Leben lassen. Wieder schmückt ein Pflanzensymbol den Körper der Toten. Bastian steht vor einem Rätsel. Bei seiner Jagd nach dem raffinierten Frauenmörder stößt er auf ein grausames Geheimnis, das von einer tiefschwarzen Melodie wachgerufen wird ...

Gegenwart: Oliver Bergmann ermittelt in einem neuen Fall. Eine Frau wurde ans Bett gefesselt und brutal erstochen. In der Hand hält sie einen Notenzettel mit einer mittelalterlichen Melodie und zwei beunruhigenden Worten:»Fortsetzung folgt«. Der Kölner Musikprofessor Engelbert findet heraus, dass der Notenzettel nur ein kleines Stück der gesamten Komposition beinhaltet. Doch bevor die Ermittlungen richtig anlaufen, wird bereits eine zweite Frau ermordet - und wenn der Professor recht behält, war das noch lange nicht das letzte Opfer. Ein Wettlauf gegen die Zeit beginnt ...

»Tiefschwarze Melodie« ist ein temporeicher Thriller mit Spannung von der ersten bis zur letzten Seite.

SEELENBLIND

ZONS-THRILLER 6

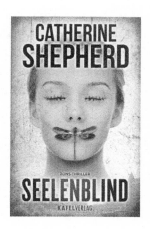

»Er glaubt, du hast ihn gesehen und jetzt ist er hinter dir her ...« Catherine Shepherds neuer Thriller erlaubt Ihnen keine Atempause.

Gegenwart: Als Michelle in einem finsteren Loch aufwacht, liegen zwei Frauen neben ihr. Wie durch ein Wunder entkommt sie der Hölle ihres Entführers. Sie ist verletzt, doch obwohl die Ärzte ihr vollständige Genesung versichern, stimmt etwas ganz und gar nicht. Kommissar Oliver Bergmann benötigt ihre Zeugenaussage, weil sie die Einzige ist, die den skrupellosen Serientäter zu Gesicht bekommen hat. Aber der treibt längst sein grausames Katz- und Mausspiel. Wird Bergmann die Verbindung zur Vergangenheit entdecken und ihn rechtzeitig stoppen können?

Zons 1497: Eine Frau wird erdrosselt vor den Toren der Stadt aufgefunden. Die Bewohner des kleinen Städtchens Zons sind verstört, denn selten hat jemand ein derart grauenhaft zugerichtetes Opfer gesehen. Der Mörder hat der Toten bei lebendigem Leib die Augen zugenäht. Stadtsoldat Bastian Mühlenberg hat keine andere Spur außer einem geheimnisvollen Zwirn. Als auf der Jagd nach dem Serienmörder auch noch sein Freund Wernhart lebensgefährlich verletzt wird, ist Bastian ganz auf sich alleine gestellt ...

»Seelenblind« ist überraschend, angsteinflößend und fesselt bis zur letzten Seite.

TRÄNENTOD

ZONS-THRILLER 7

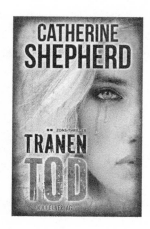

Weine nicht, denn deine Tränen sind alles, was er will.

Gegenwart: Als eine junge Frau auf einer Party vor aller Augen tot zusammenbricht, beginnt ein Albtraum für ihre Mitbewohnerin Leonie. Hatte der Mörder es vielleicht von Anfang an auf sie abgesehen? Kommissar oliver Bergmann ermittelt auf Hochtouren. Nicht nur der Fall der jungen Frau, sondern auch ein seltsam inszenierter Doppelmord an zwei Liebespaaren macht ihm zu schaffen. Eine geheime Rezeptur aus dem Mittelalter führt Oliver auf die Spur des Serientäters. Doch schon verschwindet eine weitere Frau, und auch für Leonie läuft die Zeit ab.

Zons 1497: Ein Tuchhändler und seine Verlobte werden ermordet aufgefunden. Beide sitzen am Tisch, den Blick starr aufeinander gerichtet. Selbst im Tod sehen sie sich noch in die Augen. Bastian Mühlenberg ist entsetzt. Was um alles in der Welt hat das zu bedeuten? Ein weiterer Mord führt ihn zu einem Geheimbund und der uralten Kunst der Alchemie. Doch wie hängen die Ereignisse zusammen? Ein rätselhaftes Buch lenkt ihn auf die Fährte des skrupellosen Serienmörders. Allerdings ist der längst mit seinem nächsten Opfer verschwunden ...

KNOCHENSCHREI

ZONS-THRILLER 8

Er sperrt dich in ein dunkles Grab. Schrei, so viel wie du willst. Es gibt kein Entkommen!

Gegenwart: Yasmin braucht mehr Platz, also reißt sie eine Mauer in ihrem Keller ein. Doch dahinter erwartet sie das nackte Grauen. Kommissar Oliver Bergmann untersucht den Fund, der sich als fünfhundert Jahre altes Skelett einer Nonne entpuppt. Während der Fall für seinen Partner Klaus erledigt ist, folgt Oliver einer Spur aus frischem Mörtel. Tatsächlich entdeckt er hinter einer anderen Wand die Leiche einer jungen Frau. Ihr Mörder hat sie lebendig eingemauert und qualvoll sterben lassen. Aber damit ist der Albtraum nicht zu Ende. In ihrem Unterleib steckt eine codierte Nachricht, die keinen Zweifel lässt: Er wird weiter töten.

Zons 1497: Die junge Nonne Brunhilde verschwindet spurlos in der Nacht. Stadtsoldat Bastian Mühlenberg glaubt zunächst, dass sie vor dem harten Klosterleben davongelaufen ist. Doch dann wird eine Ordensschwester tot aufgefunden. Wie sich herausstellt, wurde sie entführt und tief in die düsteren Gewölbe unter dem Kloster verschleppt. Die Nonnen sind verstört und befürchten, dass der Teufel sie heimsucht, denn eine nach der anderen wird aus ihrer Mitte gerissen. Bastian jagt verzweifelt einem grausamen Serienmörder hinterher, der seine Opfer hilflos den Klauen der Dunkelheit ausliefert.

KRÄHENMUTTER

LAURA KERN-THRILLER 1

Das Böse lauert immer hinter einer freundlichen Maske.

LKA-Ermittlerin Laura Kern steht vor einem Rätsel. Ein Kind wurde am helllichten Tag aus einem Supermarkt entführt, doch es gibt keine Lösegeldforderung. Auch die Eltern schweigen sich aus – stecken sie womöglich mit den Tätern unter einer Decke? Laura und ihr Partner Max kämpfen sich durch einen Strudel widersprüchlicher Zeugenaussagen, während ihnen das Innenministerium im Nacken sitzt. Doch dann verschwindet der Vater des Kindes. Und dem LKA läuft die Zeit davon ...

ENGELSSCHLAF

LAURA KERN-THRILLER 2

Er behütet deinen Schlaf. Doch gib acht, sonst wachst du nie wieder auf!

Die Nacht ist kühl in Berlin. Auf einer Parkbank liegt eine junge Frau, liebevoll auf ein Kissen gebettet. Sie atmet nicht mehr, hat keinen Puls. Der Totenschein ist bereits ausgestellt, aber als der Leichnam abtransportiert wird, erwacht die Frau plötzlich zum Leben. Alle sind erleichtert, doch Spezialermittlerin Laura Kern ahnt: Der Täter wird erneut zuschlagen. Und sie hat recht. Ein weiteres Opfer kann nur noch tot geborgen werden. Die Lage spitzt sich zu, denn schon wird die nächste Frau mit passendem Profil vermisst. Erst viel zu spät erkennt Laura, dass sie ein winziges Detail übersehen hat – und dass sie sich einem

Täter gegenübersieht, der glaubt, den Tod besiegen zu können.

Catherine Shepherds neuer Thriller nimmt Sie mit in die perfide Gedankenwelt eines Killers, den Sie auf unheimliche Weise verstehen werden. Lassen Sie sich nicht vom Bösen entführen!

MOORESSCHWÄRZE

JULIA SCHWARZ-THRILLER 1

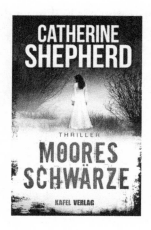

Manchmal ist es besser, auf die innere Stimme zu hören, bevor sich die Nacht unwiderruflich über die Sinne legt.

Julia Schwarz kennt sich aus mit dem Tod. Die Rechtsmedizinerin ist in ihrem Institut auch als Eislady bekannt. Nichts kann sie so schnell aus der Bahn werfen. Jedenfalls nicht, solange sie es schafft, ihre düstere Vergangenheit in Schach zu halten. Als Kriminalkommissar Florian Kessler sie zu einem Tatort in einem nahe gelegenen Moor ruft, sieht alles zunächst nach einem einfachen Fall aus. Aber dann verschwindet die Leiche und Julia macht sich auf die Suche nach dem toten Mädchen. Doch statt der Leiche stößt sie auf ein weiteres Opfer. Erst jetzt begreift Julia, dass sie es mit einem gefährlichen Serientäter zu tun hat, der einen perfiden Plan verfolgt. Ein sonderbares Tattoo auf dem Bauch der Frauen scheint die einzige Verbindung zwischen den Fällen zu sein. Aber die Zeit läuft gegen Julia und sie ahnt nicht, dass sie selbst bereits viel zu tief in den Strudel des Bösen geraten ist.

Catherine Shepherds neuer Thriller ist dunkel, rasant und lässt Sie garantiert nicht mehr los!

NACHTSPIEL

JULIA SCHWARZ-THRILLER 2

Er spielt gerne, vor allem in der Nacht. Lauf weg, denn sein Spiel endet tödlich!

Rechtsmedizinerin Julia Schwarz beherrscht ihren Job wie kaum jemand sonst. Mit dem Tod kann sie umgehen, nicht aber mit den Albträumen, die ihr in letzter Zeit den Schlaf rauben. Hartnäckig konzentriert sie sich daher auf die Jagd nach einem Frauenmörder, der sein Opfer grausam gefoltert und dann achtlos in den Kofferraum eines Kleinwagens gestopft hat. Obwohl sich der ermittelte Täter das Leben nimmt, landet eine weitere Leiche auf Julias Obduktionstisch. Kriminalkommissar Florian Kessler geht von einem neuen Fall aus, doch für Julia sprechen die Spuren eine andere Sprache. Als sie endlich die Handschrift des Mörders entziffert, muss sie erkennen, dass sie

längst selbst in der Falle sitzt und dem Spiel eines unbere-
chenbaren Serienkillers ausgeliefert ist ...

Catherine Shepherds neuer Thriller enthüllt die Schrecken der Nacht. Ignorieren Sie niemals Ihre Träume. Es
könnte Ihnen das Leben retten!

ÜBER DIE AUTORIN

Die Autorin Catherine Shepherd (Künstlername) lebt mit ihrer Familie in Zons und wurde 1972 geboren. Nach Abschluss des Abiturs begann sie ein wirtschaftswissen-schaftliches Studium und im Anschluss hieran arbeitete sie jahrelang bei einer großen deutschen Bank. Bereits in der Grundschule fing sie an, eigene Texte zu verfassen, und hat sich nun wieder auf ihre Leidenschaft besonnen.

Ihren ersten Bestseller-Thriller veröffentlichte sie im April 2012. Als E-Book erreichte »Der Puzzlemörder von Zons« schon nach kurzer Zeit die Nr. 1 der deutschen Amazon-Bestsellerliste. Es folgten weitere Kriminalromane, die alle Top-Platzierungen erzielten. Ihr drittes Buch mit dem Titel »Kalter Zwilling« gewann sogar Platz Nr. 2 des Indie-Autoren-Preises 2014 auf der Leipziger Buchmesse. Seitdem hat Catherine Shepherd die Zons-Thriller-Reihe fortgesetzt und zudem zwei weitere Reihen veröffentlicht.

Im November 2015 begann sie mit dem Titel »Krähenmutter« eine neue Reihe um die Berliner Spezialermittlerin Laura Kern (mittlerweile Piper Verlag) und ein Jahr später veröffentlichte sie »Mooresschwärze«, der Auftakt zur dritten Thriller-Reihe mit der Rechtsmedizinerin Julia Schwarz.

Mehr Informationen über Catherine Shepherd und ihre Romane finden sich auf ihrer Website:

www.catherine-shepherd.com

Made in the USA
Monee, IL
15 April 2021